# 巧妻戲呆夫

**1**

半生閑 著

文創風 304

# 目錄

# 序

半生閑

生於農村長於農村，卻生活在城市。

原以為農村太過落後與貧窮，非常努力做一條躍龍門的鯉魚，終於掙脫了農村……

城市車水馬龍、繁華似錦，讓一個農村娃看得眼花撩亂、心情澎湃。

只是當我在城市生活了多年後，這才發現，農村的歲月讓我深深留戀。

留戀那在農村的童年，留戀奶奶的老茶壺。曾在什麼時候，我愛上了那每天晚上泡的一壺果子茶，茶是奶奶的，果子是我的。

留戀媽媽的鹹菜蒸辣椒，每天早上的它是必須菜餚。那時候家裡窮，吃的住的都極差，我依舊記得我們幾兄妹，每天早上等菜一上桌，八隻眼睛圍著媽媽的筷子轉來轉去，為的是看那塊鹹板油，那塊油渣最後會被埋在那一堆鹹菜裡。

留戀那小河裡的魚和蝦，每年的夏天，河水乾了，一不小心，早上還在夢裡就能聽到：快起來呀，對面河裡有人鬧魚了！這時再無睡意，踏著拖鞋、拿著竹籃，隨著喊聲就下了水。

留戀那童年的趣事，跟著夥伴們到處偷瓜摸薯解嘴饞。

留戀著聽奶奶講以前的故事、聽叔伯姆嬸吵架、聽父母教訓孩子的責罵聲，童年的光陰時時會鑽進我的腦子裡。在城市多年，聽到的只有客氣客氣再客氣，感覺是如此陌生與疏遠。

有一天，一個網路世界開啟了我大腦的窗，為了不忘記那段有趣的童年、深深留戀的農村生活，我以文字記錄來留住它們，把我的童年與少年、農村與城市，用文字表達於我的文中，讓那種生活永遠不會褪色。於是我的筆下誕生了《巧妻戲呆夫》、《生財棄婦》兩篇文。

並沒想著要出書，只是為了把人生歲月中一些美好的記憶留給賞識的人欣賞，不為別的，只為共鳴！

# 第一章

靠山屯顧名思義，這裡就是一個靠山而居的村莊，除了小村中一條大路邊住著兩、三百戶人家外，靠山而居的還有不少村民，算得上是一個山村鄉鎮。

鎮東一間簡陋的院子裡，床上的林語伸了個大大的懶腰，才睜開眼看看這個簡陋的屋子。雖然說這裡算是在鎮上，可不如說是前世鄉下人家的柴房，雖是半截土坯的屋子，可土坯之上的木板早已破舊。

看著這個以後就是她生活的家，林語心中只有兩個字：真窮！

前世就算是個孤兒，可在學長姊的照顧下，她一直是個樂觀的人，可此時看到這個貧窮得不能再貧窮的家……這麼窮的家，她還真沒見過！

林語暗暗嘆息：我的高級席夢思再也睡不到了……身為一個特務人員，雖然各種苦與累都算不了什麼，可受苦受累學了這麼多，還沒來得及享受就掛了，果然是高收入的工作就有高風險。

林語舉舉手伸伸腿，得出結論：身體還很弱，典型的古代小女子，這些日子的鍛鍊看來還是不夠。

看到現在的自己，林語苦笑。老天還真是會戲弄人，竟然讓她還魂在一個因情而上吊的小姑娘身上……

傍晚時分，天邊染上了彩霞。林桑進門後放下手中的擔子，看了看無聊的妹妹，問：「語兒，是不是餓了？」

三個月前，林語是一名特種部隊的醫學博士，在執行任務中遇上飛機失事，重生在這個為情自殺的同名小姑娘林語身上，她接受了這個身子的記憶，瞭解了這個世界的狀況，由當初的失落到如今的接受，都是因這個叫林桑的哥哥。

看到是林桑回來了，林語朝他淡淡地笑笑。

「哥哥回來了？我不餓，只是在想，夏天就快來了，到時候雨水就多了，咱們這破屋子會不會漏雨。」

看看到處通風的屋子，林桑難過地說：「語兒，哥哥沒用！不過不用擔心，等哥哥掙到銀子了，先把屋子補好。」

林語笑笑地說：「哥哥，你別難過，你為我做的夠多了，我不怪你。親爺爺、親嬤嬤、還有親爹都不管我了，我怎麼可以怪哥哥你呢？再說了一切都是我自找的。」

林桑心裡跟針扎的一樣，難過地說：「語兒不說那些個人了！他已經不是我們的親爹了。他以後只是林柔和林清的爹，不再是我們的爹。還有爺爺嬤嬤他們，都看上那個女人手中的銀子了。」

林語走近林桑身邊，安慰他說：「哥哥，我不會再想他了，有了後娘就會有後爹，再說要不是以前我身子不好，把我們手中的積蓄都用光的話，也不會讓你這麼累。」

林桑欣慰地說：「我不累。語兒，哥哥在農忙前多做些豆腐去賣，以後妳不用再吃藥了，我就會有銀子給妳買肉吃了。」

靠賣豆腐賺銀子買肉吃？那要賺到什麼時候啊？前世因為身分特殊，不能談戀愛、不能出去放縱，所以她這人最愛的就是吃與穿，現在要靠這哥哥賣豆腐賺銀子來買肉吃，這得賣多少豆腐啊？

還不如她外出找個江洋大盜，一刀喀嚓了他，銀子還來得快。

想告訴他不必擔心沒肉吃，可是又怕嚇壞這個老實的哥哥，林語只得違心地說：「哥哥，我不要吃肉。很多人家都沒飯吃，可我們倆每天都能吃飽就已經很好了，你別難過。」

林語暗暗翻了翻白眼鄙視自己。其實我很想吃肉，想吃牛肉、雞肉、鴨肉……

林桑拉著妹妹坐在身邊。「語兒，既然妳已經懂事了，那哥哥就跟妳好好說說。」

「嗯，哥哥，有什麼話你就只管說吧，妹子我聽著。」林語乖巧地坐在林桑身邊。

林桑認真地說：「語兒，以後不要再去想王慶這個人了。他真的不是什麼好東西！是娘花了眼，才會在妳很小的時候定下這門親事。他枉作為一個讀書人，為了一點嫁妝，能退了姊姊的親事，想另定小姨子為妻，這樣的男人是不值得妳再去想著的。」

聽了林桑的話，林語真的想笑。她會在意這王人渣？

林語心中暗道：呵呵，王慶，雖然我非我，不過你敢嫌我窮退親事？嘿嘿，你讓我哥哥難過了，我這個林語可不是一個以德報怨的人……

這日子過得這麼無聊，也許你就是我打發時間的好對象？呵呵，以後我們慢慢玩！古代沒什麼娛樂是不？

看出林桑是真的擔心這個妹妹，林語覺得他太不容易，於是再三保證說：「哥哥，你放心好了，語兒不會再想這樣一個不值得的人。王慶不就是看中了後妹的那點子嫁妝嗎？這樣的男人，他配不上我！」

林桑一怔。他從沒有看過妹妹的這種神情，聽過她這樣果斷堅決的口氣，彷彿眼前的人不再是那個膽小、愛哭，有時又會鬧點小脾氣的妹妹。難道這次死而復活，給她的打擊真的讓她成長得這麼快？

不管了！能讓自己妹妹真正成長起來，就算是付出半條命的代價和他全部的家產，林桑也覺得值得。

聽到妹妹想得這麼明白的話，林桑高興地說：「語兒說的對，確實是王慶配不上妳。以後妳不要發愁，我們還有娘留下的十畝地，這地租收上來，足夠我們兩個人吃飯；然後哥哥做豆腐去賣，一年十來兩銀子是掙得到的，妳只管好好地養好身子，到時候請金嬸給妳找個好人家。」

林語從記憶裡知道，這個身子被訂親十幾年的未婚夫退親了，還被逼得上吊自殺。當時她的親爹與後娘嫌她丟了林家的人，不肯救她，是這個大哥放棄了家產繼承權，求他們救她，然後帶著她從街上的大房子回到了鎮頭的老屋。

腦子裡閃過一幕幕後，林語暗想：還當真是個狠心的爹！都說願意跟討飯的娘，不願跟當官的爹，看來這話說得百分之百正確！

聽林桑說要請人給她找人家，她急忙說：「哥哥，語兒才剛剛十五歲，真的不急著嫁。以後哥哥能不能答應妹妹，我的親事必須要我自己同意，你才給我訂親行不行？」

林桑一愣。「為什麼這樣說？婚姻之事，從來都是父母之命、媒妁之言，現在語兒就算父母說了不管妳了，可還有哥哥呀。長兄如父，我會管好妳的婚事的，難道妳有什麼想法不成？」

林語認真點點頭。「嗯，妹妹睡了這麼多天，很多事都想明白了，凡事都有好壞兩面，王慶退了我的親事，也許老天注定要另給我一個更好的也不一定。哥哥，都說心急吃不得熱豆腐，這終身大事真的不能太急。」

林桑一聽心中大動，知道這妹妹是真的長大了，於是點了點頭。「好！以後妹妹的婚事，哥哥絕不自作主張。我們已經自己立戶了，語兒也不要怕那一家人來搗亂。」

林語聽林桑這麼一說，心中大定。

林語很喜歡這個哥哥，勤勞樸實、心地善良，她不想將來因為一些無法猜測的事而離開這個哥哥，這是她在這世上唯一對自己好的親人。於是她也堅定地說：「哥哥也請放心，妹妹一定不會亂來的。哥，你先坐會兒，我先去做晚飯。」

林桑站起來說：「語兒，哥哥來做飯，妳還是燒燒火好了。等妳身子養好了再來做吧。」

林語晃了晃小胳膊，說：「哥哥，這幾個月你出門我就在家裡跑動，我已經完全好了。你看我這小手是不是長了很多肉？」

「噗！」林桑看著眼前那蒼白無肉的小手，立即被林語逗得笑出聲來。「妳這還叫有肉？剝下來也沒兩斤。好了，聽哥哥的，妳還是多休養幾個月，等妳的胳膊有了哥哥的手腕粗，妳再說妳有肉好了。」

林語無語了。手腕粗？我才不要呢！姑娘可要天生的骨感美。在這屋子裡蹦了三個月，從當初起床都無力到現在能蹦能跳，她已經滿足了。

不做就不做吧，就算圓了這個二十四孝親哥的情，以後不知哪個姑娘有福氣嫁給林桑，那是絕對的幸福。

再看一眼這窮困潦倒的家，林語心中有了打算。

她的賺錢方式在這個時代怕是不合適。這個時代，女子地位低下，許多技能方面的工作都不許做。

而她最在行的就是醫術，其次就是殺人、保鏢，只是似乎都不能當成發財的手段，以後她用什麼來賺錢呢？

不賺錢絕對不行，想要吃得好穿得好住得好，錢不能少。況且，她還要讓那些眼皮淺的家人，特別是那王家看看，竟然退了她這堂堂嫡女去娶林家的拖油瓶，她要讓他看看什麼是明珠，什麼是魚目。

林桑見妹妹低頭不語，他溫暖地問：「語兒在想什麼？是不是還在想那房子漏雨的事？」

林語抬頭笑笑。

「嗯。哥哥，我在想，我們這屋頂一時買不起青瓦，要不哪天我們到後山上去剝些杉樹皮吧？請個師傅先把瓦片撿到正屋上，然後別的地方我們用杉樹皮蓋著。」

林桑點點頭說：「嗯，語兒這想法好！過兩天我就上山去剝些杉樹皮好了，等曬乾了，我們就請人來撿屋子。」

回想起記憶中一些事，現在沒錢，就把家中能用得上的錢先用了再說。現在這個身子最重要的是養好健康，天天白菜豆腐可不行。

林語又問：「哥，我記得娘親有留了點首飾給我，你有沒有收起來？」

聽到妹妹提起娘留的首飾，林桑一臉難過。

林語見了，若有所思。竟然敢扣人家親娘那點東西……應該是這個後娘的手段。

林柳氏，希望妳拿著不要燙手就好！

哥哥人是好，可就是太老實。

林語怕他太難過，於是說：「哥哥，別擔心，那首飾是娘留給我們的，總有一天我會拿回來。」

林桑擔心地問：「可她會給我們嗎？」不給？她有這本事嗎？就林家那幾把破鎖，她都搞不定的話，還叫什麼特務人員？只是，這東西要就要得光明正大。

林語信心滿滿地說：「哥哥，這種事你不用擔心。她拿著娘的首飾，族裡不少老人都清楚。這種東西，她不敢瞞下。你放心，女人的事女人來解決，我有辦法讓她乖乖拿出來。」

難得看到如此自信的妹妹，就算林桑覺得自己這妹妹不僅是長大了，而且還覺得她變了一個人，可是她這樣子，讓他著實喜歡。

林桑點點頭。

「要哥哥出面的話，妳跟我說。哥去做飯了。」

要光明正大拿回首飾，光靠自己這樣直接出面肯定不行，那個後娘林柳氏可不是個蠢人。一個能讓自己便宜老爹在熱孝時娶進門、還帶著個拖油瓶、進門才七個月就「早產」出一個兒子的女人，哪裡是這麼容易對付的？

不是說古代女子最怕家族長輩嗎？親奶奶是沒指望的了，看來她得另想辦法。林語仔細想了一下林家族人中有實力的老少婦女，一番思索下來，她心中有了打算。

不論想要做什麼事，身體才是本錢。

一套體操做下來，林語覺得全身都是勁，用濕棉巾擦了擦汗，再喝了幾口溫開水，便把林桑離開前準備在鍋裡的早飯拿了出來。

拿著臉盆到了院子裡，這裡有一口小井，沿著牆的一邊搭著幾個棚子，既做豆腐作坊又做曬棚，井邊的青石頭圍成一圈。

林語打了一桶水倒在臉盆，捧了一把灑在臉上。「好舒服！」

「吱呀」一聲，院子門被打開，林語詫異。林桑出去之前，院子門只是用東西頂了一下，這麼早有誰來？三個月來，只有隔壁的王奶奶和金大嫂來看過她，最親的也就是林福的娘，和她自己的親四嬸。

沒等得及她發言，一個帶著關心又急切的聲音傳了過來。「語兒，怎麼可以用冷水洗臉呢？妳這孩子，怎麼這麼不懂事？身子被妳折騰得這麼差，再這麼下去，就給妳折騰完了！」

林語眉頭一皺。後娘柳氏？她來做什麼？

緊接其後，一個同樣似乎關切的聲音傳來。「哎呀，語兒，妳可真不注意，現在怎麼可以用涼水洗臉？這要再病倒了，妳爹娘可又得擔心了！唉，妳這個孩子怎麼就這麼讓人操心呢？真為難妳爹娘了！」

大姑？那個跟她的前身說：「語兒，妳不想想就妳這樣子，哪裡比得過妳妹妹柔兒？她要樣子有樣子，要嫁妝有嫁妝，既然王家一定要娶她，妳就把王公子讓給妳妹妹好了！這不都是親姊妹嗎？」

什麼狗屎親姊妹，一個拖油瓶是她親姊妹？這大姑是被後娘用銀子買通的吧？林語警惕地轉了一下眼珠子。

這幾個人湊在一塊兒過來，想幹什麼？

# 第二章

沒等林語想明白幾人跑來做什麼，林柳氏的聲音又響起。「唉！她大姑，這孩子就是脾氣固執，當初慶兒要退婚，就是因為她這脾氣太倔了，說他跟她合不來才苦苦求於我們。我哪裡捨得讓她受這分委屈，可我就是不願意，也留不住王公子的人呀！這孩子脾氣怎麼就不能改改呢？女子呀，還是要溫柔嫻淑點好。」

好一個慈母情懷！既說出了她的無奈，又說出了她林語被王家退親是她脾氣不好，不夠溫柔嫻淑。

好，是妳的女兒脾氣好、溫柔嫻淑。

彷彿怕這嫂子覺得自己不親熱一般，林大姑趕緊接上話。「二嫂，我知道，我知道。這事不能怪你們，也不能怪王公子。這要相處一輩子的人，哪有人不想找個合得來的人呢？這柔兒名副其實的柔，性子好又識字，女紅針線也被大嫂教得好，只要是有眼睛的人，都會喜歡上柔兒呀！」

林語聽了這林大姑噁心的馬屁話，真想問一聲：林大姑，您確定您姓林不姓柳？

跟著後面進來的三嬸與四嬸看到林語那蒼白的樣子，三嬸林江氏立即責備地說：「語丫頭，妳姑姑可沒說錯，看看妳那樣子，長相一般就不說了，還這麼不愛惜身子，要真成了個病秧子，哪家人敢娶這樣的媳婦進門？」

林語頭頂彷彿一群烏鴉飛過。這真的是親人？

四嬸倒是個老實的婦人，她看眾人都數落這個沒親娘的姪女，心裡很是不屑於大伯哥的做法。親生兒女都可以不要的人，真不是人！

只是她無權無勢、家無巨產，想幫也幫不來，而且這個二嫂表面上很會做人，把二哥迷得昏頭轉向不說，還總施些小恩小惠給他們兩家，兩個小叔叔對她很是尊敬。

看不慣孩子太過受傷，四嬸林王氏走到她身邊，接過林語手中的臉盆說：「語丫頭，江大夫說妳得好好養上三個月，這三個月都過了，妳有沒有好些？」

眾人說話間，林柳氏還走到她身邊，小心翼翼扶起林語，溫柔地說：「語兒有沒有好點？還有沒有什麼想要吃的？要是想吃就跟娘親說說。唉，這院子還是太簡陋了，回到家裡去吧，那兒也有人照顧。」

要是林語是今天才醒過來的，要是她沒有原來的記憶，一定會被感動。她這個人工作時可以鐵石心腸，可是在親人面前最無力。

只是此時……

演戲是吧？林語抬起小臉，甜甜地說：「謝謝娘的關心，娘太好了，這幾個月來，語兒每天一個人待在家裡，確實覺得太孤單——一會兒等哥哥回來了，我就跟他說，我們明天就搬回去。江大夫昨天來過了，我身子底子太差，最少還得養上三、五個月才行。還是回家裡養病好，有人做飯有人煎藥有人洗衣服。在這裡都得靠哥哥一個人做，他太辛苦了，我看著也心疼。」

林語這唱作俱佳的表演，看得林柳氏臉色大變。這個平時膽小又倔強的孩子，今天似乎不大一樣。她可是算準了他們兄妹不可能搬回去，才說出這麼漂亮的客套話。

林柳氏內心恨不得吃了這個死丫頭。她今天似乎不對勁了……是不是死了一回變了性子？搬回去？那林家的家產，不是也跟著回去了嗎？

那是不可能的！做了這麼多年的樣子，才把這兩個眼中釘弄出去，再讓她搬回去？作夢！林家的一切都是她兒子的！

薑是老的辣，林柳氏看幾個妯娌看熱鬧似地看著自己，立即笑容可掬。「那太好了！要是語兒願意回去，娘就太高興了，這樣弟弟妹妹也有伴了。」

林江氏其實一點也不喜歡林柳氏，只是這人心腸太壞嘴巴太好，天天就知道哄老太太，聽到林柳氏這話，立即笑呵呵地說：「是呀，語兒，聽大人的話，還是搬回去吧！有這樣的娘，其實真的是妳的福分。」

林柳氏恨不得吃了林江氏，只是這個時候，她不想壞了形象，影響女兒嫁進王家。她嘴角扯了扯。「三嬸真會說話，對於自己的孩子，當娘的不都是這個心嗎？」

看著林柳氏想要吃了林江氏的眼神，林語高興地說：「太好了！終於不用住這茅棚了。我知道娘最疼語兒了，哪裡會把語兒喜歡的東西讓別人搶走呢？大姑一定聽錯了，娘才不會讓柔妹搶我的慶哥哥呢！」

林柳氏的臉色終於脹紅了。她訕笑著說：「語兒，相信娘不是個這麼狠毒的婦人，我進林家多少年，可一直把妳當親生女兒來看，從來也沒少過妳一份吃一份喝，更不會讓妳妹妹搶妳相公了。要不是這王公子再三來求，他對柔兒一見鍾情，非她不娶，我哪會這樣做？手心手背都是肉，我這也是沒辦法。」

林大姑看了看林柳氏的臉色，知道她心中所想。剛才聽林語說她亂說，心裡就有一股氣，這時立即接上林柳氏的話說：「是呀，語兒，人可要講良心。妳娘對妳如何，大家都有眼睛看得到的。這王公子要娶柔兒，不是妳娘的錯，也不是柔兒的錯，一切都是命中注定的！唉，說來說去，看著妳這孩子，我真的想讓妳立即搬回去，只是……」

林江氏加了一把火。「只是什麼？莫不是妳來接人是假心假意的不成？」

林柳氏扯扯嘴角，一臉微怒。「怎麼能這麼說？我這不是考慮王家那孩子的事會讓語兒不開心嗎？我怕她真回去住，有點不合適罷了。」

林王氏是真的不忍心看兩個姪兒姪女住在這破院子裡，於是不認同地說：「這有什麼不合適的？都是自家姊妹親戚，難道這輩子都不見面了嗎？再說柔兒與王公子的事也還沒有定下來，能不能真的成親，那還得後說，總不能為了妹妹要嫁人，就把嫡長姊給扔在外面吧？」

林柳氏冷冷看了林王氏一眼，然後換上了一臉聖母的光輝才道：「孩子四嬸，這話可不能這麼說呀！做娘的哪有不想把女兒接回去的？知道的人是曉得家裡的事，不知道的人，以為我這個做後娘的多狠心呢。其實我也是心裡有怕，怕的就是語兒見到王公子傷心呀！雖然親戚是還有得說，但也不可能不見面，能少見一次也便少傷心一次，不是嗎？再說，這農忙時節就要來了，語兒要養身子，回去可不大清靜。家裡這麼多地，個個都得下地忙，我怕是會照顧不過來。他們兄妹的地也沒準備自己種，還是他們兩個住這裡清靜，我看要不等農忙過了，我再來接吧。」

林江氏的臉上全是諷刺，雖然兩人一直是面和心不和，可有急事時，還得找二哥拉一把，所以她不想與林柳氏撕破臉。

「這話也沒錯，農忙的時候，院子裡到處都是農具和作物種子，雞飛狗跳的確實不清靜，我看語兒還是在自己家裡養著吧。真要有需要，妳讓妳哥去說一聲，妳爹娘也不會不管妳。二嫂妳說是不是？」

聽到林江氏這會兒知道巴結她了，林柳氏暗地裡輕哼了一聲，滿臉堆笑。「就是就是，兒女都是爹娘的心頭寶，哪能不管？那就這樣，等過段時間妳與妳哥哥再搬回去。」

「可是……我還是覺得兩個孩子現在搬回去住好……」

林大姑怕自己二嫂不高興，立馬打斷了林王氏的話。「四弟妹，我覺得還是三弟妹說的對，二嫂在村子裡可是個有好名聲的娘親，要不是這兩個孩子性子太倔，她怎麼會忍心讓他們住這裡？不過既然住過來了，我覺得就住這兒吧，折騰來折騰去多累人啊！反正也就這麼幾步路，有什麼事回去說一聲就好了。」

大姑姊發了言，林王氏只得嚅動了幾下嘴，最終沒有再說話。

林語掃了一眼林家三嬸與四嬸。四嬸是個老實的女人，有一句說一句。可這三嬸倒是個有趣的人，前一會兒還在與林柳氏唱對臺戲，這一會兒馬上就給她鋪臺階下？

林語朝四個女人又掃了一眼。只有四嬸不是個會落井下石的人，她心中暗暗記住了。送走了幾個女人，林語關門睡了一覺。

天天鍛鍊身體，她的體質有明顯進步，只是運動量太大，營養卻跟不上。

看著桌上一成不變的豆腐配一道素菜，要不是為了照顧她還多了點油葷，恐怕是冬天洗碗都不用熱水了。

「哥哥，你手上還有銀子嗎？這些天我按江大夫所說在院子裡天天走動，每天都會出身汗，感覺身體有勁多了，只是可能是吃得太素了，胃都刮得難受。」

林桑臉一紅。「妹妹，都是哥哥不好，我們還有幾兩銀子，一會兒我就給妳，想吃什麼妳自己買。」

這不是客氣的時候，沒有好的身體，何談賺銀子？

聽說女子不得行醫，可沒有規定女子不得採藥賣。

這時代沒有專門的草藥種植，藥店的草藥都是純天然的。可採藥人都只會在山前周圍採些平常的草藥，想要好的品種，怕是要進深山了。

她的專長不能用，那麼養好身體後，她得去深山碰碰運氣。

其次她還得有所準備，山裡有多危險，她是內行人。

於是林語點點頭。「哥哥，你放心，銀子沒了我們再好好賺，等我身子好了，到時候我們一塊兒賺銀子。」

林桑哪有不答應的道理？立即起身去屋內，把一個舊布包拿出來遞給林語。「妹妹，這裡有五兩三錢銀子，妳想吃什麼自己買。」

這可能是家裡全部的積蓄吧？恐怕還是這個哥哥多年來唯一的私藏。

頓時林語覺得這包銀子很重、很重。

既然手上有了銀子，那就好好花。

第二天，等林桑出了門，林語鍛鍊之後洗了個澡，也出了門。

「咦，語姊兒，妳身體好了？」

林語見是離自己家兩、三戶遠的鄰居金大嫂，這人與自己親娘自小相熟，他們兄妹搬來這裡後，他們夫妻沒少來看他們。

林語羞澀笑笑。「謝謝嫂子關心，我已經好了不少了。」

金大嫂看著她提個籃子。「好了就好，不過還得好好養養，看這瘦得讓人心疼。妳這是準備去哪裡？是不是園子裡菜不夠吃了？要真這樣，去嫂子家裡摘點。」

林桑種的菜還沒有完全長出來，這些日子，他們不夠吃的都是靠左鄰右舍接濟，特別是這金大嫂家，三、五天就給他們送一把菜。

「不用不用，昨天嫂子讓妮子給我的菜還沒吃完。只是江大夫說我這身子太弱，得每天吃點葷才行，所以我想去買點豬骨頭。」

金大嫂笑了。「妳這孩子，這豬骨頭能有什麼油水？要買就買肥肉。嫂子這裡先借點給妳，少買點肉也比豬骨頭強。」

豬骨頭營養豐富，但這時代的人不知道，因為大家覺得沒有油水，且極便宜。

兩人邊說邊笑著往鎮中走去，金大嫂見她還是要買豬骨頭，於是勸說：「語姊兒，就買二兩肥肉好了，這豬骨頭……」

豬骨頭買回去燉點山菌乾或芋頭，既鮮美又有營養，做法簡單又好吃，何樂而不為？

林語笑著搖搖頭。「嫂子，不用了，就這豬骨頭吧。病久了突然吃得太油，我怕肚子受不了。師傅，這兩根豬骨頭多少銀子？」

黃屠夫等她決定要這兩根大筒骨時，隨手往秤上一掛。「姑娘，二斤四兩，妳給十個大錢吧。」

林語爽快地掏出了十個大錢準備扔給黃屠夫，突然發現案板下的簍子裡有東西。「師傅，那簍子裡是不是豬內臟？」

豬下水？

金大嫂與黃屠夫同時看向林語，心道：莫不是又捨不得買這大骨頭，改買豬下水了？

林語覺得兩人的眼光很奇怪。她問豬內臟怎麼了？這身體不僅是體質差，又無力，更是貧血得厲害，要不然怎麼會動不動就頭暈難受？

「不是嗎？」

黃屠夫有點難為情地說：「不，這確實是一點豬下水，只是好的都沒了，只有一副豬大腸沒人要，準備扔了。」

只有豬大腸，沒有豬肝了？要是有個豬肚子也好，豬肚子雖然不能補血，可是也是養人的好東西。比如能養身體的蓮子豬肚湯、芡實豬肚湯，這些湯類對於身體虛弱的人大有好處，可惜，只餘下這豬大腸了。

林語從記憶裡知道這裡的人不大善於清洗豬內臟，洗不乾淨的豬內臟味道太重，吃的人不多，只有實在貧窮的人家，會買來料理。

不過她會洗啊，豬內臟既便宜又好吃，被人看不起算什麼？現在她是窮，讓人瞧不起總比天天吃青菜蘿蔔好吧？哪一天她發財了，她再來告訴別人豬內臟的美味。

主意打定，林語羞澀地笑笑。「這個……我出兩個大錢跟你買行不？」

# 第三章

林家的事之前在鎮上傳得沸沸揚揚，能有幾個人不知曉，何況是這街頭做生意的黃屠夫？

看到林語這表情，他呵呵一笑。「林姊兒，妳這年紀也叫得我一聲黃叔，這大腸就送給妳了。下回還要，妳早點過來說一聲。」

林語這下真是臉紅了。

人家這是在可憐與同情她呢……

不過善意的同情她記在心中，於是林語又說：「黃叔，明天你能給我帶一副豬肝與一副豬肚嗎？我聽說過一個偏方，這姑娘家身子虛、發暈，是因為身子裡的血少了，說多用這豬肝燒薑湯喝有好處，要想好吃，再加上一兩瘦肉就更香了。」

「喔？還有這種事？林姊兒沒騙叔？」黃屠夫驚訝地問：「那要是這樣，以後我這豬肝就好賣了。行，看在妳告訴我這方法的分上，以後妳要的豬肝豬肚，我都按現在的價給妳，一斤兩文。」

一斤兩文？還有比這更便宜的葷菜嗎？

林語接過黃屠夫遞給她的豬大腸，顧不得金大嫂的驚奇，便往前面的藥鋪走去。要燒出好味道，就得有配料。

生活水準一上來，身體漸好，一個月後，林語覺得自己渾身都是勁，於是想上山了。

「哥哥，我的身體已經好了，這時節金銀花開得正旺，我想到山的周邊去採些賣給藥鋪。」

這段日子以來，妹妹變得又聽話又勤快，讓林桑樂得不行，村子裡有不少窮人家的孩子沒事時都會去採些草藥賣給藥鋪，好換些女兒家的小東西。雖然妹妹這身體看著是比以前好了些，可離真正好起來還差些時間，他不放心。「語兒，那些草藥也不值得幾個大錢，妳不用去，就在家裡幫著揀豆子好了。要是覺得悶，去金大嫂家找小妮兒玩玩，四嬸家兩個妹妹人也不錯，去找她們玩吧，別上山去，哥哥會不放心。」

林桑一臉的誠懇，林語只得暫時把主意擱下。

不過她覺得林桑的提議不錯，他讓她找四嬸家的妹妹，林語便有了主意。

林家四嬸住在林家老屋的邊上，從林語住的小院過去，要路過好幾家人，還得轉過一條小路才能到達。

四嬸想不到姪女會來玩，看到林語時驚訝極了。「語兒，來找妹妹玩？」

她的前身與大伯家的幾個女兒不大合，三叔家的堂妹天天跟著大伯家的堂妹，與她也不大好，只有這四嬸生的兩個女兒性子與四嬸相似，老實不尖酸，膽小不妄為，她們平常會玩在一塊兒。

「四嬸，我在家裡悶得慌，想來找妹妹們說說話。」

如今農忙剛過，水稻下了地，田裡的活兒也不多，農村裡的女人除了打理菜地就是忙家務及做針線。於是四嬸指指院中忙著切豬草的兩姊妹，立即回頭叫。「桃兒、芝兒，妳三姊來了。」

堂妹林桃十二歲，平常是個膽小的，所以從來沒有去看過林語。而林芝雖然年紀小，卻是個厲害的角色。

聽說三堂姊來找她們玩，林桃立即招呼。「三姊，過來這兒玩，等我們切好豬草再陪妳玩。」

林芝則在一邊撇了撇嘴。她這表情雖然很快就消失，卻沒有逃過林語的眼睛。

四嬸餵養好雞鴨，給好幾個月才來一趟的姪女倒了一杯水，端著針線盒坐在樹下，邊做針線邊與她們姊妹說話。

「玉花，妳在家不？」

聽到院門外的聲音，林王氏立即起了身。「我在我在，有事找我？」

隨著聲音推開門進來的是一個年約五十左右的婦女，看到林王氏立即問：「妳家還有甘菊花沒？」

林王氏不知道族嬸要甘菊花做什麼。「有倒是有一點，只是不多了，三嬸妳要這做什麼？上火了不成？」

見是林家族長林宗明的弟媳婦林朱氏，林語與兩個堂妹立即向她問好。

林朱氏心中有事，馬虎著應了。「不是我上火了，是我那小孫子這幾天可能是天熱了，這還不到五月天呢，竟然全身都生起了痱子，昨天哭鬧了一個晚上，今天到藥鋪裡去看過，說這東西喝藥也沒辦法，孩子胖了些，還是換到涼點的地方待著才行。可哪有涼快的地方？我就想著煮點甘菊花水給他洗洗看。」

林朱氏因為自己的男人中過童生試，又是族長的親弟弟，家中條件也不錯，在這族人中極有說話的分量。

林語心中一動，走上前。「三嬤嬤，語兒這幾個月與江大夫學了幾個方子，聽說孩子生痱子，用夾竹桃樹枝燒水洗澡極好，要不妳試試？」

林朱氏一臉驚異地看向林語。「語丫頭，妳說的可是真的？」

林王氏立即說：「三嬸，江大夫可不正是語丫頭她娘的表叔？這些日子這孩子身子不好，一直是江大夫給她看的呢。」

林語彷彿怕不夠有說服力。「三嬤嬤，我這些日子跟著表叔公學了不少東西，雖然只是皮毛，可是我把能用得上的都記在心裡。前兩天，我往外跑了好幾趟給哥哥送飯，也是覺得身子不舒爽，就燒了點水洗了澡，還用書上一個偏方做了點粉塗抹，感覺好了不少。」

「粉？什麼粉？」林朱氏看向她。

前世的痱子粉是最普通的家用物品，用過濾後的澱粉加上一些平常的草藥與冰片，是防痱子的好東西。

林語記得這孩子是林朱氏唯一的金孫，如果能借機與林朱氏打好關係，從林柳氏手中拿回親娘留給她的首飾，不是多了一成機會？

一點痱子粉對她來說是小菜一碟，而且她前幾天確實看到林桑天天在外面跑，脖子上起了痱子呢，這真是天助她也。

自己前身是個不懂醫術的姑娘，所以不能說得太明白，林語支吾著說：「上回看到一本從我表叔公那裡借來的醫書說，用薯粉加上十種草藥粉，可以治這痱子，我就試著做了一點，要不我去拿來給小堂弟用？三嬸嬸，這東西不是要吃的東西，所以不必擔心，我自己也用過了，絕對不會對身子有害。」

林朱氏一聽急忙說：「那語丫頭去幫三嬸嬸拿來，要是真用得好，我可得感激妳了。」

看著林朱氏拿走了林語做的痱子粉，林王氏擔心地說：「要真能有效才好……」

怎麼會沒效？她配出來的痱子粉都沒有效果的話，那她十五年的學醫生活是在混日子？

不好回答林王氏，林語拿起她做好的荷包看了又看，然後誇獎。「四嬸，妳這荷包做得可真平整，這針腳可真細膩。」

林王氏最拿得出手的就是針線功夫，聽到姪女兒一誇，立即忘記自己的擔憂了。「我也就針腳能弄得平整些，可要論繡花，我這手藝就差了。語兒，妳的針線功夫怕是有幾個月都沒動了吧？這天氣漸熱了，妳哥那薄衣，妳可得好好給他整飭整飭。」

這時代沒有專門的縫紉行，大多數的成衣都是布店請繡娘做好拿出來賣的。那些成衣可不是一般的農村人買得起的，所以這裡的女子從五、六歲就會學針線。記憶中，林語的針線功夫還不差，最起碼能做衣服鞋襪，而且這四嬸就是她的啟蒙師傅。

林語趕緊回她。「嗯，前兩天我把哥哥的衣服都翻出來補好了，只是有兩件衣服舊得不行了，想等有了銀子買兩塊布再給他做兩件，到時候細節地方還得請四嬸指點一下。」

林王氏爽快地說：「這有什麼問題？妳到時只管來好了。」

林語從來沒養過雞，她從四叔家回來時，林王氏硬是塞給了她四隻小雞，讓她用菜梗子剁細了養牠們。

雖然沒有養過，可一看到四隻毛茸茸的小雞，林語極是喜歡。

幾天工夫，小雞就大了不少，她天天一有空就圍著院子裡的雞欄丟豆腐渣。

「語兒、語兒，妳在家不？」

林語聽到林王氏的聲音，立即放下手中的豆腐渣去開門。當她看到門外好幾個婦女時有點愣了。「三嬤嬤、三嬸、七嬸……妳們這是……」

林朱氏是個爽快的性子。「語姊兒，那天妳給我的那痱子粉可真好，我孫子這幾天身上的痱子全消了，晚上給他塗了睡覺，全身都爽滑滑的，他可高興了。這幾位嬸子家裡的孩子身上也起了痱子，聽說我從妳這裡拿了好東西，都想來問問妳還有沒有。」

痱子粉就算是現在沒有，可明天就會有。現在的冰片並不便宜，雖然算不得貴，可配一盒下來，也得幾十個大錢。

林語把人請進了院子，才支吾著說：「三嬸嬸，這東西配起來倒不是太複雜，只是……只是……裡面用到的藥粉有點貴……不是我小氣，只是我家裡這光景，現在連揀藥的銀子也沒有。」

林朱氏看了一眼這簡陋的院子，一時臉紅。「看我真是年紀大了，語姊兒那天就說過，這痱子粉裡頭得用十種藥粉。語姊兒，莫怪三嬸嬸，一會兒我就給妳送銀子來。妳別難為情，這可不是妳要討銀子，嬸嬸知道妳過得難，這本錢我總得給。」

這人說話也太直了吧？

「那個……那個真的不用，三嬸嬸，給妳的那個是我配來自己用的，因為沒有銀子，所以也沒配多少……」

叫七嬸的林劉氏是個直爽的人，她家日子不難過，所以聽到林語的為難非常理解。「語姊兒，妳也別難為情了。嬸子我家那小子也是起了一身的痱子，晚上直嚷著癢，連大人都被他吵得睡不好。這樣吧，妳與嬸子說說，這配一盒得多少銀子？」

林語迅速計算了一下冰片的價格，然後才說：「要是以我給三嬸嬸那一木盒子算的話，一盒子最少也得百把個大錢。」

百把個大錢，對於窮人家來說不是筆小錢，可是對於這幾個婦人來說，那還真不算大錢。

林王氏知道這幾家人日子過得不錯，所以才帶她們來，可她又怕別人嫌棄自己姪女愛財，於是解釋說：「幾位嫂子，妳們別怪語丫頭啊，這孩子要不是實在過得艱難，也不會開這個口。他們兩兄妹搬出來後，就靠著桑兒賣豆腐為生，這日子過得真的不好，否則這院子也會好好修修，而不是這麼用杉樹皮蓋了就住進來。」

這裡都是林家族人，有哪個不知道林家事？

林劉氏與林胡氏以前比較要好，於是不解地問：「語姊兒，妳娘當時不是留下好幾樣首飾嗎？真的日子都過不下去了，還是拿去換點銀子過日子吧，等日子好了再贖回來不就成了？何必這樣過得苦哈哈的？」

林劉氏話一出口，林語差點跳起來。有心栽花花不開，無心插柳柳成蔭啊！她巴結林朱氏，就是想從她這裡下手，光明正大地從林柳氏手上把首飾要回來。今天是天下紅雨了嗎？才短短幾天就讓她心想事成？

林語知道林朱氏的性子，是個眼裡容不得沙子的人，而且她平常不會對一個人好，可是一旦誰對她有恩，就是掏心窩的對人好。

果真林朱氏的眼睛都發光了。「語姊兒，妳娘那些首飾呢？莫不是還在柳氏手上？」

林語一臉無奈委屈的樣子，點點頭。「娘說……娘說得要等我出嫁時才給我……」

什麼？都分家了，還扣著人家親娘留給孩子的嫁妝？

林朱氏臉黑了。「語姊兒，妳放心，這事三嬸嬸幫妳辦，過兩天我包准讓妳娘給妳送過來。」

林語立即一臉感激地對著幾位長輩說：「謝謝三嬸嬸，語兒也替我娘感激妳。各位嬸嬸，妳們要的痱子粉，明天我就能配好，一盒成本大約一百錢，到時候我送上門來。」

大家一聽，立即報了想要的數字。眾人離開時，林朱氏還特意關照。「語姊兒，妳明天做好了，讓妳小堂弟來說一聲，妳就在家等著，我一定讓柳氏給妳送首飾來。」

林語原身的娘是個小戶人家的孩子，只是家裡有幾畝薄田，因為沒有兒子，只有兩個女兒，所以女兒嫁人時給她置辦了幾件銀首飾。可就這幾件銀首飾，在農村裡也算是值錢的東西。

拿著柳氏酸溜溜地送回來的四樣首飾，林語估摸著也就十來兩銀子的價值。她不稀罕這幾件首飾，可是這是原身親娘留下來的東西，再不值錢，她也不能便宜柳氏。

林家大院是個二進深的院子。此時正廂裡，林柔腳一跺，不依地搖晃著林柳氏說：「娘，妳說什麼？妳把首飾給那個小賤人送過去了？妳說了那些以後就是我的嫁妝，我不許妳送給她！」

看了看這個不爭氣的女兒，林柳氏瞪了她一眼罵道：「妳小聲點行不？難道妳想讓左右鄰居聽到妳要占了她娘留下的首飾不成？這點東西也值不了幾個錢，為了這點東西，難道妳想以後我在這個家族裡站不住腳？妳想嫁到王家之後，沒有族人做依靠？」

說起王家，林柔的臉上全是光輝。

可一想起那四件首飾，林柔一臉不甘心地說：「娘，三嬸嬸怎麼知道這些首飾留在娘這兒？難道是那賤人自己去找三嬸嬸說的？說到底，三嬸嬸只是個外人，妳為什麼得聽她的？不能說妳完全不知道這件事？」

林朱氏是族長的弟妹，她在林家又有地位，連自己婆婆都要巴結她，她敢不巴結？再說，她哪裡知道那死丫頭是怎麼搭上林朱氏的？

因為她是熱孝進林家，而且兒子七個月就生出來了，林檔生是知道這兒子是他的，可別人就起了疑。這些年來，她一直被族人看不起，而自己一直與族人都不合拍，偏偏被女兒戳中了痛處。

林柳氏一時不快地說：「妳懂個什麼！這林家是只有十幾兩銀子家底嗎？妳的嫁妝我會不給妳準備好？就這麼一點東西，還值得妳放在心上？真是個沒出息的傢伙，這王家沒比咱們林家差到哪裡去！」

聽林柳氏提到王家，林柔立即小臉微紅，小聲問：「娘，慶哥哥會不會來提親呀？」

說起王家，林柳氏得意地說：「哼！有什麼好擔心的？他會不來提親？我想不讓他來，他怕還會跳腳呢！我的女兒是什麼樣子，他能不被迷住？」

就不說女兒的顏色讓王慶那小子入迷，王家雖然日子過得不差，可是他們早知道自己手上還有那死鬼男人的一些財產，而柔兒是那死鬼的骨肉，他們會不知道打算她的嫁妝？

作為一個對男人本性熟悉得不能再熟悉的女人，林柳氏一想起當年引誘林檔生的情景，心中就信心滿滿。

林檔生並不是她所接觸的男人之中條件最好的。她自己有銀子，雖然不多，可要讓一家人過日子不難。她貪圖的是當年林檔生的模樣，意外驚喜的是他的家底。

聽到娘親自信滿滿的話，林柔嬌羞地說：「娘，您得讓慶哥哥快點來提親，省得夜長夢多，只要定下來了，才能讓那個賤人死心。」

林柳氏瞇起眼睛說：「明天我透個風出去，我看他來不來！」

# 第四章

林檔生趕著騾車進了後院，剛好聽到林柳氏的後半句話，立即開心問：「媳婦，看妳什麼？」

林柳氏看了女兒一眼，立即上前笑吟吟地接過他手中的東西，說：「你說柔兒還能看我的什麼？今天我讓語兒看看我幫她保存的首飾，給她洗得多麼漂亮！」

這個男人雖然對自己百依百順，可是柳氏從來不去踩男人的底線，這次如果不是那兄妹倆中了自己的激將法，也不可能觸動他們爹爹的尊嚴，把他們趕出了林家大院子。這個家是自己一雙兒女的，那死女人的兒女想要享受，他們沒這個命！

林柔一直受林柳氏的教導，自己的繼爹幾天沒回來，現在他們兩個怕是要親熱了，於是趕緊見過禮就回了屋。

見女兒識趣地走了，林檔生看著眼前俏麗的小臉，左右看了看沒人，摟著她就親了一口。見他這麼猴急，林柳氏加了一把火，嬌嗔地說：「這大白天呢！都老夫老妻的，還做這種動作，你不臉紅呢！」

林檔生笑咪咪地說：「什麼老夫老妻的？我們成親才十來年呢！就是成親一百年，我也覺得妳就是我的新娘子。」

林柳氏趴在林檔生的肩頭嬌嬌叫了聲。「相公……你這樣會讓我感動的！」不到四十的林檔生立即被這嬌柔的聲音引得心癢癢的，出門兩天才回來，被嬌妻一誘，立即淫性大發，一把抱起她就往房間裡走。

青天白日的要進房可不妥當，要是傳出去了，對她的聲譽來說就有問題了。她沒什麼，可還有一對子女呢！於是林柳氏掙扎著說：「相公，一會兒清兒就下學堂了，我還有事跟你說呢！今天我去看語兒了……」

想起那一對不稱心的兒女，林檔生立即沒了心情。「妳去看他們做什麼？不是說了以後不再認爹娘了嗎？還有什麼好看的？以後不要去看了，讓他們自生自滅好了！」

為了當好一朵白蓮花，林柳氏坐在林檔生腿上，柔柔地說：「相公，枝兒知道你這是心裡在氣他們呢！別生氣了，哪家的孩子有幾個聽話的？他們還小，不理解爹娘的心，特別是桑兒，他不能理解王家為何一定要退親，要是我們真的不同意的話，讓語兒嫁過去了，她哪裡會有好日子過呢？」

想起自己的前妻也是父母不顧自己的意願定下的，林檔生立即恨恨地說：「真是不識時務的兩個蠢人！語兒要強行嫁過去，一輩子都不和睦，這日子還過得有什麼意思呢？要不是我有幸娶了枝兒妳，我林檔生一輩子也嘗不到好日子的滋味！」

「相公，是枝兒有福氣嫁給了你，不嫌枝兒再嫁，還這麼寵我，枝兒謝謝相公。」

林檔生湊在她耳邊輕輕地說：「那晚上好好謝謝相公，讓我嘗嘗那兒的滋味？」

柳枝臉一嬌。「想得美！」

不同於林家大院處處充滿算計，鎮頭的林家小院處處顯出一片安寧祥和。

林桑一進門就感覺到家裡的不同，院子打掃得乾乾淨淨，洗好的衣服也疊得整整齊齊地放在凳子上，飯菜的香味已透過門飄進了院子裡。

一放下豆腐擔子，一張甜甜的笑臉映入林桑的眼簾。

「哥哥，你回來了？可以開飯了。」

林桑寵愛地笑著問：「語兒今天這麼開心？」

林語高興地點點頭。「哥哥，今天我打了個勝仗！」

林桑好奇地問：「打了什麼勝仗？」

林語神秘地說：「嘿嘿，哥哥，我今天既打了勝仗又發了財。」

林桑更加不解。「語兒一個人待在家裡，哪來的又是打仗又是發財的說法？」

林語邊擺碗筷邊說：「哥哥，你先洗臉洗手吧，一會兒我再說給你聽，聽了包管你高興。」

林桑無奈地搖搖頭。「妳可真是越來越調皮了！好吧，一會兒可得跟哥哥好好說說。」

等林語把今天林柳氏的事告訴林桑後，他立即跳了起來。「這不要臉的女人，還好意思跑到這裡來裝模作樣，什麼幫我們保管？今天要不是有三嬸嬸出面，她這是想占著不給我們了呢！就是她的不要臉才讓妳差點送了命！」

看林桑真的生氣，林語趕緊拉著他說：「哥哥，你可別生氣，妹妹我大難不死，必有後福。」

最後一句話總算把林桑安撫下來。十九歲的小夥子，正是年輕氣盛的時候，雖然身為長子，但在林柳氏的故意捧殺下，書沒讀過兩年就在家中幹活。還是妹妹的自殺觸動了他，為了謀生、爭氣，才重拾了外家的做豆腐手藝，總算是有一技傍身。

林語腦海中留有親娘林胡氏娘家的記憶，林胡氏是胡家的小女兒，大女兒的夫婿是招親上門的，後來等胡家老人過世後，帶著妻小走了，聽說去了京城謀生。當初胡家嫁小女兒時，就把平時做豆腐生意掙的銀子給她作嫁妝。

可這林檔生不是個好男人，聽說當時他有了意中人，並不願意娶胡氏，但是林家又看中胡氏的嫁妝，好在胡氏是個聰明女子，將嫁妝看得很牢，直到病故之前，田產才親自交給了兒子。

目前林桑和林語的糧食就靠那十畝地的租金，日子還算能溫飽。吃過飯，林語開始收拾飯桌，林桑不依。「家裡的事以後我來做，妳還是要多休養，把身子養好。」

林語心酸酸的。「哥哥，你是一個男子漢，這些婆婆媽媽的事，妹妹怎麼忍心你來做？我身體已經好了，你不用擔心我了，你看，我跳得多高！」

說著雙腳用力一蹬，立即跳離地面一尺多高。林桑雙眼濕潤。「語兒，沒關係的。這些活兒，以前還不是常要做嗎？這有什麼不一樣，妳做我做都一樣的，等妳全好了，哥哥就把活兒給妳做。」

林語覺得心裡像是被什麼堵住似的，眼角濕濕地說：「哥哥，以後家中這些女人的活兒，妹妹一定不會讓你來做。」

林桑立即說：「沒事的，還是讓哥哥幫著妳做吧。要是累壞了，哥哥會更心疼。還有，哥哥跟妳說一下，咱們家隔壁這院子原來也是咱們家的，只是後來搬去那大院子之後被爹賣了。這小院子是因為娘死在這裡，我一直不同意賣，才留下來的。」

林語試探著問：「哥哥想說什麼？」

林桑認真地說：「以後哥哥一定會好好掙銀子，早日把那院子買回來。我和妳都是在這裡長大，直到妳七歲才離開，妳也許不大記得了。」

不就是一個院子嗎？百把十兩銀子的東西，他們兄妹一定有機會買回來。

看著鬥志昂揚的哥哥，林語給他打氣。「哥哥一定能做到的！不過，哥哥，我們家這院子賣給誰了？」

林桑告訴她。「以前是前街劉伯伯家買的，後來他們家搬到城裡去了，就賣給了肖大伯家。不過妳以後少跟他們家來往，這肖大娘和幾個嫂子都不是省油的燈。」

肖家？林語立即問林桑。「就是他們家有個兒子叫肖二呆的肖大伯家？」

林桑一愣。「語兒知道？」

林語按記憶說：「堂伯家的林福哥跟我說過的。」

林桑不高興地說：「語兒，以後少跟林福那小子來往，他跟王慶那東西走得最近！」

林語故意難過地問：「哥哥，你真的很不喜歡慶哥哥嗎？」

林桑一聽妹妹還叫那個壞人「慶哥哥」，立即跳了起來。「語兒，以後不許再這樣叫他！他不配！我不只不喜歡他，我恨他，就是他差點害得我沒了唯一的親妹妹！」

林語原本對王慶沒有什麼感覺，只是見林桑氣得一副要爆炸的樣子，她眦起眼睛，看著門外暗道：王慶，竟敢惹我林語的哥哥不高興，你知道嗎，你真的惹事了！本來還沒想跟你玩的，看你氣著了哥哥，現在我得做些準備了！

本想立即去會會這王慶的，可是家裡目前這麼窮，去會他也沒什麼意思，還惹得他看不起。目前最重要的還是發家致富。

今天晚上，她讓林桑把親娘留下的首飾賣了，林桑頭搖得如撥浪鼓似的。「語兒，那可不行！這是娘親唯一留給妳的東西，哥哥怎麼能把它賣了呢？就算是沒飯吃，我也不能賣了它！」

林語哭笑不得。這林桑看來被林柳氏壓得過於至孝了。這次如果不是王慶要退自己的婚事，而林柳氏同意讓王慶另娶林柔，他也不會發威。

為了這個二十四孝的哥哥，林語再次提出上山。哪知林桑眼淚都出來了。「妹妹，妳如果要去山上採藥，那哥哥陪妳去……」

讓他不賣豆腐陪她上山？那不是雙重浪費嗎？無奈之下，林語只得求了林桑，她只在四周田邊找些平常草藥，絕不一個人上山，林桑這才答應。

在行的不讓她做，想進山又被阻攔，林語真有點無措了。

只是還得想些正常的法子賺銀子，要不然這發家致富從何來？這院子誰會送回來，用什麼本錢去陪那王慶玩？

這天天氣不錯，林語拿了把柴刀揹了籐簍，到後山附近的林子裡去剝點杉樹皮，順帶採點草藥，還想憑柴刀獵幾隻小動物。

到了山邊，林語先剝了一捆樹皮曬在低矮的雜樹上。今天不用帶回去。

尋找了好一會兒，四周半隻兔子野物的都沒有看到，林語失望地想：看來這林子太淺了，這動物都不來呢！

打不到野物，林語只得坐下休息一會兒，開始採草藥。這草藥還真不少，可惜還太嫩，採了可惜不說，更不知道值不值銀子？算了，留著秋天來採吧。

採了一簍子不講季節的草藥，林語坐在樹下休息一會兒。突然，背後有人在扯她的衣服，她本能地一滾地，轉頭一看，一匹老馬拖住她的衣服不放。

聽說馬通人性，林語立即拱手。「馬大爺，你有事？」

馬似乎真聽懂了她的話一般，並不怕她，而是用嘴拉著她的衣服直往深林裡走。見老馬如此，林語手握柴刀揹著簍子，只得跟著老馬去了。

「嗯……嗯……」

一聲粗濁的氣息傳到耳朵裡，林語立即脹紅了臉，不過這老馬還拖著她，她只得豎起耳朵仔細聆聽。她覺得這種粗重的聲音只有兩種可能：一種是在辦事，但應該會有女人的呼吸聲；另一種是受了重傷昏迷。

身為一名有醫療背景的特務，林語準確地判斷：這人受了重傷！

她立即小跑兩步，在一棵大樹下的草叢中，發現一個身形高大的男子正靠在樹邊，頭垂在胸前，看不清面目。

林語不是魯莽的人，躡手躡腳走到男子身邊，試探了兩次，見他確實毫無反應，才伸手去碰他。但沒等她看清人，突然一股風把她吹倒，接著是一聲凌厲的喝問：「妳是誰？」

沒等林語回答，人卻已倒地。

林語嘴角微微扯動了一下。竟然到了這地步還能撐著，這下用盡力氣倒了吧？要不是有一匹好馬，小命就要玩完了！

林語再次小心地蹲在男子身邊試探，發現他這次是真的昏死過去了。

當她扶起男子後，立即嚇得跌坐在地上。

這不是林福說的肖二呆嗎？十二歲時頂替大哥去當兵的肖二呆？兩年前帶著一個女兒回來，樣子傻傻又破相的肖二呆？

# 第五章

林語呆若木雞地坐了好一會兒，才發現老馬又在拉她。

人到了古代都變傻了！

忍著不去看肖二呆那張被刀劃過半邊、結了一個大疤的臉，林語拉開他的衣袖一看，從左肩到左手臂，被利器劃傷的地方足有一尺，鮮血乾結在周圍，翻開的傷口已經發炎。

看著這猙獰的傷口，林語不禁喃喃自語。「這是什麼東西？傷得這麼厲害，這傷口還真沒看過……怪不得燒得厲害呢！看來你也是個命大的，遇到了我，否則在這落後的時代，你就見閻王去吧！」

沒有針也沒有線，更沒有食鹽水，怎麼辦？

思索一下，林語先撕了一塊自己的內衣給肖二呆擦拭。實在沒辦法，這肖二呆的衣服太髒了！

找了個大石墩，再找個小石頭弄乾淨，林語在石頭窩裡搗起草藥。消炎草藥的嫩芽是外敷內服同時進行最好，林語先弄好一部分，敷了肖二呆的傷口處，然後再準備給他灌下去一些。

「我跟你說，肖二呆，不是姊姊不想幫你弄好，只是這條件實在太差了，我沒辦法幫你。一會兒我再去弄點水來，把藥給你喝了，是死是活我就管不了了。」林語邊敷邊說。

但沒有碗也沒有盆，水怎麼辦？用衣服盛？

看看眼前燒得人事不知的肖二呆，林語也不忍心放著他不管。她喚上老馬。「我得去弄點水來，要不然你家主子就要燒死了。可惜了我那件內衣了，要不是你家主子是個呆的，我還真得讓他賠！要知道，我現在可窮得很。」說著翻身上馬往山下走。

林語並不知道，倒在地上的身影動了兩下，似乎極力想睜開眼，只是試了幾次，又再次昏倒。

盛水回來，林語扶著肖二呆靠在胸前，一隻手舉著衣服放在他嘴邊，一邊說：「先喝點水吧呆子，否則你喉嚨一會兒要燒痛的。你不喝點水下去，藥也嚥不下。來，喝兩口，別嫌髒。」

不管如何叫，燒紅的臉毫無反應，林語舉著衣服無奈地問：「你不喝，一會兒水就流光了，你可不能怪我見死不救！」

回答她的只有越來越粗淺的呼吸聲，林語知道他燒得更厲害了。怎麼辦？她知道無論如何也得讓他把藥喝下去。

林語彷彿覺得自己又站在了手術檯邊，什麼也沒想，自己含一口水，然後用木棒撬開肖二呆的嘴，把草藥放進去，立即伏下身子把口中的水吐到他口裡，一按鼻子，「咕嘟」一聲，藥終於下了肚。

灌了五、六口後，草藥已經沒了，林語重新把衣服舉在肖二呆的嘴邊，擰了一點水在他口中讓他嚥下，禁不住說：「肖二呆，我的初吻送給你了，真便宜了你，你平時刷不刷牙啊？要是你不刷牙，那我損失更大了！唉，就算你平時刷牙好了，不然我一想起今天，最起碼三天吃不下飯。」

她來回兩趟用涼水給他敷額頭，有時還不忘給他灌上兩口水，終於藥效起來了，他的呼吸逐漸平穩下來。

見天色不早了，林語用一些荊棘圍成一個圈，讓老馬伏在他身邊，才起身說：「我這小身板沒這麼大的力氣，不要說弄你回去，就是扶你坐起來，我這小蠻腰都快要斷了。話說回來，就是可以弄你回去，我也不敢。要是讓別人看到我們孤男寡女在一塊兒，那我可就完了！誰讓你生得這麼醜，否則要你負責也不是不可以……呆子，一會兒你醒了自己回家吧！」

林語撿起地上的柴刀，揹起半簍子草藥沿著山路下山，並沒有發現躺在地上的人動了動。

肖正軒醒來的時候，天已經黑了。

他知道有個女子救了他，而且是一個愛自言自語的女子……可是他沒有看清她的樣子，聽她模糊的聲音，似乎不是他所認識的人。

側頭看看自己受傷的地方，他沒想到這裡還有高手裝設的獵物陷阱，這種陷阱確實適合捕獵大獵物，要不是他還算有點身手，劃傷的就不只是一隻手臂了。

陷阱太深，等他好不容易上來，止了血想要先回家，可是還沒等他走出村子，他便眼前一黑倒下了。

天氣熱，傷口會發炎；傷口發炎，他肯定會發高燒，不然他腦子怎麼會這麼糊塗……不過當他聽到那人問他刷不刷牙的話，氣得他想殺人又好笑。這個女人面皮厚、話又多，給一個男人嘴對嘴餵藥，還敢問別人有沒有刷牙！真是個大膽的女子，只是……她是誰？

不管她是什麼人，自己一定要找到她。救命之恩要報答不說，就是損壞了別人一件衣服，總也是要賠償的。

在外十多年，他算是有奇遇的。當年他才十二歲，就因為個子高大，爹娘非得讓他頂了哥哥去服兵役，後來遇到了命中貴人學了功夫，還立了功，就算這十幾年他在外遇到的奇事不少，不過他還沒遇過這種奇事！

只是，要是找到這個女人，他這個樣子會不會把她嚇跑？鎮裡那些女子，一看到他笑就嚇得繞道，她會不會害怕他這個樣子？如果這女子還沒嫁人，他毀了她的清白，她會不會願意嫁給自己？

但現在的自己能成親嗎？想到此，肖正軒息了心思。

林語揹著一簍草藥剛進院子，林桑急忙迎了上來。「語兒，妳跑哪裡去了？」

林語晃晃背簍說：「哥哥，我去採野菜了。」

林桑接過她的簍子。「不是說了讓妳別去幹重活嗎？都有哥哥呢，妳就好好休養好了。」

這個哥哥也太孝順了，她是妹妹，不是老娘。

林語立即朝他甜甜笑了笑。「哥哥，我跟你說，那天我問過江大夫，他說這時節的野菜吃了清火，而且多吃點，還會對身子有好處呢！」

林桑不相信地問：「這野菜吃了這麼好？」

林語點點頭說：「大夫說了，天越來越熱了，人體內的熱氣就會越來越多，多吃點清火的野菜對人真的很好。」

林桑覺得妹妹說得頭頭是道，而且還是常給她看病的江大夫說的，那肯定是真的，於是交代。「以後莫到沒人的地方去。」

林語笑著說：「好，我會小心的。哥哥真的什麼事都不讓我做，我身子更不會好起來。江大夫說我要常常走動走動，常出汗，這樣身子才更容易好起來呢！」

說是說不過妹妹了，自她被救回來後，要不就是每天沈默無言，要不就是開心甜笑還有點強詞奪理，相對於前者，林桑還是覺得現在的妹妹好，於是他只得同意地說：「那以後要出門也不要一個人到山邊，要採野菜就在田邊、菜園邊好了。」

林語無奈地答應。「好！我一定不會亂走的。」

當然她是正確地走，不是亂走。

在山上忙了一天，林語覺得累了，晚上洗漱之後倒頭大睡，一覺睡到大天亮。

第二天上午，肖正軒覺得自己無礙之後回了家，哪知剛一進院門，老娘一陣劈頭蓋臉的臭罵迎面而來。

「老二，你這幾天死哪兒去了？那天一大早就出了門，現在才回來？自己帶個討債鬼回來，還不好好帶著，讓她在家裡鬼哭狼嚎的，煩不煩人呀？」

「爹爹……爹爹！我要爹爹！哇哇哇……」肖然兒看到自己爹爹，不要命地跑出來了，往他懷裡撲。

肖正軒還沒來得及回答娘的話，看到女兒一路急奔過來，怕她摔跤，他立即上前一步用右手抱起她。「然兒不哭，然兒不哭。」

肖正軒沒理會肖大娘的叫罵。這種叫罵聲他太過習慣了，只是伸出手抹了抹女兒的小臉問：「然兒想爹爹了是不是？」

見兒子也不理她，肖大娘憤怒地繼續罵著。「我這是前世欠了你的債，這世來還！家裡的事這麼多，你成天往外跑，也不見你跑出個什麼名堂來！你以為拿了一百兩銀子給我們買了這院子，我們就承了你天大的恩情了？你可是我一口米一口飯養大的，用你的銀子不是天經地義？」

「喲，娘啊，您老可得順著點氣呀，小心被二弟給氣著了。您這是生什麼氣呢？他反正就是個呆子，也不知從哪兒撿來了個賠錢貨，就當成親閨女寵著，您說您要跟他氣，還不是氣著您自己嗎？」

聽著大嫂這陰陽怪氣的聲音，肖正軒的嘴角扯了扯。

這肖大嫂的話剛一落，肖三嫂的話又趕上來了。「娘呀，大嫂這話可就說對了，二哥確實是不像話，撿來別人的孩子自己又不管，昨天晚上我讓她鬧得連覺都沒睡好！」

肖大娘沒好氣地說：「都是一群來討債的傢伙，沒事也給老娘找點事來做！」

家裡院子是他的銀子買來的，家裡的地也是他的銀子買來的，一家人吃喝住都是他管的，卻沒有一個人把他當人看。肖正軒想著自己出去這麼多年，家人與他不親也正常，只是人是有底線的，她們說自己無所謂，可是嫂嫂和弟妹三番兩次說然兒是撿來的，他臉色沈了下來。「然兒不是撿來的！」

肖三嫂「呵呵」輕笑兩聲。「大嫂，二哥說死丫頭不是撿來的呢。這媳婦都沒看到個人，從哪兒跑出個女兒？還真是石頭縫裡蹦出來的不成？」

肖大嫂不屑地說：「妳管她從哪兒來的呢？反正是個賠錢貨，從哪兒來的有什麼不一樣？」

肖大娘也咒罵著。「一個個都是不省心的傢伙，大的一樣，小的也一樣，都只知道張嘴要吃的，我做了什麼孽喲，生了你這麼一個不成器的傢伙！」

最小的肖五今年十三歲了，當年肖正軒走的時候，他才剛會走路，對這個二哥更是沒有感情。他看娘和嫂嫂都只知道說些沒用的話，拉著他娘的衣服問：「娘，啥時候把二哥的房間跟我的房間對換呀？」

聽了小弟的話，肖正軒眼光一閃，凌厲萬分。他怎麼會這麼可憐，有這些沒一點親情味的家人？自己花錢買的屋子，竟然只分到一間最小的正房不說，現在小弟還要打它的主意？

看娘親一點責怪小弟的意思都沒有，看來她也是這樣打算的，一時間，肖正軒心裡一股悲愴油然而生。

人真的不可太過謙讓。

自小出門他最捨不得的就是親爹娘，在軍營裡，他遇到師傅才保住一條小命；後來跟著師傅離開軍營，落腳在岑山寨，也是因為想念自己的親爹娘，才苦苦要求回了家。

可他回來得到的是什麼？一家貪婪的親人！

肖正軒心涼地看了可憐的孩子一眼，女兒正害怕地趴在他的身上，像隻小貓似地躲在他胸前，一時間讓他看得心裡酸酸的。把她帶回來，難道真的錯了嗎？

肖大娘剛要開口說馬上讓他們換房間，突然發現老二的眼神充滿了戾氣，她嚇了一大跳，但再看他一眼，老二還是那個呆呆的老二……

雖然他們做得過分，可是畢竟還是自己的至親，肖正軒最後想來想去，他留在這兒的日子不會太久，於是木然地對肖李氏說：「娘，五弟想換，今天就換吧！一會兒我就搬到五弟的房間去。」

聽見二弟要把房間換給五弟，肖大嫂不樂意地說：「我說二弟呀，你對五弟就是好！上次你大姪子說要睡你那兒，你是千推萬拒都不鬆口，今天五弟一說要換，你就答應了，你是不是明兒的親叔呀！」

小兒子是肖大娘的心頭肉，一聽肖大嫂的話，頓時大怒。「老大家的，妳說什麼呢？妳是怎麼做人家大嫂的？不是照顧他，還挑撥他們兄弟之間的感情？妳這是哪家的規矩，沒教養的？要不要我送妳回去問問親家？」

肖老五也不是省油的燈，聽大嫂嫉妒他換了二哥的房間，他立即發怒。「妳有什麼話好講的？當年買這院子的時候，錢是二哥出的，妳與大哥挑的是最大的房間，妳還想怎麼樣？」

肖大嫂哭了起來。「我是黑心肝的！我是沒良心的！你們都有良心，這麼多年來，不是你大哥一個人起早摸黑地把持著田地裡，你們一個個當兵的當兵，讀書的讀書，這田裡的糧食是自己長出來的？到底是我黑心肝，還是你們爛下水呀！我的天呀，這世道還有沒有天理呀！」

一家人在鬧，肖正軒只當作沒聽到。失血過多的他早已經筋疲力竭，還撐在這裡聽家人吵？

肖正軒只得對肖老五說：「老五，昨天晚上我沒睡好，累了，下午再跟你換房間。娘，這是昨天打獵賣的銀子，交給您。」說著伸手從袖筒裡摸出二兩銀子交給肖大娘。

肖大娘一見銀子，臉上閃閃發光，剛才的一臉臭色早已不見，立即接過銀子說：「老二，那你快去睡一覺吧！」

看到婆婆一臉諂媚，肖大嫂又看不慣了，撇著嘴不高興地說：「青天白日的睡什麼覺，一看就是個懶的，長得難看不說還這麼懶，看你真要打一輩子光棍！」

肖大娘臉一沈。這兒子是不是腦子真的更呆了？出去了就不回來，回來了就只知道睡覺？

# 第六章

忙著致富的林語已經把受傷的肖正軒忘了，此時，她在想著，不進山要如何才能發財？想著前幾天還有人來找她配痱子粉，可那東西成本太高，想多賺點銀子不可能。要是賣方子更不成，這時代女子不能行醫，一個不懂醫的人突然拿個方子出去賣，誰敢要？賣這幾盒還不是靠族人的相信才成功？

只是能用得上一百錢一盒的痱子粉的族親，也就那幾家。

林語覺得日子過得太無聊，端了盆豆子，她坐在樹下無聊地揀了起來。

「咚咚」一陣敲門聲傳進林語的耳朵，還沒等她來得及去開門，就聽到自己的祖母在門外扯開嗓子叫嚷。「我說語丫頭，妳不會是還沒起床吧？」

林語打開門看到幾人，立即叫了聲。「嬤嬤，您老人家怎麼來了？」

林張氏聲音厭煩地說：「我哪裡就想來了？還不是妳爺爺總在那兒嘮叨著不知妳有沒有好些，要不然我才不想來看你們兩個蠢貨呢！特別是妳哥，為了妳這個賠錢貨，竟然不要林家那三十幾畝地，選了妳，我看真是蠢到頭了！」

實在厭惡這貪婪的家人，可是這時代的規矩大過天，為了不給林桑惹事，林語只得裝出一臉委屈的樣子。「嬤嬤，難道語兒的命就比不上那三十畝地？那院子本來就不是林家的，是後娘湊了銀子買來的，哥哥能分的也就那點地，再說也不可能分給他一個人呀？」

林張氏扔了一把青菜在桌子上，冷冷地說：「妳的命不要說值三十畝地，就是三畝地都馬馬虎虎！他是二房嫡長子，地是妳親爹娘置辦下來的，他就是不分全部，最少也能分二十畝以上。這下可好，就要了妳娘那點子嫁妝田，這能夠做什麼？別說還要置辦妳以後的嫁妝！」

林語低聲喃喃。「嬤嬤，語兒可沒想到要嫁人……」

林張氏一跳腳。「什麼？不想嫁人？難道要妳哥養妳到老？妳別作夢了，還是早點找戶人家嫁了的好。現在妳名聲不好，挑人家也不要挑三揀四的，有人要就行了！」

真是人善被人欺，馬善被人騎！

林語發現人就是賤，越尊重她，她還越來勁了！於是她冷冷地說：「嬤嬤，您如果沒事可以回去了，我現在很好，請爺爺不用擔心我了。」

正在發洩心中不滿的林張氏突然被孫女打斷話，立即暴怒地問：「妳竟然敢趕我回家？我好好地來看妳，妳水都不倒一口給我喝不說，竟然敢趕我？看來妳是無法無天了！沒有親娘的孩子，就是沒教養！我知道林柳氏這個不要臉的女人，根本對你們就沒安好心，把你們教得這麼老少不分，最沒用的就是妳那無用的爹，被一個女人的下身給迷住了！」

有才！林語憶起當年自己這身子的親娘死了才十六天，他就急急忙忙把林柳氏這個寡婦娶了進來，看來這老太婆也看出寡婦早有了。

林語淡淡看著眼前正在怒罵的老婦人說：「嬤嬤要罵我爹，孫女覺得還是當著他的面罵他的好，要不然您老浪費了口水不說，他也沒有聽到，罵也是白罵。」

「妳！妳這個死丫頭，還真是造反了！我要罵，在哪兒罵不行？這裡也是我林家的地，當年分給你們了，以為這裡就不姓林了？我告訴妳，除非妳不姓林，否則妳就歸我管！」林張氏被孫女一句話氣得差點噎住了。

跟一個無知老婦人真是無理可說。林語低下頭懶得理她，動手做起自己的事來。

林張氏見孫女終於不敢開口了，以為她的威風終於讓她害怕了，於是再次老話重提。「以後妳就老老實實給我待在家裡，不要到處亂跑，壞了我們林家的名聲。這次妳被退親，遭罪的可不止妳一人，妳大伯家、三叔四叔家的妹妹都得受妳的影響，等我託人給妳找好人家後，儘快給我嫁了算了！省得老讓人看笑話。」

林語皺皺眉頭，再次鄭重地說：「嬤嬤，我現在跟您說個明白，我的婚事我哥會作主，您老就不用操心了，否則您就是瞎操心。」

「什麼？妳再說一遍！我做嬤嬤的不能操心妳的婚事？這世上有這個道理？」張氏剛剛還沒發洩完的怒氣又被挑撥起來。老二家那三十畝地的希望沒了，她還指望著給林語找戶人家收點彩禮呢！

林語正要再說，突然門外響起一個熟悉的聲音。「語兒妹妹在家呢？」

聽到院子裡的動靜，住在不遠處的金大嫂提著菜籃子走了進來。「喲，語兒妹妹起得來了？咦，張嬤嬤，這麼一大早就來看妳孫女了？這嬤嬤可真是心疼孫女呀！還帶青菜來看她，您老可真是個好嬤嬤呀！」

林張氏見是鐵匠鋪的金家媳婦，礙於面子，她立即笑臉迎人。「是她金嫂子呀？妳這是去買菜了，買了些什麼好菜呀？我家語丫頭身子一直不好，我這不是正擔心著，所以進來看看她。」

金大嫂笑咪咪地說：「還能買得上什麼好菜？就是些冬瓜豆腐什麼的，喔這豆腐還是在妳家桑兒弟那兒買的呢，他做的豆腐可真是不錯，水少鮮嫩很好煎呢。您老太忙也難得看您來這兒，要不到姪孫媳家裡坐坐去？」

林張氏也不好意思當著外人的面罵自己孫女，再說要教訓她的時間多著呢，何況今天家裡的大媳婦去了娘家，還有豬雞什麼的要管，於是林張氏推辭說：「謝謝，老太婆家裡還一大攤事，我得馬上回去了，要不老頭子要擔心了。他呀關心著這兩孩子呢，特意讓我來看看他們。」

金大嫂暗暗不齒這老太太的謊話連篇，於是笑著說：「那是那是，做長輩的哪有不關心疼愛小輩的呢？再說桑哥兒和語兒妹妹，也是兩個聽話善良的孩子，做爺爺的關心那是一定的了！不過張嬤嬤說的對，誰家沒一大攤事呀？張嬤嬤您先忙去好了，姪孫媳還有點針線上的活計，想問問語兒妹妹，您慢走。」

看到林張氏離去的背影，金大嫂朝她的背影露出了一個不屑的眼神，然後裝作擦擦額頭上的汗說：「語兒妹妹，妳這嬤嬤來看生病的親孫女就帶一把青菜？她那張摳門的外號可沒有取錯名！嘿嘿，不過妳也不要怪她，這次妳哥放棄了這麼多地和家中東西，這可是戳了老太婆的心窩子呢！她早就跟人說了，等妳哥哥成了家，她就要跟這大孫子過。」

林桑是林德才家第三代的長孫，林德才有四個兒子兩個女兒，現在跟大兒子過。原來分家時長子分了十五畝地，現在長子家孩子一大堆，這麼點地目前就只能混個溫飽而已，所以這老太婆就盯上了二兒子家的那點東西。

說來還是林桑與她的親娘有福氣，帶來了十畝地不說，還帶了一點銀子來，後來為了家裡，又把銀子拿出來買了十畝地，加之原來的地就有十七、八畝，再後來又不斷置地，到現在有三十畝了！

只要有錢別人都眼紅，古代最讓人眼紅的就是地，沒有地就沒有飯吃，所以地多才是財富的象徵。

「現在妳大哥這地沒了，他又立了戶，妳這嬤嬤看你們兄妹倆已經沒長輩了，怕是想借妳的親事收點聘禮呢！」金大嫂一下子揭露了林張氏的目的。

知道金大嫂說的是事實，林語感激地笑笑說：「謝謝嫂子進來幫我。今天妳不進來，我嬤嬤還不知道要說出些什麼難聽的話來呢。作為小輩我又不能說她什麼，所以真心謝謝嫂子了。」

金大嫂笑笑說：「謝什麼謝呀？這不是舉手之勞的小事嗎？再說妳哥跟我家那口子一直

都處得好呢！他們兩個都在市場做生意，常在一塊兒吃中飯呢，幫這點小忙有什麼關係？」

聽說金大嫂買了豆腐，林語試探著問：「嫂子，我哥的豆腐生意還不錯吧？他做的豆腐好不好吃？」

金大嫂立即誇讚。「這豆腐生意說多好我也不知道，因為這鎮子也就兩、三百戶人家，做這豆腐生意的人有好幾個。不過妳哥的豆腐做得確實不錯，反正我是買他的豆腐了，好煎又嫩滑。」

林語心中一動。「大家都只買這水豆腐嗎？」

金大嫂笑著說：「看來妳得多關心關心妳哥哥。這世上不買水豆腐，那買什麼豆腐？難道說豆腐還能賣乾的不成？」

聽了金大嫂的打趣，林語腦子裡閃過許多東西，一時似乎有了想法。她笑著說：「我這是病久了，人都糊塗了呢！」

金大嫂立即說：「那語兒妹妹可得好好休息，把身子養回來。以前的事妳也不要想太多了，大家都是這鎮頭鎮尾地住著，王家那是什麼樣的人家，王慶是什麼樣的人，大家都清楚，並不是什麼良配，妳不值得為他連命都不要。」

林語訕訕地說：「嫂子，那是語兒一時糊塗罷了。現在我想得可明白了，以後我再也不會做這種傻事了，會好好與大哥過日子。」

金大嫂開心地笑著說：「嗯，這才是語兒妹妹應該想的，好好幫著妳哥，不愁家裡日子會不好過。過段時日，嫂子幫妳找個好人家，保證不會比王慶那個人差。」

又是嫁人！難道這古代女子就只是為了嫁人而生的？林語無可奈何地打斷金大嫂的好意說：「嫂子，林語一時還真不想那麼快找人家呢！」

金大嫂正色地說：「語兒妹妹，剛才妳還說想明白了，妳不是知道女子過了十八不嫁，就會被族裡強行配人的嗎？再說妳嬤嬤怕也不會允許妳不嫁人，嫂子提醒妳，還是儘快找個好人家定下，省得她老人家到處出么蛾子！」

林語一愣。她倒是還不知道這個地方有這個風俗，於是真心感激金大嫂。「語兒謝謝嫂子的提醒，我會把這事記在心上的。」

金大嫂溫柔地笑笑說：「這有什麼好謝的，我想妳小孩子的，也許把這給忘記了呢！現在妳家也沒個老人，明天我讓妳金大哥提醒妳哥，把這事記在心上，特別要提醒他注意妳嬤嬤。」

林語感激。「謝謝嫂子！」

等金大嫂走出，林語收拾好家裡後，提著籃子拿著柴刀出了門。她有一個想法，要把林桑的豆腐事業做大！

現在這麼窮，想做什麼都是空談，還是到山上先砍些柴放乾，等林桑有空去挑回來吧。

田間有不少人在勞作，還有不少婦孺在山邊打豬草、在田邊孵豆子，看到林語都詫異地睜大了眼睛。「這林家的閨女已經全好了？」

「是呀，聽說林張氏要去看她這孫女呢！」

「就她那老太婆還會專門去看她孫女？不會又是去要些什麼吧？」

「嗯，拿了把青菜說是去看她孫女呢！這做嬤嬤的也真是心硬得很，聽說當時孩子都沒氣了，因為孫子放棄田產換銀子去救這妹妹，她硬是讓全家人三個月都沒去看過一次呢！」

「這人也太過分了！沒娘的孩子總是可憐的……」

看到林語快走近了，正在說話的幾個婦人抬頭跟她打招呼。「語姊兒，這是去哪兒呢？」

林語朝她們笑笑說：「就到山林子裡摘些野菜。」

「那別進深林子啊，那兒危險！」

林語笑吟吟地說：「謝謝大娘，我知道了！」

她現在想進深山，一來林桑不同意，二來這個身子的體力確實差了點，看看地上，砍了沒兩擔柴，林語就累得全身是汗。她暗道：這還才四月天呢，要是到了七月，怕是想動都動不了吧？

肖正軒坐在不遠處的樹下，一動不動地看著不遠處這個個子小小、皮膚白白似乎生病的女孩子。他不解這麼個女孩子，怎麼敢到這林子裡來？

林語突然察覺到了什麼，她猛一轉身，就發現身後不遠處的肖二呆。那張呆呆盯著她的臉嚇了她一大跳。「肖二呆，你坐在別人身後做什麼？你不知道人嚇人會嚇死人的？」

沒有與女子打過交道的肖正軒突然被林語這麼說，他的臉一紅，說話也就結巴起來。

「我、我……我沒有想著要嚇妳。」

林語看著那張臉，心一軟。「算了算了，我也沒怪你。你坐你的，我做我的，咱們井水不犯河水，你不要嚇成這個樣子，這要是別人看到了，還以為我想對個呆子做什麼呢！」

肖正軒大窘。「妳、妳一個女孩子亂說什麼呢？」

林語覺得古人就是保守，她說一句實話，人家也嚇得發抖，真是不好玩。於是轉過身走到了另一邊，用棉巾擦了擦汗才接著自言自語地說：「他是個呆子呢，我說的話他哪裡聽得懂？好了，懶得跟他說了，說了也是瞎子點燈白費蠟燭，我還是繼續砍我的柴算了。」

林語本想問問他的傷勢如何，可是一想，覺得還是不要問得好，這時代男女之防還是很重的，看他剛才那樣就知道了。要是他說她看了他的身子，非要她負責怎麼辦？還是多一事不如少一事。

肖正軒的傷已經結了疤，他本想到這林子裡來獵點小獵物回家給然兒解解饞，被林語一喝問，他的臉脹紅起來，看她轉身走了，也就沒有再說什麼，正準備再休息一會兒就上山去，可沒想到他突然聽到似乎是自己要找的那個姑娘的聲音。

他立即站起來，認真看著林語。可林語不再說話了。

就從那幾句話來確認這小姑娘是不是那天救他的人，肖正軒有點不確定，因為那天他在高燒之中。而這個女孩子就是林家被退親的女兒，她會醫術？

要問嗎？要是錯了，會不會說不清楚？

猶豫不決的肖正軒在林語看來很是不解。「呆子，你在這兒發什麼呆？你出來不少時間了吧？再不回去，小心你娘罵得你狗血淋頭！」

林語說話有個特色，自言自語跟平時說話時的聲音不同。肖正軒聽了她這句話，立即斷定剛才是自己聽錯了。

# 第七章

肖正軒抬頭看了正揮刀砍柴的林語一眼，他看她也沒一點手勁，於是上前指著她的刀，說：「給我。」

林語看看這呆子要她的刀，立即後退兩步，不安地問：「呆子，你要刀做什麼？這刀很快的，一不小心就會砍到手，我看你還是不要玩好了。」

肖正軒有點想哭了。這個林家小妹妹怎麼這麼多話呢？他一個大男人都不知道殺過多少人，還會怕刀？

實在是懶得跟個孩子多說什麼，於是肖正軒再一次肯定地說：「把刀給我。」

林語聽到肖二呆那硬邦邦的聲音嚇了一跳，她雙眼圓睜。「你真的這麼不聽話？一定要玩我的刀？不過我告訴你，一會兒要是傷著了，你可別怪我沒提醒你。」

「把刀給我。」

「好吧，給你就給你。我跟個呆子計較什麼呢？喏，接著。」林語看肖二呆雙眼圓睜、很是不高興的樣子，好漢不吃眼前虧，把刀扔給了他。她可怕這呆子發火，要是這呆子一發狂，會不會把她扔到林子外面去？雖然說她的身手還在，可這身子的力氣差得太遠。

肖正軒撿起林語丟在離她腳下幾尺遠的柴刀，理也不理她，就揮刀開始砍了起來。

林語皺皺眉，不高興地朝他說：「呆子，你要砍柴回家，就不能自己帶把刀上山來嗎？為什麼要搶我的刀用？我上一次山容易嗎？算了，看在你是呆子的分上，說你也沒有用。那你快點砍，一會兒我還得多砍點，我可沒工夫天天跑到這後山來。」

肖正軒差點被林語的話氣死。這個小孩子話真多！他又不是真呆，只是不愛說話也不愛有表情罷了，以前師妹說他笑起來很好看，可後來她在他臉上弄了個刀疤，他就很少笑了。回到靠山屯，他朝女子笑過幾次，可臉上的疤痕總是嚇得別人躲避，漸漸的他就不愛笑了。

呆子這個名字是他娘給他取的。當年他回家時，怕自己這個樣子會嚇到他們，所以不管他們說什麼，他都不接話，不到萬不得已時不說話也不笑，後來他娘就說：「你真是個呆子！」

可是肖正軒很喜歡這林家小丫頭叫他呆子，她就是叫得這麼歡，如果他朝她笑笑，她會不會嚇得逃下山？不再在這裡說話？

肖正軒突然抬起頭對著林語笑了笑。林語睜大眼睛問：「啊？呆子，你聽得懂我說話？我還以為你是真的呆了呢，原來還是有一點不呆的。就是嘛，多笑笑，要不然別人還真以為你是個呆子。」

肖正軒覺得她真是個奇怪的人，她怎麼就不怕他笑呢？他的笑可是嚇跑很多姑娘孩子的。

看到肖二呆又發呆了，林語一跺腳。「肖二呆，你快點砍呀，我還得早點砍完了回家做飯呢。早上就吃了點稀的，我肚子已經開始叫了！唉唉唉，跟你說有什麼用，求你快點把刀還給我。」

肖正軒從林語這一陣極快的責怪中醒過來，淡淡掃了把他當呆子的小女孩一眼，什麼也沒說，彎下腰又開始繼續砍柴，不一會兒就倒下了一片的雜樹。他挺起腰來，把刀扔到林語腳下。「幫著把樹枝去了。」

林語看看他臉上猙獰的傷疤，沒有一絲笑容的臉上滿是嚴肅，想想自己沒有了前世靈活的身手，又沒有順手的武器，只得老老實實撿起柴刀開始去枝，不過嘴裡還是不滿地說：「你倒會指使人。我說你一個大男人，就算是呆了點，難道你就不會一點都覺得不好意思？我這麼小個子，又是個女子，你這麼個大個子，還好意思指使我幫你幹活？這年頭看來天要變了。」

肖正軒自與林語在山上相處一個多時辰，知道這林家小妹子愛嘮叨，於是也不理她，從地上撿起自己平常打獵用的傢伙，頭也不回地上山去了。

見個呆子還敢在自己面前作威作福，林語後悔死了！

林語皺皺鼻子哼了一聲，朝肖正軒大聲叫著。「呆子！我可不幫你弄下山去，你自己的柴火自己過幾天來弄！」

走了幾步的肖正軒咧著大嘴，突然就笑了。這個小妹妹，別看她還是個孩子，可她不怕他呢！只是她太笨了。

自從臉上有了這個疤後，看到他卻不怕的女人，她還是第一個！看在這唯一一個不怕他，也沒被他嚇到的女孩的分上，今天就幫她一次好了。

等林語把樹枝全部去淨了之後，她發覺她的肚子叫得更響了，再看到肖正軒晃悠晃悠地提著東西過來，林語爆炸了，氣憤地指著肖正軒說：「呆子，你還真狠得下心來呢！留這麼多樹枝給我個弱女子弄，你倒好，去打獵物祭五臟廟？老娘我懶得管你了，今天算我倒楣，累了大半天，竟然被你個呆子指使。」

不理林語的嘮叨與埋怨，肖正軒憨憨一笑，提著一隻野兔子遞給她說：「這個給妳。」正一肚子氣的林語看到野兔子一愣。「這個給我？算我幫你剔樹枝的工錢？」

肖正軒搖搖頭說：「妳餓了，這個給妳吃。」

「啊？你是去打東西給我吃了？看來你還不算太呆嘛！那你有沒有帶火和鹽巴？」林語眼見能弄點燒烤來解饞，難得吃到野味的她不由得興奮起來。

肖正軒老實地點點頭。「帶了。」

林語大喜，一有吃的，她立即指使肖正軒。「好，你去拾柴燒火，我去弄這隻野兔，一會兒我請你吃燒烤。」

林語那一臉的施捨表情，讓肖正軒不明白，明明是他請她吃，為什麼倒成了她請他吃了？算了，反正都是吃，誰請誰吃都一樣。自己一個大男人跟個小女孩較什麼勁？

雖然她用柴刀用得不大順手，可她在前世畢竟不是浪得虛名，唰唰幾下，不一會兒林語就提著一隻乾淨的野兔回來了。

肖正軒沒想到這個小孩子還真會剝兔子呢，心想只是可惜兔子皮了，哪知林語將手中一把毛茸茸的東西扔在他面前。「呆子，這東西你拿回去處理處理，到冬天給你女兒做衣服裡子，倒也能暖和。」

肖正軒沒說什麼，就接過毛皮放在一邊，再接過林語手中的兔子說：「我來烤，妳坐著。」

其實林語早就累了，只是憑著前世的那股毅力撐著，聽了肖正軒的話，也沒分辨為什麼這呆子還知道關心人，一屁股坐在地上說：「行，你可不要把它烤得太鹹了，我水袋裡的水不多了，這山下的又是生水，喝多了容易生病。」

肖正軒靜看了林語一眼，嗯了一聲，沒有再說話。

也許是太累了，身子又太孱弱，林語坐下去不一會兒就打起了瞌睡。等肖正軒架好兔子燒上火時，發現身邊的人睡得正香。

沒有再左一句右一句喊他呆子的林語，陰暗的樹林裡，火光映在她臉上，顯得紅嫩而清甜。肖正軒不由自主地嚥了一下口水。

他不知道為什麼心頭有一股異樣的感覺。

眼前的小丫頭很耐看，雖然不像師妹長得那麼嫵媚，可是讓人看得心頭舒服，她的性格雖然有點大剌剌，可為人是難得的大方。肖正軒不解地想，為什麼王家會退了這個好姑娘？難道嫁妝真的有這麼重要？

林語醒來發現火都快熄滅了，跳了起來。「我怎麼就睡著了？我是頭豬呀，怎麼敢在這山林裡亂睡覺？肖二呆，你不知道叫醒我嗎？這兔子肉都冷了吧？」

看到兔子還掛在架子上，林語翻翻白眼。「一會兒再不吃，就不好吃了！你呀真是個呆子，東西烤好了不叫我，一個人坐在這裡發呆做什麼。來吧，撕一塊給我，我可餓急了。」

肖正軒一聽她說餓了，立即把兔子從架子上取了下來，伸手撕了一隻大腿給她。「給妳，吃吧！」

林語早已被兔子的香味饞得流口水了，接過兔腿，毫不客氣地大口大口嚼了起來，直到發現肖二呆看著自己發呆，才含糊地說：「你看什麼呢？你不會吃烤兔子？不是吧？果然呆的就是呆的，有樣學樣都不會！」

說著放下手中的兔子，從肖正軒手上撕了一隻兔腿，遞到他嘴邊說：「就是張開嘴，一口咬著撕下來再慢慢地嚼，跟你平時吃飯一樣，一口一口來。你看，跟著我這樣吃。」說著舉起身邊剛才吃過的肉，教他吃了起來。

這下子肖正軒真呆了。她還真是個孩子，他一個每天在山裡混的大男人，不會吃烤兔子？她這想法是從哪兒來的？一個真正的呆子能打獵嗎？

此時他覺得，這林家妹妹可能比他這個呆子還呆！

吃飽了拍拍手，林語站起來說：「呆子，今天就看在你給我打兔子吃的分上，不罵你了。我得走了，這天要晚了，一會兒我哥哥沒看到我，一定會找我的，再見了……喔，記得，你砍的柴等它乾了，你自己把它弄回去，我可沒這力氣再幫你了。」

肖正軒總覺得這個林家妹妹很奇怪，聽說她被退親、自殺過，難道真的是死過一回的人就不拘小節了？

林語在往回走的路上也覺得很詫異，自己怎麼會跟個呆子聊得這麼久？

林桑看到林語揹了一捆乾柴進門，立即上前接住，說：「語兒，妳怎麼可以到後山去撿柴火？」

林語不解地問：「為什麼不可以？那山邊上的地裡到處都是人呀。」

林桑生氣地說：「妳一個女孩子，怎麼能一個人跑到山上去呢？要是碰到了壞人或野獸怎麼辦？以後可不許再去了，要去也是跟哥哥一塊兒去！」

林語一愣。壞人或野獸？對喔，這個世界可不是她以前的世界，就算是她以前的世界也一樣有壞人或野獸，當然是壞人等於野獸！

但是她怕嗎？

林桑的關心讓林語不敢再頂撞他，立即道歉。「哥哥，妹妹不是故意讓你擔心的，因為林子離屋後不遠，還有林子邊的田裡也常有人幹活，所以我都忘記這事了，以後我會注意的。」

林桑這才放平口氣。「妳一個姑娘，又剛剛被人退了親，不要說碰到壞人，就是讓別人看到妳被一個男子多看幾眼，別人也會認為是妳的不是。如果再出事，妳的親事就真的要出問題了。」

雖然不在乎什麼破名聲，可是林桑在乎，林語真誠地說：「哥哥，是妹妹做事失當了。我總想著要幫幫你，這才想找些事做的，今天就在林子邊砍了些柴火，等過兩天乾了，哥哥你再去收回來。」

「好的，這事就交給我了。」林桑立即點頭答應。

林語正準備進去洗漱，突然林桑問：「語兒，聽說嬤嬤來看妳了？」

林語一愣。「哥哥怎麼知道了？」

林桑有點難過地說：「中午金大嫂送飯給金大哥時，我聽她跟金大哥說，嬤嬤來這裡就帶了一把青菜，說是來看望生病的孫女，還說要儘快幫妳找個人家，把妳嫁出去。我知道，她是想打聘禮銀子的主意呢！」

這老人家的心機也太外露了，不只旁觀者清，就是當局者也不迷呢！林語想笑，這世界的親情怎麼就這麼淡薄呢？

孫子身上的油水沒多少了，孫女兒的父母不敢管他們，她倒好，不憐惜孩子無爹無娘，倒是打起銀子的主意來？

林語無所謂地安慰林桑說：「哥哥，現在你才是我唯一的親人，我嫁不嫁人，都得你點頭。嬤嬤想怎麼樣也只能想想，看來她也是想銀子想瘋了。」

看來沒有銀子還真麻煩！

洗好臉，林語走到正在揀豆子的林桑身邊說：「哥哥，我跟你商量一件事。」

林桑看到妹妹的認真，一臉愕然。「妳有什麼事只管跟哥哥說，還有什麼商量不商量的？只要哥哥能做到的，我儘量做到。」

林語感動地說：「哥哥，我沒有大事要你去做，就是想咱們家院子雖然是在鎮頭上，可左右來往的鄰居還是不少，所以我們擺點豆腐在家門口賣？」

「不不不，不行！堅決不行！」林桑的頭搖得像個撥浪鼓似的。

林語不解地問：「為什麼不行？」

林桑解釋說：「妳一個女孩子要是拋頭露面的，以後哪個人家敢娶呀？我不用妳幫忙，只要妳把家裡的事做好，然後養好身子就行了。」

林語難過地說：「哥哥，我沒想到你是這樣看不起妹妹的！我們這左鄰右舍的都是認識的人，再加上我又不是什麼大戶人家的小姐，哪裡就說得上什麼拋頭露面、嫁人困難了呢？街西邊的秦家女兒還開雜貨鋪子呢！」

林桑嘆息一聲，問：「語兒知道秦家的女兒為什麼要開鋪子嗎？」

林語老實搖頭。「不知道。」

林桑又是一聲同情的長嘆。「那也是個可憐的女子。語兒，如果不是被逼得沒有了退路，這世上的女子哪個會拋頭露面開鋪子？語兒，妳不用擔心，妳還有我，我一定不會讓妳到那種地步！」

聞言，林語八卦之心立即湧上。以前在封閉環境裡長大，很多事她都沒聽說，所以現在一有故事聽，她就來勁了。於是她故意裝出一副關心的樣子問：「哥哥，這秦家姊姊的命也很苦嗎？」

林桑覺得對一個未婚的女孩子說一個女子的不幸很不好，於是含糊地說：「是不大好。」

見林桑不再說了，林語心癢癢地問：「哥哥，你跟我說說嘛，這秦姊姊是個怎樣的可憐法？我與她都是苦命人，也許我們能同病相憐呢！」

背後說人總不好，林桑感嘆地說：「別問了，總之這秦姑娘自己做生意也是被逼得沒辦法，要是還有活路，哪個女子會願意出來拋頭露面呢？所以，妳就不要想著幫我做什麼生意了。」

看來一時是說服不了林桑了，林語也只得再想辦法慢慢說服他。兩個人掙銀子總比一個人掙得多，而且她還發現平時很多人會經過他們家門口去買菜，她才想在自家門前擺個豆腐攤。

她不僅想賣豆腐，還想在家門口擺個吃食類的小攤子，專賣前世自己愛吃的一些特色小吃。這個鎮上孩子多得很，但這種小攤子，她記憶中卻沒有。

林語想著現在自己的專長不能用，哥哥又不許她上山，那麼她就只能等機會來了再講翻身之事，現在就賺些小錢過過日子好了。

前世難得有這種休閒日子，這一世有機會，她就好好珍惜。也許哪一天，這樣的日子就一去不復返了。

只是，自己這小吃攤子上賣什麼好呢？

# 第八章

林語的打算還沒實行，林張氏的六十歲生辰就來了。林桑停了一天豆腐生意，把打好的兩板豆腐送到了林家老屋裡。

大伯母林姜氏看到他們兄妹來了，朝他們淡淡笑了笑。「是桑哥兒和語兒來了？你們真早。」

林語不知道她這話是什麼意思？真早？嫌他們來早了，還是真心誇讚？

林桑憨憨笑著說：「大伯娘早。我把豆腐送過來了，這東西擱哪兒呢？」

林姜氏不以為意地說：「就擱廚房裡好了，也不是個什麼值錢的東西，又沒有人會偷，一會兒等你們爹娘叔嬸來了，就可以開始煎了。」

林語越聽這話越不舒服。敢情這大伯母是嫌這豆腐不值銀子呢！不過就算是不值銀子，做長輩的也不能這樣不放在眼裡呀？

大伯林裡生走了出來，責備林姜氏說：「妳說什麼呢？這做大伯娘的怎麼能這麼說話？兩板豆腐能值一百多個大錢，窮人家家裡也能吃個三、四天的，怎麼說不值錢？桑哥兒、語丫頭，不要聽大伯娘胡說八道，我看她是年紀越大越不會說話了！」

林姜氏見林裡生是真心的一臉不高興，低著頭抱著柴火進了屋。

林張氏走出來嚷嚷著。「剛才在嚷什麼呢？一大清早的就嚷嚷的，還讓不讓人過生辰了？」

林桑立即問好。「嬤嬤，生辰好。」

林張氏沒好臉色地說：「好個什麼好？就是過個生日也沒見好到哪裡去！送什麼豆腐來，我又不是上山，讓大家來吃豆腐的！」

林桑的臉脹得通紅。這裡有一個習俗，就是老人過世了叫吃豆腐，這林張氏這麼說，是說他做大孫子的咒她死了？

撲通一聲，林桑跪在地上。「嬤嬤莫生氣，是孫子想得不周到。」

林裡生看大姪子這樣子，只得對林張氏說：「娘，這事可不能怪桑哥兒，是昨天晚上我吩咐他今天早上送來的。這桌上用豆腐做菜的紅喜事也不是沒有，您老這麼一說，兒子我也有過了。」

死不認錯的林張氏，一身新衣與臭著的一張臉極不相符，她故意伸手拂拂衣袖說：「都說養兒防老、養女穿襖，這大丫頭送來的這件衣服還真不錯，面料既軟、顏色又好，總算沒有讓我白養活她一場。我說桑哥兒，你這兩大板豆腐送過來做菜，是成心讓我費油不成？」

林桑臉色又紅又白。這嬤嬤是在嫌他們送來的東西太差了，不值錢所以故意找碴，可為了讓妹妹養身子，他確實把銀子都花光了，他想嬤嬤是自己的親人，明知他現在很窮，一定不會嫌棄他的東西，更何況，這兩板豆腐他用了三板的成本。

林語真想一巴掌搧在老太婆嘴上。等她掙到大把大把銀子的時候，她要一排排地擺在這個死老太婆面前，只許看不許摸！

本想說幾句的林語，看林桑一臉難過的樣子，今天又是老太婆的大壽，一會兒有很多族親和近親都會來，鬧出事來了，對她對林桑都不是好事，她只好忍住了。

林語上前一步，裝出給林張氏整衣服的樣子，親熱地抱著她的手臂說：「嬤嬤，您今天的新衣服原來是大姑送來的呀？真好看，嬤嬤這一穿上，孫女兒還以為今天是嬤嬤五十大壽呢！」

千穿萬穿馬屁不穿，世上女子就是八十歲了也喜歡別人說她年輕。被自己孫女這一奉承，林張氏的臉色總算緩了下來。「就妳這小嘴甜，嬤嬤可從沒聽過妳這麼會說話，看來真是吃一虧長一智了。早變得這麼聰明，也不會做出這種上吊自殺的事來了。」

林語暗罵：這林張氏前生鐵定是個啞巴，要不然這一世怎麼會這麼多嘴，這麼缺德呢？真是狗嘴裡吐不出象牙來。

林語故意裝出沒懂似地說：「嬤嬤妳提醒得對，以前是孫女傻了，才會做出那種傻事。不過今天是嬤嬤的大好日子，我們不說這不高興的事，孫女學了一道用豆腐做的新菜，今天特意讓哥哥送了豆腐來，孫女想給嬤嬤的壽辰添個彩頭，讓眾人多誇兩聲好。」

林張氏不相信地說：「妳學了新菜？不是故意哄我高興的吧？還是故意來用我的油的？我告訴妳，我這兒可也沒有多少油了，妳就是很久沒吃到油菜，也不准來打我這兒的主意。」

真是個小人，林語真想甩手走人。

可在古代，家族的力量是很大的，她如果還要在這林家過日子，怕還是得忍忍，要不然林桑會很難做。

林語撒著嬌說：「嬤嬤，語兒就是再久沒吃到油，也不能來搶妳的油吃呀？孫女今天要做的這道菜呀，只用一點點麻油就行了，包您覺得好吃！」

林張氏半信半疑，一旁走出來的林德才看到孫女想盡辦法逗她嬤嬤高興，雖然也不大高興林語被退親，又上吊尋死的做法，可男人相對比女人寬厚一些。「語丫頭還學會了這麼新奇的做法？那一會兒爺爺也得好好嚐嚐。豆腐吃多了都不知道怎麼做才好吃了，要是真有新鮮吃法，那也不錯。你們兄妹過來前，早飯吃了沒有？」

一聽早飯兩字，林張氏立即雙眼大睜高聲尖叫。「什麼？怎麼會兒還沒有吃過早飯？我說你們兄妹是越來越懶了！這太陽都曬屁股了，早飯都還沒吃，不是故意來我這裡蹭飯的吧？」

看到嬤嬤這樣子，林桑就算心裡很難過，也只得立即應答。「爺爺，我和妹妹早就吃過了。」

一聽說兄妹倆吃過了，林張氏的臉色這才又重新緩過來。「既然吃過早飯了，那一會兒就在家裡幫忙吧！桑哥兒，你跟著你兩個叔叔，一會兒管桌凳，語丫頭除了做那個菜之外，就帶著梅兒、芝兒幾個倒茶水吧！」

「嬷嬷，我才不要跟三姊一塊兒倒茶水呢！」一臉睡眼惺忪的林梅聽到嬷嬷安排她跟被退了親的堂姊一塊兒倒茶，十分不樂意地說。

林梅是林裡生的小女兒，十三歲，上面有兩個姊姊、一個哥哥，下面還有兩個親弟弟，是個爹爹不疼親娘不愛的孩子，因為不受寵，性子被養得尖酸小氣。

林語不想跟一個小孩子計較，於是訕訕地說：「嬷嬷，要不安排我去做別的吧？」

林張氏看了她一眼，不客氣地說：「妳還會做什麼？一副十指不沾陽春水的樣子，還能做什麼？再說梅丫頭，妳是怎麼做妹妹的，語丫頭不管好壞也總是妳的堂姊，怎麼可以這樣說自家姊妹？」

林梅嘟著嘴說：「以為我想做她的堂姊妹呀？被退親的人，還到處轉悠，害得我們這幾個做妹妹的都沒面子了。」

林張氏氣得大聲叫罵。「妳說什麼呢？妳就是不認，她也是妳堂姊，妳還能怎樣？妳也不是一個成器的傢伙，好吃懶做不說，女兒家最起碼要會的針線到現在還學不精，妳還敢嫌她？」

林梅被林張氏罵得哭哭啼啼。「誰喜歡跟一個被退了親的女子一塊兒做事，這要是傳染到了她的穢氣，我們這幾個姊妹一輩子不也跟著完蛋了嗎？我就不要跟她一塊兒倒茶！」

林張氏還要罵林梅，林姜氏聽到女兒的哭聲，立即從後屋出來問：「這是怎麼回事呢？

梅丫頭，一大早的妳哭喪呀！今天是大好日子，妳可別給我哭出穢氣來了！娘，您也真是的，孩子不願意跟她姊一塊兒幹活，總有她的理由。」

林桑從隔壁借桌椅板凳剛好回來，聽到林梅的後半句話，再聽到林姜氏的話，立即「砰」一聲把桌凳扔在地上，一把拉著林語說：「語兒，我們走！雖然妳被退了親，可是又不是因為妳不好，是他王慶配不上妳！既然讓大家覺得妳丟了她們的臉，那以後就不要認了，這樣就好了！」

林桑話音剛落，一個陰陽怪氣的聲音傳來——

「喲！大姪子這話怎麼說的呢？不認了？那好呀，我們也沒有說一家人要搶著認你們，既然你這麼有膽量，以後有什麼事就不用來求你大伯了！」林姜氏陰陰地邊走邊教訓林桑。

三嬸林江氏提著一籃子蔬菜正走進來，聽到大嫂林姜氏的話，也立即怪聲怪氣地說：「哎喲，哎喲，這可是我們林家的嫡長孫呢，這哪能是大嫂說認就認，說不認就不認的？桑哥兒，以後三嬸還得靠你相幫呢，可千萬別說什麼認不認的話，你可是生來就是林家的長孫。」

林語知道這個三嬸也不是隻好鳥，說這話可不是在幫林桑的忙，是在堵林姜氏的嘴，故意讓她堵氣的，因為當年分家的時候，大伯娘憑著他們是長房，分去了林家三分之一的田。

林姜氏斜了林江氏一眼說：「我道是哪個呢？原來是三弟妹呀。妳可得好好拉攏拉攏他們兄妹，萬一老了沒有兒子養，這姪兒養嬸嬸的也大有人在。」

林江氏臉色大變。「妳！大嫂說話可別太絕，我又不是七老八十，不是已經生不出的年紀，也許明年我就生出一個大胖兒子也不一定。大嫂，俗話說好崽不要多，多了也不一定有出息，要是都生得肖家二呆那傻樣，我看生一千個也沒有用。」

林姜氏這下可被捅到心窩子裡了。「三弟妹，有總比沒得的好是不？肖二呆是呆了點，可他照樣也能掙銀子養他老娘。難道妳沒聽說，他一個月總有個三、五兩銀子交上去呢？你們哪家有？」

林語看她們開始狗咬狗覺得很有趣。大伯家的大兒子，也是個呆呆的小子，人家說他是林二呆。

林桑覺得這樣的一家人太沒意思，拉著林語就要回家，而她對這狗眼看人低的一家人更沒有興趣，轉身就與林桑出了門。哪知冤家路窄，兩人剛一出門，林柳氏就帶著林柔、林清與他們正面碰正面。

林柳氏看到他們兄妹，立即一臉親切的樣子問：「桑哥兒、語丫頭，你們這一大早的臉色怎麼那麼難看？哪個給了你們臉色看不成？」

林桑脹紅著臉不開口，林語淡淡地說：「沒有。」

林柔一直嚥不下林語把那幾件銀首飾討回去的事，於是尖酸地說：「一定是嬤嬤嫌她穢氣了。」

林桑大喝一聲。「妳說什麼？妳再說一聲！」

林柔嚇得後退一步。「我又沒說錯，人家慶哥哥嫌她不好看又呆，退了她的親，她倒好，上吊去嚇慶哥哥，以為尋死，慶哥哥就會回心轉意，真是想得美！這不是穢氣是什麼？我又沒有說錯。」

林桑雙手緊握就要上前揍人，林語慌忙拉住他說：「哥哥，狗咬你一口，你可不能去咬狗一嘴毛。你還指望著狗嘴裡能吐出象牙來是不？你可不能因為打狗被人說你欺負她。我們回家吧，家裡還有我今天留的豆腐，一會兒妹妹給你做麻辣豆腐吃。」

林柔一聽林語罵自己是狗，立即上前凶她。「妳說誰是狗？」

林語淡淡地說：「正在叫的就是狗。」

「妳、妳才是狗呢！妳這個沒人要的賤人！」林柔被激得要跳起來。

「賤人罵誰？」林語還是一張淡淡的臉色。

「賤人罵妳！就罵妳！」林柔聲音越來越響。

林語笑了。「賤人就歸妳，不要搶。」

林柳氏看到女兒被林語引上鈎了，氣得想揍她一頓。這個傻孩子，上了當都不知道！看著林柳氏那張變色的臉，林語覺得很痛快，沒等林桑說話，就拉著他回家。林柳氏瞪了林柔一眼，狠狠罵道：「教過妳多少遍了，妳怎麼總記不住？這個是林家的長子，以後妳如果還要依靠娘家人的話，妳就給我閉嘴！」

林柔一跺腳。「可我就是看不得她那一張死人臉！是自己不好，還一直怪慶哥哥，她憑什麼給慶哥哥添堵，讓他現在不好馬上來我們家提親。」

林柳氏厲聲喝止。「妳個蠢東西！要再亂說，一會兒我把妳關在家裡，不讓妳出門！」

一旁的林清見親姊快要被罵哭的樣子，立即拉著林柳氏的手說：「娘，妳不要太在乎大哥了。二姊的娘家人不是還有我嗎？就是不認他，二姊也有娘家人，再說慶哥哥可喜歡二姊了，就是二姊沒有娘家人，他也不會欺負二姊的，娘只管放心好了。」

才十歲出頭的林清從小被林柔帶壞了，他對大哥大姊的感情跟林柔一樣，認為他們分去了爹娘的關心和林家的家業。

林柳氏欣慰地說：「還是清兒知事。以後你就是你二姊的娘家人了，你可得好好讀書，爭取考個舉人回來，這樣就沒有人敢欺負你二姊了。」

聽到讀書，林清立即小臉一垮，可是又怕被娘罵，他違心地說：「娘，我一定會考個舉人回來的。」

還沒來得及走遠的林語，轉身看了林清那張義憤填膺的小臉一眼，悄悄笑了。

舉人？是被舉起來的人還差不多。小子，想做舉人的話，姊姊看好你啊！

# 第九章

兩人回到家，林桑立即要去後山挑柴火，林語拿著柴刀說：「哥哥，我陪你去吧，一個人在山上也無聊，我陪你說說話，那幹活也就快多了。」

林桑想了想說：「那也行，我們帶點早上的冷飯糰，一會兒餓了妳吃，要不然會得妳說的那個什麼胃痛。」

「是胃病，就是說東一餐西一餐地吃飯，肚子就會生病，然後就會肚子痛。上次我這裡痛的時候，哥哥請的大夫就這麼跟妹妹說的。」

「那一定要帶去，一會兒要用力氣幹活，妳不餓得更快？」

把飯用一塊棉巾包了幾塊鹹菜頭，然後紮得緊緊地裹在一塊兒，再裝上一壺燒過的水，拿了一塊棉巾圍在脖子上，林語才跟著林桑準備出門。

「桑哥兒、桑哥兒，你這是到哪裡去？你爺爺剛才讓我來叫你們過去呢，你這可是準備出門？」這是林桑的大堂伯。

林桑走到林德森面前恭敬地叫了聲。「森伯好。我帶妹妹上山砍點柴回來，家裡柴不多了，今天正好沒做豆腐生意，我就想著上山一趟。」

林德森嘆息一聲。「桑哥兒，你今天還是不要去了吧。你嬤嬤的生日，這親戚都過來了呢，你要是不到場，那別人的閒言閒語就更多了。莫在意你大伯娘與嬤嬤的話，女人都是頭髮長見識短，別跟她們一般見識。」

林桑是真的不大想去，去了也是看人眼色，但他深深看了林語一眼說：「妹妹，要不我們明天再上山吧？」

林德森看看林語，說：「語丫頭，妳也跟著我們一塊兒過去吧。」

林語知道林桑的為難，於是她理解地說：「哥哥，我們明天再上山吧。」

林語搖搖頭說：「森伯，我就不去了，去了弄得大家不開心，真的沒意思。今天是嬤嬤的大壽，一大早我就跟哥哥去給她磕過頭了，這會兒我就不跟去自找沒趣了。」

林德森感嘆地說：「這麼個好孩子，這女人怎麼就這麼愛埋怨人呢？也好，語丫頭，今天妳就在家裡玩吧，一會兒我讓妳福子哥給妳送點吃的來。」

要是讓林張氏看到林福給她送吃的來，她還不跳起來？何必惹得一身腥？

林語慌忙搖頭。「森伯，真的不用了，一會兒那兒客人到了忙著呢。你看，我這裡有吃的了，早就準備好的，本來是我和哥哥兩個人的，現在給我一個人吃，我可沒吃虧呀！」

林德森疼愛地說：「語丫頭，妳是個懂事的孩子，有空找妳伯娘玩去，還有妳豔兒妹妹，我們不嫌妳什麼退不退親的，都是自家的孩子，哪有什麼臉面不臉面的？」

難道有如此大度的堂伯，林語立即感激地說：「森伯，語兒謝謝你沒有看不起我。有空我一定會去找森伯娘，我還想跟她學做菜呢。」

林德森點點頭說：「嗯，那好，我跟妳哥就先過去了。自己在家裡關好門，好好休息。」

等兩個人走後，林語還是拿起扁擔和柴刀，揹著水和飯糰去了後山。一個人在院子裡實在是太無聊了！

自從上次林桑擔心她一個人上山會出事後，林語特意找金大哥的鐵鋪打了幾把手術刀模樣的刀子，再找了點臭大麻弄成水，把刀子煮了幾次。別的不在行，玩手術刀可是她強項。

「……奶奶的，我就不信對付不了你這幾根廢柴！」林語邊捆柴邊罵。她氣死了，林桑說捆柴火只要用樹藤就行了，可她找了無數根樹藤，硬是沒捆起一把柴火！

肖正軒帶著老馬到林子裡吃草，順帶打幾隻小獵物送到鎮子上的酒樓，也好堵住他娘的嘴。

聽到這自言自語的說話聲，肖正軒豎起了耳朵。這個聲音，確實是這個聲音，那天昏沈中，似乎就是這個聲音！

他翻身一躍，快步往聲音所在奔過去。可是等他再次尋找時，聲音卻一下子沒了。

林語捆斷了所有藤條，沒辦法，只得再去找幾根。

等她砍了幾根藤條回來後，看到肖二呆正東張西望找著什麼。「嗨，呆子，你在這兒找什麼呢？」

肖正軒一看，怎麼又是這個小丫頭？

他看著她的藤條問：「剛才是妳在說話？」

林語最大的毛病就是自言自語之後，自己毫無知覺跟記性，所以當肖正軒問她時，她立即愣了。「什麼時候？」

肖正軒沈沈地說：「就剛剛。」

「媽呀！剛才這裡有人說話？呆子你沒聽錯？可別嚇我，我最怕鬼了！」

肖正軒朝著聲音的方向來找人，沒想到他看到的是林語，還被她指責嚇她，正想再問問她，可看她嚇得小臉雪白，立即明白剛才不會是她在說話，她的表情不像在說謊。

他默默轉身就要離開，但林語剛剛被嚇，此時一個人在陰森森的林子裡，有點害怕地問他。「呆子，你能不能不要走，在這裡陪我一會兒？等我把這柴火捆紮好後，就放你走行不？」

肖正軒原本不想跟個小孩子在一塊兒，可一想到今天早上他路過林家大院聽到的事，覺得這個小姑娘雖然話比較多，可還是有點可憐，於是轉身走了過來。「我幫妳。」

聽肖正軒說要幫她，林語不好意思地問：「呆子，你會不會呀？」

肖正軒覺得她叫他呆子，似乎不如別人叫他呆子那麼難聽，於是露出了一個淡笑，朝她點了點頭。「我會。」

可這笑容看在林語眼裡，覺得有點過分老實，心想看來這人雖然呆了點，可為人還算是很友善，於是把藤條扔給他，坐在一邊的樹下看他捆柴。「呆子，你怎麼會是個呆子呢？難道你自小就是呆的嗎？還是後來嚇呆了？」

肖正軒懶得理這個沒有禮貌的孩子，可一想到她還小，只得無奈地說：「不是。」因為無聊，讓林語變成了多嘴婆。「你能不能多說兩個字？是『不是從小就呆』，還是『從小就呆』？就『不是』兩個字，我哪能明白是什麼意思？算了算了，我也別再糾纏你什麼時候呆的，反正你現在已經是個呆子了。不過我好心告訴你，其實我看你做事還挺不錯的，你之所以會呆，一定是長期不說話的原因，以後多說說話，就會好起來的。相信我，我可是學過這個的。」

林語其實是到了這個陌生的地方心裡憋得慌，才會有事沒事找個呆子說說話，發洩一下心中的悶。可是見自己說了一大串，肖正軒仍一言不發只管幹活，她有點洩氣了。突然，她又想通了什麼似的，大笑起來。

「哈哈哈，呆子，你一定是後來呆的！我想明白了，要不然你怎麼會學會了打獵，還學會了捆柴呢？其實你也不是太呆的，只是反應有點慢罷了，你可不要難過呀！對，你還學會騎馬呢，這也算是個技術，說明你真的不大呆。」

儘管是唱獨角戲，林語並不在乎。就算肖正軒不說話，她還是把心裡想說的都說出來，好讓自己心情舒暢起來。

「嘿嘿，呆子，其實呆點也沒什麼，只要會掙銀子就好了。我不呆，可是我可能還沒有你會掙銀子呢。雖然我看你也沒有富到哪兒去，不過最起碼你還能買得起馬，就算這是匹老得不能再老的馬，但好歹也是匹馬是不？總比我這窮得讓人退親的人好，我啊，現在是窮得叮噹響了。」

肖正軒呆了呆。現在他覺得自己真的有點呆了，這個小姑娘愛說話已經超出了他的想像，現在竟然還能這麼平靜地說出自己被退親的事，完全像說別人的事一樣。不是聽說她因退親上吊了嗎？那樣的姑娘才正常，這真的是林家那個尋死的孩子？

「欸，呆子，你在發什麼呆呢？今天有沒有打到野物？要是沒有打到，你娘會不會又扯開嗓門罵你？」說著，林語雙手一插腰，做了一個肖大娘的經典罵人姿勢。

林語的動作讓肖正軒差點笑出聲來。他從來沒遇到過這樣一個女孩子，還敢學他娘罵人，她還真是學得十成十！

肖正軒憋住了笑沒有與她說話，只是輕輕點了點頭。

林語看他現在連一個字也不說了，跳起來說：「呆子，你以為我是個猜測大王呀？你點頭是打到了獵物，還是不怕你娘罵？」

肖正軒被小丫頭逼得哭笑不得。他本來就不愛說話，可她偏偏要逼他說個明白，似乎不說明白不甘休的樣子，只得開口說：「打到獵物了，也不怕我娘罵。」

「這才對嘛！你看，剛才說兩個字，被我一逼能說這麼清楚，多說說話你不是正常了不少？為什麼非要把自己逼成個呆子？」

肖正軒被林語說得脹紅了臉。他本來就不呆好不好！可是他知道自己說不過她，跟個小姑娘他也不想解釋什麼，於是低頭繼續幫她捆柴。

肚子「咕嚕」叫了，林語這才想起已過了晌午，伸手從樹上的包袱裡拿出兩個飯糰，對著肖正軒說：「呆子，不要捆了，之後讓我哥來捆好了，你捆了這麼多捆，我也挑不回去。來，吃個飯糰吧，你肚子餓不餓？」

確實是餓了，他早上只吃了一碗雜糧稀飯和一個窩窩頭就出來了，又打了獵，又捆了這麼久柴，肚子早就叫了。於是肖正軒捆好最後一捆柴後，用林語遞過來的棉巾擦了擦手，才接過飯糰吃了起來。

看肖正軒吃得狼吞虎嚥的樣子，林語心疼地說：「你呆得真可憐。一個大男人，聽說還掙了不少銀子回家，肖大娘怎就這麼狠心呢，飯都不讓你吃飽？你慢點吃，我再給你一點，喝口水再吃吧。」

一句真可憐差點讓肖正軒噎到。他一個大男人，竟然被一個尋過死的小姑娘可憐，是不是太悲慘了？

被觸動心事的肖正軒難過起來，想要說林語幾句，後來又一想：不過她說的沒錯，自己在親娘面前也真的是可憐人，如果不是為了那一點養育之恩，他還會過得如此窩囊，讓一個小姑娘可憐嗎？

一股說不清的淒涼漲滿心頭，肖正軒不由得想起回家鄉之前，大師兄再三對他說：「二弟，回家孝敬老人是應該的，可你這性子，我真怕你愚孝，把自己的家底全掏出來給家人，最後什麼也落不著。你還是聽我的，回去後先幫著家人改善一些生活，看看他們是不是把你當親人對待。如果是，那多幫一些，如果不是，就還了養育之恩，早點回來吧！」

他是一個固執的人，如果不完成三年的孝敬之情，他怕以後子欲養而親不在，所以不管肖家人如何勢利，他都堅持著。不過，他真的很佩服大師兄的見識。有成年的兒子不上戰場，讓他一個十二歲的孩子頂替，這親情確實薄了點……

不過，他也沒有抱怨，家人是家人，他是他，盡了自己的心就好了，以後走得也無牽無掛。

看肖正軒差點噎得發呆的樣子，看在他幫過自己的分上，林語把水壺遞給了他。

「喝口水？」

肖正軒呆呆看著林語遞過來的水壺。他一個男子喝女子剛喝過的水，這要是被別人知道了，那就不得了了！男女授受不親，他們孤男寡女坐在一塊兒，一定會讓這個小丫頭以後更難嫁人！

林語沒想到呆子此時腦中還在千迴百轉，看著肖正軒發呆，她好奇地問：「呆子，你在發什麼呆？叫你喝水呢，難道聽不懂？」

說著拿著水壺又自己喝了一口，說：「喏，這樣，就這樣對著嘴喝一口，再吃一口飯，這樣才不會噎著。你不喝水，光吃冷飯，要噎了我還得給你做人工呼吸，那才要出事呢！來，喝水。」

肖正軒皺皺眉頭。她這是在教孩子？難道自己的表現真的那麼蠢那麼呆？再說，什麼叫人工呼吸？難道是用來專門救被噎著的法子？

眼睜睜看著伸到面前的手，她眼裡充滿一片溫情，肖正軒不忍打破她的好意，於是接過來喝了一口，可是臉立即脹紅起來。

林語並沒有注意肖正軒的臉色和眼神，她來這個世界之後，只有林桑讓她感動，其他的親人都是那麼刻薄尖酸；後來無意中救了這個呆子，雖然他很呆，但是她覺得他是很善良的。

飯糰吃完後，她轉過身後發現他的臉色有點紅，於是關心地問肖正軒。「呆子，你怎麼臉紅了？你沒什麼事吧？是不是發燒了？」

# 第十章

說完，林語習慣地伸出手就要摸他的額頭，肖正軒難為情地側過身子避開她的手。「沒有，只是剛才噎著了。」

男女授受不親，這個孩子看來還小，沒有親娘教導，這些個規矩還不懂。可他是個大男人，不能影響她的閨譽，畢竟自己是不能對她負責的……

就算是與這小姑娘相處愉快，以後也還是要小心些，不要讓她再被人說三道四了。她也是個可憐的女子，被退了親的女子要再找好的人家，真的不容易。

林語並不知道自己已被列入了肖正軒的保護範圍，聽他說沒什麼事，收拾好地上的東西，站起來用木扁擔把柴插好，然後把柴豎起來，正準備彎腰挑柴時，「撲通」一聲，一堆毛茸茸的東西扔在了她腳下。

「給妳。」肖正軒淡淡說了兩個字。

「給我？」林語不相信地睜大眼睛看著他。

「嗯。」肖正軒用力點點頭。

「為什麼給我？你把這東西給了我，回家就得挨你娘罵了。再說你還有女兒要養呢，別給我了，你自己拿回去吧。」林語想起他那個剽悍的娘，心裡就發虛。

肖正軒依然呆呆地說：「不怕，我還有。這個給妳吃，妳很瘦。」

難得聽到一個呆子說這麼多話，林語很有成就感。「呆子，你多說幾句話，真的不讓人覺得你呆呢。為什麼你老是沈默？本來是沒這麼呆的，總不說話，人家就真的以為你是個呆的。以後你要多說話才對啊，這樣慢慢就不會有人認為你真是呆的。這個東西你不用給我了，我現在身子養好了，每天都吃很多飯，慢慢就會胖起來的。你不覺得我比前幾天胖了不少嗎？」

肖正軒再次強調。「給妳，不吃換銀子。」

林語一聽，立即往後退說：「不行、不行，我哪能拿你打的東西換銀子，否則讓人知道了，以為我欺負一個殘疾人呢！我不用你的銀子。」

殘疾人？這孩子說話怎麼就這麼沒顧忌呢？

看在她年紀小的分上，肖正軒堅持給她。「拿著，妳要銀子，沒有銀子會被人退親。」

林語見個呆子也同情她被退親，於是惱羞成怒。「我被退親，我都不難過，你難過什麼？找個男人還是來蹭妳銀子的男人，這樣的男人送我都不要！他不來退我，我還要退他呢！」

真是太過分了！本以為跟個呆子玩玩，他不會對她有什麼偏見，哪知道他也同情她被退親了，到底被一個男人退了親是多大的恥辱？

肖正軒見林語誤會自己的意思了，只得不再堅持自己的想法。他剛才從她教他喝水吃飯時就打算要幫她，可真給她銀子，她怕是不會要自己的銀子，所以想把獵物給她，讓她去換點銀子也好，也算自己感謝她剛才的那一分溫情，哪知被她誤解了。於是他一言不發地彎腰撿起地上的獵物，扔在馬背上，向鎮上走去。

林語站在原地看著他遠去的背影，憤憤不平地自語自言。「這年頭，連呆子都有個性了。這是個什麼樣的世界，如果不是有這些不公平的規矩，我哪會淪落到被一個呆子同情？我一定要想法子掙銀子，讓那些個看不起我的人，統統閃一邊去！」

林桑回到家，看到妹妹挑回來的柴，既心疼又難過。「語兒，哥哥不是說了不要再自己去後山嗎？這柴很重，妳別壓壞了自己。明天我賣好豆腐回來，我會去挑回來的。」

林語笑笑說：「哥哥，這大白天的，地裡人來人往的，都是鄉親也都認識，有什麼好怕的。」

林桑堅定地搖搖頭。「不行，後山很少人去的，要是碰上壞人，妹妹就會出事。妳是哥哥唯一要護住的人，我不要妳有危險。」

林語無奈地應承說：「好好好，明天我一定不去了。」

隔天，天才微微亮，林桑就要出門了。他打開門準備把豆腐挑出去，突然他睜大了一雙眼睛，生氣地叫道：「語兒，妳快出來！」

林語揉了揉雙眼，不解地問林桑。「哥哥，天都還沒亮就叫我起來做什麼？難道今天要我去幫你賣豆腐不成？」

林桑指著門邊排得整齊有序的一大堆柴說：「妳說說這是怎麼回事？我昨天說了不讓妳白天上山了，妳就晚上偷偷上山把它們都弄回來了？」

想起昨天的事，林語心中有了答案，只是無法跟林桑解釋這麼多，於是她故意拍拍胸脯看著他說：「哥哥，你先別這麼生氣，只是這柴火明明在後山的，怎麼就自己飛到咱家院子裡來了？」

林桑狐疑地問：「不是妳半夜上山弄下來的？」

林語無語了，舉了舉自己的胳膊問：「哥哥，憑我這胳膊，你覺得有可能一夜之間把這麼一堆柴火弄下山？」

被妹妹這麼一問，林桑無語了。確實，自己妹妹那模樣，雖然個子不算矮，可身板實在單薄，怎有這能耐把一堆柴弄回來？

林桑見問不出個所以然來，也不知道柴火到底是怎麼跑到院子裡來的，只得對林語說：「這真是古怪極了。難道有人幫什麼人家裡送柴，送錯院子不成？」

林語一下子就想到肖二呆，心道：難道是他把柴放錯院子了？想來想去也只有這個呆子才會做出這種事，不過想起昨天他要給她獵物換銀子的事，這事也不可能。雖然他有些呆，可不是蠢。

對於林桑的疑問，林語只得含糊地附和說：「哥哥，的確有可能是這樣的。也許明天別人發現弄錯了，會拿回去也不一定。算了，有人來拿就拿走，沒人來拿就燒了吧，反正也沒地方找主人是不？」

林桑沒辦法弄個清楚，只得點頭說：「我們儘量不要急著用這些柴，也許別人會來拿回去的。我出門了，妳來把院子門閂上吧，這樣安全點。」

林語關好院門，再次看著這一大堆的柴發呆。那呆子是怎麼把柴放進來的呢？難道是用梯子爬上來的？這臨街的院子院牆都比較高，因此沒有治安可言，有錢的人家會請護院，窮人家為了身家小命，就只能把院牆築高了。

算了算了，明天看到呆子再問問，他是不是真的放錯院子了。如果真的是他放錯了，就讓他偷偷弄回去算了。

雖然林語心中不大相信是他放錯了，可轉眼又自我安慰：畢竟人家是呆子，月黑風高的會放錯院子是很有可能的事，對個呆子哪能要求這麼高？

第二天，林語白天到了後山兩回，摘回來了兩大簍子草藥和野菜，但就是沒看到肖正軒，氣得她跺腳，暗中大罵：你個呆子，找你的時候偏找不著，不找你的時候像幽魂似的就跑出來了。總不能叫我個大姑娘，跑到你家院子裡去找你吧？嗯，昨天好像又聽到肖大娘在罵小孩子，莫不是肖二呆在家帶孩子？

找不到人也沒辦法，林語只得先放棄。

下午，林桑回到家時問她。「語兒，有沒有人來找柴火？」

林語搖搖頭。「沒看到，也許這人還沒發覺吧。不管這個了，哥哥，有人要自然會有人來找，這不是我們偷來的，沒人找就先放著好了。」

「嗯，那也只能先這樣了。不過，這事還真是蹊蹺，怎麼會有人把柴火放錯呢？這麼多年，我還真是頭一回碰到。」

「嘻嘻，哥哥，怪事年年有，只是今年到我家罷了。也許有人看我們兄妹年少孤苦，引發了他的俠義心腸，故意幫我們一把也有可能。」林語輕快地笑著說。

知道妹妹是說笑話，林桑還是感激地說：「如果真有這樣的俠士，那以後找到他了，我們還真得好好感謝他。」

不知道為什麼，林語心中越來越肯定這是肖正軒幫她弄回來的柴火。只是林桑說要感謝這位俠士，一想起肖正軒那呆樣，她的心中就不由得愉快起來。

但是被一個呆子同情了，她這個現代靈魂是不是活得太孬了？

林桑端著豆子出來時，看到妹妹的臉色一會兒由高興又變成疑重，擔心地問：「語兒，妳是不是想到了什麼？」

林語回過神來。她發現自己到了這個世界，真的與以前的自己越來越不同了。以前的她不是個什麼事情都會寫在臉上的人，因為那對她的工作來說是致命的打擊，可現在是怎麼了？

聽到林桑擔心的語氣，林語立即解釋。「哥哥，我在想另外的事。」

林桑立即緊張問：「妳在想什麼事？是不是又想起那王公子了？語兒，妳不會還沒有忘記他吧？」

想王慶？林語心中冷笑了一聲。她忙於俗事，還真的把這號人給忘記了呢。

看來不管是被呆子同情也好，被王公子嫌棄也好，一切都是銀子惹的禍，沒有銀子寸步難行，為今之計，掙銀子才是大事！

下定決心的林語立即搖頭說：「哥哥，我不是又想王公子，而是我根本就沒想著忘記他。」

林桑急切地說：「語兒，妳不是答應哥哥不再想他了嗎？」

看著這個親大哥緊張的樣子，林語心中暖暖的，不忍心讓一個大男孩為自己操心，於是她認真地看著林桑說：「哥哥，妹妹不會去想他了，而是不會忘記他給我的恥辱。我會時時用他給我的侮辱提醒自己，以後的人生要好好過，才是對他的報復！」

聽了妹妹的保證，林桑終於放下了擔心。這唯一的親妹妹，如果還想著那個壞傢伙不能清醒的話，他真擔心她以後的日子會過得不幸福。

林豆子放在盆裡，兩人開始洗起豆子。要做出好豆腐，就要有好豆子，等林桑打好水，林語立即搬個小凳過來幫著揀豆子。林語邊洗邊揀豆子，狀似無意地問：「哥哥，你一天打四板豆腐出去賣，一個月下來能掙多少銀子？」

林桑難為情地說：「現在鎮上有三、四個人做豆腐賣，而且天天都是一樣的豆腐，生意都不算太好。特別是我，打豆腐的時間沒有很長，生意就更一般了，一個月下來，最好的時候也就掙二兩銀子罷了。」

最好的時候才二兩銀子，那一年也就十幾兩銀子罷了。不過這地方落後，一年有十來兩銀子，也算不得太差了，只是距離發財還太遠。

林語皺皺眉又問：「那幾家生意都比我們好嗎？」

林桑想了想。「有一家的生意比我們好很多，聽說他們的豆腐分成了老豆腐和嫩豆腐，所以生意很不錯，一個月三兩銀子是少不了的，其他人比我稍微要好一點點。」

看來還得是品種多才會有生意。想起自己的打算，林語又重新勸說林桑。「哥哥，我真的想在家門口擺個小豆腐攤子，在我們家院子門口搭個棚子，不管是下雨還是天晴，別人來買豆腐還可以歇歇腳。」

其實不光為賺銀子，也是為了打發時間。

林桑見妹妹又重提原話，知道家裡這狀況讓妹妹擔心了，她提的這個建議也許真的不錯，不過要讓妹妹做拋頭露面的事，他還是拿不定主意。他擔憂地說：「語兒，妳被退過婚，要是再做這種拋頭露面的事，那以後的親事就更難了……」

見林桑是真的擔憂自己的親事，林語十分理解林桑的心情。家中真有一個嫁不出去的妹妹，對於他的打擊不小；可是沒銀子辦什麼事都不成，這鄉下村鎮，只有吃食才是人人都離不了的，於是她認真問：「哥哥，我被人家退親是因為什麼？」

林桑臉一紅，難過地說：「是我們太窮。王慶聽說妳出嫁沒有什麼嫁妝，又被那不要臉的母女挑撥，這才起了念頭要退親的。」

林語知道問中了林桑的心事，於是打鐵趁熱。「是呀，哥哥你也知道，那王慶要退親，並不是因為我拋頭露面的原因，而是我沒有值錢的嫁妝。咱們這小鎮上都是世居百年的人家，沒有幾家不認識的，什麼拋頭露面都不重要，重要的是你家有沒有銀子。」

話雖是這麼說，可這女子做生意的還是太少了，林桑遲疑地說：「語兒，可是我還是——」

林語果斷地打斷林桑的話。「哥哥，我知道你在擔心什麼，可是光擔心沒有用，你看後娘嫁進我們家，就是因為她手上有良田有家底，爹才會不顧娘過世不過十幾天，就急急把她娶進門。」

林桑知道妹妹說的是事實，心中因為父親對母親的無情而難過，可他畢竟還是在封建教育下長大的孩子，一時還是接受不了，只沈默不語。

林語知道林桑內心有點動搖了。「哥哥，那天我在家裡的時候，你不是放了幾塊豆腐在家嗎？我沒弄來吃，怕壞了，就用鹽把它們給抹了，晚上你吃的時候，你還說味道不一樣呢。我這幾天沒事就在捉摸，找到了一種豆腐新吃法，我想試試。」

林桑驚訝地問：「啊？語兒，那天晚上的豆腐是妳用鹽抹過的？」

林語點點頭說：「嗯，我也是一時想到就那麼做了，而且那樣抹了鹽、去了水後，它們更結實了。」

林桑靈機一動。「也許我們可以再試試，做出什麼新品種來。」

林語暗暗笑了。他還真的有點聰明，我就要這結果！

於是她點點頭說：「我也是這麼想。咱們的地租給了別人種，那麼唯一能來銀子的路子也只有豆腐了。這生意做的人多，要是不想點新法子，不可能掙得到大錢。現在天越來越熱，你的生意越加難做，不如我們一塊兒做，總能抵得上平常的生意。」

聽了妹妹合情合理的分析，林桑微微頷首。「嗯，語兒這法子也許真的可以試試。」

林語立即再出新招。「哥哥，我上次在山上還採了不少涼茶，再去鋪子裡買點甘草，等天熱的時候，我每天煮點涼茶放在井水裡，有人來買我們的豆腐，我就送一碗涼茶！」

林桑眼睛一亮。「好辦法！別人衝著這涼茶也會買兩塊豆腐回家。好，語兒，哥哥聽妳的，一會兒就跟森伯說一下，他會木工。」

# 第十一章

第二天一大早，林德森就領著三兒子林福到了林語家。林桑立即接他們進來，指著院牆說：「森伯，姪兒想在這裡蓋個木棚子，你看這些木頭夠不夠？」

林德森看著滿院的柴火和雜木，笑著說：「夠了！你不是說蓋頂要用杉樹皮蓋嗎？有幾根就行了。你們倆倒是個勤勞的，這柴火都打得這麼一大堆。福子，你好好看看你桑哥是怎樣勤儉持家的。」

林桑的臉微紅了。這柴火都幾天了，還真沒有人來認領，看來是別人有意幫他們的，聽得堂伯這麼一表揚，他臉上還真有點掛不住。自己年紀輕輕的，竟落到被別人同情的地步。

只比林桑小半歲的林福，是個遊手好閑的傢伙，但這人有一個特性，就是講義氣。雖然王慶與自己堂妹退了親，但他平時仍跟王慶混在一塊兒，倒也沒有因他退了堂妹的親事就對他不理不睬。

見堂兄家的院子裡確實整齊有序不說，還堆了半院子的柴火，他紅著臉說：「爹爹，兒子也不是成天瞎混的人，我有我的事要忙嘛！」

林德森看著這不爭氣的兒子成天遊手好閒，氣不打一處來，聽他還敢辯解說什麼有事要忙，於是一臉恨鐵不成鋼地說：「我看你再不懂事點，以後怎麼成家立業！成天跟王家兒子混在一塊兒，能忙出什麼大事來！」
看到林福，林語心中一亮。這人與王慶交好？我還愁沒辦法會會這王家混蛋呢，這不，剛一瞌睡就有人送來了枕頭嗎？
她故意端上兩碗豆漿，甜甜叫著。「森伯、福子哥，你們先來嚐嚐我做的豆漿。」
林德森看著堂姪女疼愛地說：「語兒這麼早就起來了？妳還小，應該多睡會兒的。」
林福則大剌剌地說：「爹，語妹也不是小孩子了，還睡什麼睡呀！再說一會兒我們爺兒倆幹活，她哪能睡得著是不是？」
說完，接過豆漿「咕嚕」幾口下了肚。
林語聽了林福的話，立即笑著對林德森說：「森伯，福子哥說的對，語兒不再是孩子了，應當早點起來幫哥哥幹點活，這樣家裡就會慢慢好起來。」
聽了林語懂事的話，想起自己這不懂事的兒子，林德森又是一聲長嘆。「唉，真是個懂事的好孩子。福子，你真的該跟你妹妹學學了，不要成天就想著在外面混，你這木工手藝都學了五、六年，還做不出個像樣的東西來。」
林福再次被老爹揭了短，於是紅著臉說：「爹，我這不是跟著你來幹活了嗎？」
父子抬起槓了可不好，於是林語笑嘻嘻地說：「森伯，您可別說福子哥了，他種田可也是一把好手呢！我記得小蒼坪那兒，他還幫您種了不少玉米呢！」
聽到堂妹說起那玉米地，林福邊扛木頭邊興奮地說：「語妹，我跟妳說，我種的那兩畝多玉米長得可好了，過不了多久就有玉米成熟了，到時我摘點嫩玉米回來給妳煮著吃。」

林語想起前世吃過的烤玉米，於是興奮地說：「福子哥，到時我跟你去採行不行？」

林德森看小孩子被玉米就逗得開心不已，於是他吩咐林福。「福子，到時記得帶你語妹去摘點回來。」

「好，過幾天玉米熟了，我帶妳去採些回來嚐嚐鮮。」林福爽快回答。

等到福子答應了，林語高興地說：「那就謝謝福子哥了，這嫩玉米放在火上烤來吃，可真的很香呢。森伯、福子哥，我去後園子裡摘菜，你們中午都在這兒吃飯。」

林德森搖搖手說：「不用了，語丫頭，就這麼幾步路，我們回家去吃好了。妳伯娘他們都在家，反正都得做飯吃的。」

她要跟這林福聯繫感情呢，吃飯可是套交情的最好法子，這機會她怎麼能放過呢？於是林語朝林福眨眨眼，才說：「森伯，語兒新學了幾個菜，中午做給您和福子哥嚐嚐味道，一會兒哥哥也會回來陪你們吃的。」

林福一聽有好菜吃，立即高興地說：「好哩，語妹，妳去忙吧，這裡就交給我和爹爹，包妳半天後就能看到妳要的棚子了！」

林語似有深意地笑著說：「福子哥，你到時可別把舌頭咬掉了喔！我新學的菜很好吃，你肯定沒嚐過！要是你覺得好吃，以後有空來我們家，我做給你吃。」

林福也是個吃貨，一聽大喜。「好，我要好好嚐嚐語妹的手藝！」

為了特意要與林福交好，林語準備讓他喜歡上自己做的菜，於是把前幾天吩咐林桑買回來的海帶放在廚房的爐子上，等它煮開後關小火，慢慢地燉，才提著籃子去了後院。

這前身的林語飯菜做得倒是還行，加上自己前世愛吃的經歷，要燒出幾個家常菜還真不難，何況她還有一鍋海帶湯，從食物中提煉結晶的方法早熟記於心。

菜園子不大，馬上要到五月的季節裡，新鮮蔬菜不少，中午她可以做四季豆炒梅乾菜、韭菜炒蛋、採幾個青椒加蒜頭炒肉、海帶湯燉豆腐，再來一個麻辣蒜泥涼拌豆腐，一個涼拌馬蘭頭。

青椒長得不多，林語努力彎下腰尋找比較大的，正要放進籃子裡，突然「砰」一聲，一個東西掉到她腳邊。

嚇得林語往後跳了幾步，定睛一看，一隻山雞躺在她腳下。

再張眼一望，靠山邊的斜坡上，肖二呆傻愣愣地看著她。

「欸，呆子，這是你打的？」林語指指地上的山雞問。

肖正軒覺得這小姑娘的問話有點奇怪，但看在她還小的分上點了點頭。

林語見他回答了自己的話，於是又指指自己。「這是給我的？」

肖正軒又點點頭，林語大聲說：「呆子，不是跟你說了，要多說話嗎？怎麼幾天不見，你又變呆了？我不用，你拿回去吧，省得你娘罵你。」

肖正軒覺得她很吵，他不客氣地瞪了她一眼。「閉嘴！小孩子哪裡這麼囉嗦？給妳就拿著好了，妳真的好吵！」

「啊？」被一個呆子嫌棄了？林語瞪大眼睛看著肖正軒，呆呆地問：「你嫌我吵？」

肖正軒點頭不語，林語沒好氣地說：「你嫌我吵，我還嫌你啞巴呢！我吵關你屁事呀？我吵我的，又不礙著你，以後不理你了！」

肖正軒嘴角扯了扯。「妳再叫，別人都要聽見了。是不是想我娘來妳家發飆？我走了，妳不要就扔了吧，要不是看妳這麼小小年紀就沒親娘的分上，我才懶得理妳。」說完返身往山上走去。

肖正軒看著在山下跳腳的林語，心中有一種說不出的開心。他覺得這個小妹妹很有意思，嘴巴多話臉皮厚，但為人直接爽快，要不是她說話的聲音不對，他真的會以為她就是救自己的那個女子。

肖正軒也覺得自己莫名其妙，不知道為什麼總是想送點吃的給她，看到她那瘦小的身子就難過，就像看到然兒那小小的身子老長不大一樣，他總是想盡辦法去山裡打點獵物回去，讓娘給她補身子。

昨天晚上，娘對他說：「老二，家裡銀子不夠用了，油也吃不起了，你得想法子弄點銀子回來。還有就是多打點獵物，留下個幾隻帶回來給然兒吃，沒營養的孩子長不出肉來。」

看看自己這小女兒，肖正軒很不明白，為什麼哥哥、弟弟的孩子都吃得圓滾滾的，自己這小女兒怎麼總是這麼瘦呢？只是事關然兒，於是他立即答應。「娘，我知道了，明天我會去打獵的，要是前山打不到，我過幾天就到深山去打。」

雖然深山大動物多，能打得到一隻大的，可以賣不少的銀子；只是越是值錢的東西越危險……

當時他記得娘親的臉上立即笑容滿面。「好好好！這才是娘的好兒子！你又不會種田，天天打值錢的獵物回來，大哥、弟弟們才不會有意見。」

天天去山裡？可知道山也會吃人的？

肖正軒想不明白娘親為什麼這麼不待見自己，心裡很是難過。不過想想，反正他這次回來也就是為了孝敬爹娘，趁現在有時間，有一天算一天，也許以後沒有機會了。

對於自己為什麼老想著給林語送些獵物，肖正軒也想不明白，也許是覺得她真的跟自己一樣可憐吧？對，一定是這樣的！

喔，還有就是，他很喜歡她像隻小麻雀似的，在他耳邊唧唧喳喳地說著話，那種愉快的神情，讓他看著很舒服。

林語可不明白他心裡想什麼，只是看著肖二呆理都不理自己就上了山，於是不滿地自言自語。「臭呆子，看在你是同情我沒親娘的分上給我山雞，我就不計較了。不過你可得明白，這是你送給我的，吃完了可不許來要回去。」

林語提著籃子回到院子裡，朝正在刨木頭的林福喊。「福子哥有口福了！」

林福興奮地問：「語妹弄到什麼好吃的了？」

林語指著地上的山雞說：「剛才在後院園子裡，兩隻山雞打架，這隻一頭撞上菜園子裡的木樁，掉了下來，我正好一腳踏住了，你看這不是你有口福嗎？」

林福跑過來一看，哈哈大笑。「語妹，我還從來沒有碰到過這麼新鮮的事呢，今天可真是口福到了！妳快弄，中午給我們做個紅燒山雞肉。」

林語甜甜地說：「行！一會兒再叫哥哥打斤酒來，你與森伯好好喝上一盅！」

林福可是在外面混的，酒是他的愛好，聽得中午有酒喝，立即高興地說：「好呀，今天上午我和爹就幫妳把這棚子弄好，午飯晚點吃也可以，喝了酒我可以睡個午覺。咦，語妹，我發覺妳變得好玩起來了，以前妳總是不說話，眼睛裡只有王慶，現在我覺得妳不一樣了呢。」

聽到他提起王人渣，林語故意朝他怯怯笑了一下。「福子哥，我那也是怕慶哥哥不喜歡我話多，所以不大敢說什麼。他是讀書人，說他喜歡女子像個大家閨秀，因此我更不敢亂說話了。」

想想也許真是這樣，林福立即同情地說：「語妹，福子哥不是說事後話，雖然我跟他算得上是朋友，不過王慶那人並不是個好人，讀書也沒讀出什麼名堂來，種田也不是把好手，跟著他不一定會幸福。」

現在林語可不想說王公子的是非。說王慶不好，別人會說自己心胸狹隘；說王慶好，她又說不出口，而且她還不能讓林福覺得她對王慶還有留戀，讓他不敢接近她。於是她故意打岔。「福子哥，王珍可有來找你？」

被堂妹道中心事，林福霎時臉紅。「小孩子家家的，知道什麼！」

林語故意朝他眨眨眼。「福子哥，我知道王珍喜歡你喔。」

林福偷偷看他爹在門外，趕緊朝林語說：「語妹，妳真的認為王珍喜歡我？」

林語知道王珍在王慶退她親事的事中起過作用，既然要準備報復王慶，反正王珍也不是個好東西，順帶讓她報個小仇也不是不可以。

林福儀表堂堂，十八歲的他完全顯出了成熟的男人味，加上他在鎮上長大，一些混混跟他都是好朋友，正是女孩子的青春偶像。

王珍還是個情竇初開的小妞，最喜歡的就是這種男子漢。這鎮子封閉，很少有外人往來，所以王珍對林福是迷戀上了。

林福做朋友是好的，可是做老公就不是好人選，太重情義的人，又在這鎮子上混了十來年，讀書沒讀過幾天，一天到晚講的都是兄弟情誼。

她從記憶裡得知，這林福樣子長得好，可家裡條件很一般，跟王家差了不少；王珍的娘是最勢利的，自己的親事，聽王慶的朋友說也是他娘非要讓他退親的，如果林福要娶王珍，怕是難了！

既然王珍如此愛撮合別人的事，那她林語也就做一回好人。她喜歡林福是吧？那她就成全王珍的心願。

想到此，林語故意裝出一臉明知故問的樣子說：「福子哥，你自己心裡清楚得很，還問我做什麼？王珍看你那眼神，差不多想要把你給吃了！你還這樣問我，是不是故意的呀？」

林福紅著臉說：「我哪裡知道這些。我只是有時候看她對我很親切，會禁不住去想，她會不會是喜歡我。」

見林福如此模樣，林語一錘定音。「福子哥不用擔心，王珍是肯定喜歡你的，你找個媒婆上門，讓伯娘去給你提親。」

一想到提親，林福的頭立刻低下了。

# 第十二章

林語沒想著要去害林福，而是她認為，以後王珍要是不好，休了她就是。這世上女人再嫁不易，可男人再娶一個有什麼困難？以後自己有發財機會，多幫著這堂哥就是了。

看到林福這樣，林語明知故問。「福子哥，你這是怎麼了？難道你不想娶王珍？」

林福垂頭喪氣。「提親怕是難了。妳也知道王珍她娘是個什麼樣的人，她肯定瞧不上我們家。」

林語立即鼓勵他。「福子哥，你不要擔心，我看王珍是很願意嫁給你的，只要她願意嫁，我想困難不會太大的。何況她嫁過來，嫁妝是不會少的，最少會有十畝良田，這樣你家的日子就會越來越好過。」

聽了林語的話，林福眼睛一亮。「這倒是真的，就怕她娘堅決不同意，那就麻煩了。」

林語笑著說：「憑福子哥的本事，還怕王珍她娘不答應？只要王珍死活要嫁你，福子哥，王珍她娘就是再不同意，也是沒有辦法的。」

林福一聽，立即興奮地問：「語妹，妳幫哥想個法子！只要這事成了，我一定好好謝謝妳。」

林語嘴角微微一翹，輕輕地說：「謝倒是不用謝，到時候請我喝喜酒就行了。福子哥，你附耳過來。」

見林福湊過來，林語故作神秘地說：「福子哥，其實要娶王珍並不難，只要王珍死心塌地要嫁你，她娘再怎麼說也沒用。」

林福聽堂妹分析得這樣透徹，於是急問：「語妹，妳快說我要怎麼做才能讓王珍非嫁我不可？」

林語瞇起眼睛笑笑。「很簡單，福子哥不再做別的事，只要常去找王慶玩，然後表現得很能幹很大方，讓王珍多看到你。再者，你看看王珍喜歡什麼，故意不經意地給她一點，然後就可以帶她出去玩，到沒人的地方玩，比如說你的玉米地……」

林福睜大眼睛，呆呆看著這堂妹。「語妹，妳這從哪裡想到的？」

林語眨眨眼，再次曖昧示意。「福子哥，找個機會抱抱她、親親她，然後找準機會把她變成你的不就成了？」

說完後，她沒等林福回應，端起盆進了屋。因為她不用等，林福現在一定是個呆樣。

「啊！」一臉驚呆的林福看著她的背影，彷彿見鬼似的。常和兄弟們到鎮上花樓喝酒的林福，不會不明白她話中的意思，只是他不明白，語兒只是個女孩子，怎麼會知道這些？

轉身看著發呆的林福，林語捂著嘴差點笑出聲來。她沒有再說什麼，聰明人只要一點就通，何況林福是個在街上混的人，還能不明白？她暗道：林福，能不能騙王珍上手，就看你的手段了。

林家院子做了個棚子，消息很快就傳到左鄰右舍了，金大嫂一大早提著籃子走過，特意進來問：「語兒妹妹，妳做個這樣的棚子要做什麼呢？」

見是金大嫂，林語解釋說：「嫂子，我看天氣熱了，左鄰右舍的要買豆腐還得去前面買，很不方便。因此我就想弄個小棚子，留兩板豆腐在家裡，哪家想要豆腐，也不用特意跑前街去。」

金大嫂高興地說：「這主意好！有時來個客人什麼的，要買塊豆腐確實太不方便了，現在妳家門口就有得買，那真的好很多呀！」

林語立即說：「嫂子，我這兒不只光賣豆腐，我還送涼茶，過路的人只要買我的豆腐，我就送一碗涼茶給他們解解暑熱。還有我和哥哥新試做了燻豆腐和醬豆腐，到時妳拿幾塊試試。」

金大嫂驚奇問：「豆腐還有燻和醬的？那樣做起來會好吃？好好好，等妳弄好了，我一定來買幾塊試試。」

等金大嫂走了，林語開始燒爐子。要醬的豆腐快乾了，可以放到醬油裡去了，要燻的豆腐還得曬曬，要先去碾米房找人家要點穀殼再說。

「咚咚」傳來敲門聲，林語走近問道：「哪位？」

門外傳來四嬸林王氏的聲音。「語丫頭，開開門。」

林語立即打開門，笑著叫了聲。「四嬸，妳今天怎麼有空來？」

林王氏帶著女兒林芝、兒子林正走了進來，嗔怪地說：「語兒是不是怪四嬸沒來看妳呢？」

林語立即訕訕地說：「四嬸，語兒可不敢這樣想。妳不是也很忙嗎？加上正弟要上學堂，家裡雜事也多，哪有空來看我？」

林芝、林正趕緊上前叫了聲。「三姊！」

林語在林家的女兒中排行第三，小的兄弟姊妹都按排行叫，所以她就成了大家的三姊。

林語朝他們笑笑說：「正弟今天沒上學堂嗎？」

林王氏立即解釋說：「先生這幾天要回城裡過端午了，所以他們也就放幾天假。」

林語喔了一聲，說：「四嬸，妳坐，芝妹、正弟你們坐，我倒點我做的豆漿給你們喝。」

林王氏坐下後拉住林語說：「語兒，那天的事四嬸聽說了，妳不要放在心上。那天妳不過去也好，妳那兩個姑姑要是看到妳了，她們怕也要說些話的。」

這是說林老太婆生日那事？她放在心上個屁呀！

林語笑笑說：「四嬸，我不在意的。被退親也不是我能左右的，反正不就是一個窮字鬧的唄！只是拖累了妹妹們，語兒心裡很不好過。」

林王氏拍拍她的手，說：「妳是個好孩子，可憐妳娘去得早，讓妳受罪了。真沒想到王家是那樣的人家，竟然這麼不要臉，聽說他們馬上就要到妳家去提親，對象是林柔。妳不要難過，這幾天也不要出門，省得人家說三道四。」

林語感激地說：「謝謝四嬸關心，我一定不會出門，就在家裡好好待著。四嬸，過兩天我這門口會擺個豆腐攤子，妳要是想吃豆腐，就讓弟弟妹妹們過來拿幾塊過去。」

林王氏欣慰地說：「語兒不再因為王慶那事難過，四嬸就很開心了。這籃子裡是四嬸積攢的幾個雞蛋，妳身子不好，自己蒸著吃了。」

林語知道四叔家的日子也只是一般，弟弟妹妹們並不是常有雞蛋吃，於是推辭說：「四嬸，妳的心意語兒收下了，雞蛋妳還是帶回去給正弟吃吧，他上學堂可費腦子呢！」

林正聽堂姊說上學費腦子，立即像見到知音似的。「三姊，妳也知道讀書費腦子嗎？」

林語笑著對他說：「知道呀！三姊也認得幾個字，沒事就會拿你大哥的書來看，可我發現上面寫的東西真的很難呢！正弟，你在學堂學得好不好？」

林正微紅著臉說：「我、我……」

林王氏嘆息著說：「其實我們家也沒指望能出個秀才，像王慶考了個秀才，是花了多少銀子才讀出來的？讓他們兄弟上上學堂，也是想讓他們認識幾個字，省得做個睜眼瞎子。」

林語理解地說：「還是四嬸有眼光。不過正弟，我跟你說，要是你能用心去讀，那書就能讀好，讀好了書就有好日子過了。聽說中舉的舉人老爺，朝廷不但會賜地還賜宅子，而且一年還有什麼俸祿，以後不幹活也有好吃好喝的。」

林正一聽，驚喜問：「三姊，要是中了舉人，就天天有肉吃嗎？」

林語肯定地說：「當然天天有肉吃。那是官老爺，官老爺沒肉吃，那哪個人還會去做官？」

林正一聽又高興起來。「嗯，以後我一定認真讀書，再也不跟清哥去捉蟋蟀玩了！」

林語聽了林正的話，心頭一動，正要說什麼，林王氏喝斥林正說：「你個不成器的傢伙，你怎麼能跟清哥兒比？他是有家產的人，他娘手頭上有不少銀糧，現在你二伯家的田產又是他一個的，以後他是吃不盡穿不光的，你跟著他混個什麼勁兒！」

林正被林王氏喝責得一愣，林語立即解圍。「四嬸，妳可不能怪正弟，他也還小嘛，哪裡知道這麼多？現在他已經明白要好好讀書了，也說了不跟清弟一塊兒捉蟋蟀玩了，就不要罵他了。正弟，你以後一定會好好讀書對不對？」

林正感激地看著林語，點點頭說：「嗯，三姊，以後我一定會好好讀書的。」

林語又似有意地說：「三姊喜歡讀書，自己有看過不少的書，要是正弟有不明白的地方，你來告訴我，我們一塊兒想想，你看怎麼樣？」

「真的？」林正歡喜地問她。

林語趕緊說：「當然是真的呀！都說三個臭皮匠還勝過一個諸葛亮呢！我們兩人湊一塊兒想，總比一個人想得好，再說你來我這兒，三姊有很多好玩好吃的呢，一定讓你學得開心，玩得開心！」

林正高興地叫了起來。「三姊可不能騙人喔！」

林語故意一臉不高興。「三姊什麼時候騙過你？過兩天三姊的攤子開了，有好吃的呢，你下了學堂就來我家啊。」

林正興奮地問：「那我可以帶同窗來嗎？」

心有所想，林語立即允諾。「當然可以。帶哪個來都行，三姊都免費給大家嚐嚐攤子上的東西。」

「太好了！這下清哥總不能說跟著他玩，是我貪他的零食吃了！」

看到兒子這麼開心，姪女也這麼懂事，林王氏感激地說：「正兒，你這個貪心鬼！自己吃了還要帶別人來，你以為你三姊的東西不要銀子嗎？語兒，妳真是越來越能幹了！以後妳芝妹沒事的話，妳多帶她玩玩吧。」

林語正想答應，哪知林芝的一句話把她嗆得上了天。

林芝很少接觸這個堂姊，平時又跟林柔混在一起的多，只有自己姊姊才與林語玩。

她聽林王氏說讓林語帶自己玩，立即不屑地說：「娘，我可沒空，我得到二伯家跟柔姊一塊兒學針線呢，哪裡有什麼時間玩？二伯娘請的針線娘子教了柔姊，她答應把學會的教給我呢！」

林王氏見女兒不聽話，立即瞪她一眼。「妳少跟那柔丫頭摻和在一起！她們那對母女不是安什麼好心的人。妳三姊才是妳的親堂姊，以後要學針線功夫就跟我學好了，反正我們家也不養什麼大小姐，會做粗糙的針線就行。」

林語知道林王氏對林柳氏很反感，特別是這次林語上吊自殺未成，還留著口氣，她不願意花大銀子救她後，林王氏覺得林柳氏心太狠了，所以不大願意女兒跟她們走得近。

林芝才九歲多，正是有主意的時候，她嘴一噘，不高興地說：「娘妳真的就從不為女兒想過嗎？姊姊們都說了，三姊是被退親的人，老跟她在一塊兒玩要被影響的。」

這是什麼話？是一個堂妹能說的話嗎？

林王氏一聽大怒，立即要動手打林芝。「妳說什麼？這是妳們做妹妹的人能說的嗎？妳這個眼皮子淺的死丫頭，跟著她們學些什麼？妳以為妳有多出息，還敢看不起妳三堂姊！」

林芝一倔，委屈地說：「難道我說錯了？她被退親不說還上吊，這不是存心想讓王公子難為情嗎？要是王公子不好意思來林家了，那柔姊怎麼辦？」

林王氏大叫一聲。「妳個找死的丫頭，妳亂說什麼？妳要再跟林柔混在一塊兒，我看妳就到她家去好了！」

林芝看來確實與林柔的關係比較好。她恨恨瞪了林語一眼說：「三姊就是看到王公子喜歡上了柔姊，才存心上吊的。」

「啪」的一聲，林王氏打了女兒一個巴掌。「說妳眼皮子淺還錯了？妳三姊再怎麼著也是親堂姊，總比那個假堂姊要親！以後妳再要胡說八道，看我不打爛妳的嘴，當我沒生妳這個不成器的傢伙！」

林芝見娘親動真格的了，不知道為什麼娘要護著這個三姊，明明是她不好，人家王公子不愛她，她還死賴著，不是她錯了是誰錯了？於是她狠狠瞪著林語，哭了起來。

「四嬸，妳可千萬別生氣，芝妹還小呢。」

誰要跟這種小孩玩？林語拖住林王氏說：「四嬸，妳可千萬別生氣，芝妹還小呢。」

本來是帶著孩子來看看這個可憐的姪女，沒想到女兒說出這樣尖銳的話，林王氏臉面無光地把籃子裡的雞蛋放下，說：「語兒，妳好好休息，四嬸先回去了。有什麼事讓妳哥過來說一聲。四嬸雖然窮，可不願意跟他們一樣，狗眼看人低。」

林語倒是被林王氏這幾句感動了，見她要出門了，趕緊點點頭說：「好，我也要到碾房裡去要點穀殼，我跟你們一塊兒走吧。」

分手前，林正還是在想著他的好吃的。「三姊，妳真的是說後天妳這兒開始賣好吃的嗎？」

林語點點頭說：「三姊絕對不騙你，只要正弟以後每天把學堂先生教的東西都學好，我每天都給你留點好吃的。後天你還沒要上學，邀幾個同窗，到三姊這來，讓你選著吃。」

林正一聽，蹦了起來。「太好了！明天我就去告訴我的同窗去！」

林語笑著朝他大聲說：「告訴你的同窗，先到的十人，每樣好吃的都可以免費品嚐。」

林正大喜。「三姊，我聽到了！」

# 第十三章

與林王氏幾人一塊兒到了磨坊門口，林語朝林王氏擺擺手說：「四嬸，我去找人要點穀殼，不送你們了。」

林王氏還在為剛才女兒的不知趣而難為情。

「嗯，語丫頭有空來四嬸家玩。」

這裡的磨坊四周都是空地，三面用茅草圍著，正對大路的一邊是敞開的，這也是林語敢一個人來，不怕被說閒話的原因。

林語進了磨坊一打量，東西都在動，怎麼就沒人聲呢？於是她大聲問：「有人在嗎？」連問兩聲才發現從棚後面轉過來一個人。「有事？」

林語睜大眼睛，驚訝地問：「呆子，你怎麼在這兒？我們還真有緣，到哪兒都能遇到。那你有沒有去好的穀殼？能不能給我一袋？」說完，林語揮了揮手中的布袋。

肖正軒看看她手中的布袋，再看看她的小個子，皺皺眉接了過來。「我幫妳裝。」

林語也不明白為什麼，看到這呆子便覺得挺開心的，於是她手一揮，就把袋子給了他，笑嘻嘻地說：「給我裝滿啊。」

肖正軒裝滿後問她。「妳能提得動？妳剛才不是跟著妳四嬸來的嗎？她走了？」

林語笑笑說：「你問這麼多，我答哪個呀？我四嬸帶著妹妹弟弟來看我呢，怕我還在為我嬤嬤生辰那天的事難過。他們現在回去了。」

「來看妳？」

「對呀！有什麼不對？」

「可妳那妹妹似乎哭了？」

林語苦笑著說：「她在為我那假妹妹不平呢！聽說王公子對我妹妹有意，我上吊是為了故意為難他們的。」

「妳罵她了？」

林語笑笑。「我罵她做什麼？吃飽撐著呢！我四嬸看來是個善良的人，她不做落井下石的事，聽我這芝妹說我退親了給姊妹們抹黑不說，還看不得林柔與王公子相好，所以我四嬸打她了。」

「打得好，小小年紀嘴巴這麼毒。」

「嘿嘿，呆子，你也同情我？我不用同情的，王公子算什麼鳥，等我準備好了，總要一箭把他打下來。」

「我不會同情人。」

林語大笑。

「呆子，夠哥兒們！這句話我愛聽。把袋子給我吧，我得回去幹活了。」

肖正軒站起來拎了拎袋子，覺得不算重才遞給她。「明天我幫妳弄一大袋回去。」

林語忽然想起了那一大堆柴火。「呆子，我問你一件事，我家院子裡那堆柴火是不是你放錯了？」

放錯了？難道他這大男人在一個小姑娘的眼中真有這麼呆？

算了，跟孩子計較有什麼用？肖正軒淡淡地說：「不是。」

林語見他又開始了「兩字經」，於是無奈地說：「你能不能多說幾個字呀？不是你放錯了，難道是你故意放在我家院子裡的？」

肖正軒沈默地看了她一眼，低下頭去掃他的麥殼，一個字也不回答了。

林語訕訕地自嘲。「呆子，看來你是嫌我多話了。總之，謝謝你了！」

剛要出門，林語突然被兩人攔住了去路。

「柔姊，妳看林語與一個呆子勾搭起來了！」

林芝一句話讓林語怒火上升。

「林芝，不會說話就閉上妳的臭嘴。昨天我還看到妳跟李大瓜在一塊兒說話呢，難道妳在勾引他？看在四嬸的分上，我不跟妳計較，滾開！」

林芝被林語一句嗆得滿臉通紅。

「妳才勾引李大瓜呢！」

「哎喲，我的好姊——姊，我發現妳越來越威風了，以前那個只會躲起來哭的林語哪兒去了？莫非上一次吊，人的膽子就大起來了？」林柔攔在了林芝面前，畢竟她太小了，她怕她不是林語的對手。

林語厭惡地看著裝腔作勢的林柔說：「關妳屁事。」

林柔後退了一步，假裝捂著鼻子說：「芝妹，這下妳知道了沒有娘教的女子是什麼德行了吧？妳說她這樣粗俗的女子配得上慶哥哥嗎？妳怎麼就不上吊死了呢，也省得慶哥哥看到妳生氣呀！」

這麼惡毒的話從一個漂漂亮亮的小姑娘嘴裡說出來，聽得肖正軒直皺眉。不都說這林家的繼女知書達禮、善良可愛？如果這也算得上知書達禮的話，那還不如這小妹妹的粗俗來得可愛。

林語聽她一再地提起王慶，蔑視地看著她問：「王慶去妳家提親了？妳已經是王夫人了？怎麼我被退親這麼久，他還不請媒婆上門？不是說他愛妳愛得一日不見如隔三秋嗎？不會是他又愛別人愛得一日不見如隔十秋了吧？」

王慶一直不提親，本就讓林柔不高興，被林語一恥笑，她氣得小臉通紅。「他一定會娶我的！」

林語冷笑一聲。「要是不想做王夫人，妳就在這裡無是生非。要是想做王夫人，那就不用在這裡廢話，有時間還不如多想想如何勾引王慶吧！小心他被窯子裡的花憐給搶走了！」

林語說的花憐正是鎮上唯一一家花樓的當家花旦，當然是指明的花樓，暗寮子有多少，反正也沒有人知道。

林柔一跺腳。「慶哥哥才不會去見那些不要臉的女人呢！」

林語冷笑。「妳以為妳有花憐吸引他？妳吸引他的，只不過是妳娘手裡那點嫁妝罷了！」

「才不是呢！慶哥哥是真心喜歡我的！他才不是個見錢眼開的人，妳是因為得不到他，才說他的壞話罷了。別以為我會相信妳放棄了慶哥哥，我才不會上妳的當！妳就等著看我當王夫人吧！我要看妳一輩子都躲在被子裡哭去。」林柔咬牙切齒地說。

林語煩死了這兩個惡毒的小姑娘，她把手中的袋子一甩。「我看還不知道哪個人會哭呢！既然妳有信心做王夫人，那林語在此祝福妳心想事成。滾開，我還得回家幹活去，跟兩隻老鼠在這兒磨唧，真是噁心！」

看著揚長而去的林語，林柔氣得一跺腳。「妳才是老鼠呢！以後有妳哭的日子，看妳還能囂張幾天！」

肖正軒站在石磨邊，看著這林家三姊妹的爭執，差點被林語那灑脫的甩手逗笑了。真是個有個性的女孩子！

豆腐攤子終於開張了，整個早上，林語都在不停招呼客人和請人試吃之中度過。加上林正幫著宣傳，更是來了一大幫孩子。

當然大人感興趣的是她的豆腐乾做菜的做法，這種加了從海帶中提起的結晶燒的菜，比古代原始的做法要鮮得多。

只是可憐這樣提煉出來的結晶太少了點，否則弄些出來賣，也許比這樣擺個小攤掙個小錢來得快些。不過這鎮子還是太小了些，貴了人家也捨不得買。

這天，林桑中午就回了家，興奮地說：「語兒，今天的香乾可真好銷，明天我多做兩板過去。」

林語也給他打氣說：「哥哥，我在家裡也賣得不錯喔，除了給大家試吃的外，除去本錢還有一百來個大錢呢！」

林桑驚喜地問：「真的？掙了這麼多？太好了，以後我們兩個人都掙銀子，看他們還嫌不嫌棄我們！」

林語知道林桑心中的梗。她認真地看著林桑說：「哥，不要把別人的話放在心中，我們過好自己的日子，不管有銀子沒銀子，我們兄妹都要開開心心的。」

林桑一愣，隨即明白了妹妹的意思，立即保證說：「語兒放心，以後哥哥絕對不會再因別人的話不開心了。我們以後好好過日子。」

林語認為，別人的話算什麼，自己活得開心快樂就好了。如果不是怕林桑得不到家族的認可，對他的子孫後代不利，她早就不鳥林家人了！

第二天早上，林福看到林語正在忙碌，立即跑了過來。

昨天來的那幫小子讓林語忙得團團轉，正想問問成果的她，這時看到林福，立即高興地喊了聲。「福子哥，你怎麼過來了？」

林福看看正吃得津津有味的他家老六說：「語妹，昨天老六回家把妳這裡的東西說得天上有地上無的，我這不是也想來試試？」

要問事就得等有空才能再聊，林語慌忙說：「福子哥，你可得先幫我一會兒，今天人有點多，我忙不過來，你幫我先應付著大伯大嬸們買豆腐，我給小傢伙們炸豆腐。」

「好！劉三嬸要點什麼？」林福立即進入狀況。

在街上混大的孩子，讀了幾年書沒讀出個什麼，可是看人眼色、招呼客人倒是學了個十足十。

劉三嬸笑著說：「福哥兒給嬸子來四塊水豆腐、兩塊豆腐乾好了。」

林福立即問：「語妹，這豆腐乾怎麼算？」

林語手忙腳亂。「三文一塊、五文兩塊。」

「好，劉三嬸這是您的，一共十三文。張大娘您要來點什麼？香乾四塊？好，十文，請拿好！」

直到太陽昇得高了，孩子們也回家吃飯了，林語才停歇下來。她舀了一碗豆漿和兩個南瓜餅、一串臭豆腐、一塊嫩豆腐，端到林福面前說：「福子哥，今天辛苦你了，我沒想到生意這麼好。」

林福邊吃邊說：「一會兒妳生意還會好。今天過節，一會兒鄉下的都進鎮了，妳這邊肯定會有人過來看看的。」

林語喝了一口豆漿說：「今天豆腐也做得多，哥哥帶了不少過去，怕是要到中午才能賣得完了。我也趕快吃點早點，一會兒肯定沒時間吃了。」

兩人還沒吃完，就過來幾個相熟的人。對面的錢大媽笑著試了林語做好的豆腐乾，立即說：「嗯，味道真不錯。來，語姊兒，給大媽四塊好了！銅錢在這兒。」

這個還沒走，又來了兩、三個人好奇林語的豆腐乾。林福見她實在忙，一個上午也就沒離開。

等豆腐賣完了，林語才說：「福子哥，一會兒在這兒吃飯吧，早上還有很多南瓜粥呢，一會兒我再蒸兩個饅頭，燒兩個好吃的菜給你嚐嚐。」

林福高興地說：「那敢情好！語妹的手藝比我娘的手藝好得多，回家時我得跟我娘說一下，讓她也來跟妳學學。」

林語噗哧一笑。「福子哥想討打呀！森伯娘燒了幾十年的菜，你現在嫌她燒得不好吃，這不是想討打是想做什麼？」

林福大剌剌地笑著說：「打一下有什麼關係，反正她心情不好也老打我。」

「那還不是你惹她生氣了？我說福子哥，想吃好吃的飯菜有個辦法。」

林福睜大眼睛直問：「什麼辦法？」

林語打趣地說：「早點把王珍娶進來呀！到時候叫她來跟我學，你就是真的有口福了。」

林福垂頭喪氣地說：「唉，別說了。」

林語坐下喝了一口水，關心地問：「怎麼了？難道你沒得手不成？」

林福無精打采地說：「約了幾次都被她娘關住了。人都見不到，還到哪兒去得手？」

林語眼光一閃，眼珠一轉。「福子哥，我給你想個辦法。你找人約王慶出來，讓人示意他帶妹子出來玩。王慶不是愛附庸風雅嗎？晚上我給你弄幾個對子，到時你也出幾個題，讓他對你刮目相看。」

林福唉聲嘆氣說：「就怕約不出來呢！約他們出來玩也得有藉口，用什麼藉口去約呢？」

林語一臉恨鐵不成鋼的樣子說：「這還不簡單，你家玉米不是快成熟了嗎？到時你準備些吃食，約他們去燒烤遊玩，不就成了嗎？」

林福眼睛一亮。「語妹，妳再給福子哥想想，準備些什麼吃食好？」

林語看著自家的豆腐問：「福子哥，我這臭豆腐、嫩豆腐炸得好吃吧？」

林福立即點頭。「好吃！」

林語想了想說：「這樣，你去準備些雞蛋、米酒，再來兩斤五花肉，我給你準備這兩種豆腐、辣醬、涼茶，再加上你的玉米，這吃食就不少了。再者你讓他們邊烤邊喝酒聊天對對子，你帶人去採玉米……你知道的，嗯？」

林福莫名其妙地看著她。「什麼叫我知道的？」

林語在他頭上拍了一掌。「你傻呀！把個女孩子帶進玉米地裡該做什麼，你會不知道？我上次就告訴你了，先把種子給種上，她娘不同意也得同意！」

「啊？」林福張大嘴，呆呆看著林語說：「語妹，妳的想法太、太……」

# 第十四章

太什麼？還說是鎮上的頭號混混之一？怎麼就這麼純潔？

林語小臉一揚。「太什麼？驚世駭俗？福子哥，沒想到你在外面混的人還這麼保守。你知道王珍她娘這德行的，要是你不先把米煮成熟飯，我跟你說，你就等著王珍嫁人吧！她明年正月就滿十五歲了。」

林福遲疑地問：「要是王珍不同意怎麼辦？」

林語嘲笑他。「福子哥，你不會這點本事都沒有吧？招女孩子喜歡的手段都不懂？語兒是個女子，要我說呀，女人麼，最喜愛鐵漢柔情的男人，只要你拿出本事在她面前好好表現一番，就憑你的手段，還不把她給迷死？」

林福又問：「要是到了那步，王珍的娘還不同意怎麼辦？」

林語無奈地說：「那就看你哄王珍的本事了！如果她非嫁不可，你說這世上有倔得過兒女的父母嗎？王珍是長女，她娘就是再生氣，也不會讓她生個孩子再當娘吧？這樣王珍還不得浸豬籠？可真的有親娘願意把女兒浸豬籠的嗎？」

林福似懂非懂地點點頭。「確實沒有。」

林語又道：「到時候，福子哥與王珍一塊兒跪在她娘面前求她成全，說你以後會如何對王珍好，我就不相信王珍的娘頂得住。」

林福大喜。「行，就按語妹的主意來辦。只要事成了，哥一定感謝妳！」

林語得意地說：「那福子哥就等著謝我吧！」

林福也知道王珍對林語不是太好，可堂妹這麼幫他，他真的有些不解。「語妹，妳不會還想著王慶吧？」

林語一愣。「福子哥怎麼會這麼想？」

林福訕笑著說：「我看妳對我和王珍這麼好，怕妳是看在王慶的面子上……」

林語故意一臉受傷。「福子哥，你跟我更親，還是王家跟我更親？我幫你和王珍，是因為我想福子哥以後有好日子……語兒家裡窮，要是有一天語兒沒飯吃，還想著到你那裡蹭頓飯的。」

林福難為情地說：「對對，妳是我沒脫五服的堂妹呢，當然是我們親！」

明白了自己心中的疑問，又有了主意，林福再也坐不住，這下中飯也不吃了，立即起身辦事去了。

林語看著林福的背影輕輕笑了。

王珍，我給妳送大禮來了！我預祝你們今後的日子，過得「有說有笑、一說就跳」！

坐在桌邊，林語把茶碗洗了洗。還有幾碗茶的樣子，等豆腐賣完了，這涼茶也就差不多了。

「哎呀！哥哥，你快來看，林語真的是在做生意了呢？看來她連吃飯都是問題了。你看她累得滿頭大汗的，也不知道心疼心疼她，畢竟你們也是訂過親的。」

一抬頭，王珍一臉輕蔑地看著她，一身公子哥兒打扮的王慶一臉不耐煩地說：「珍兒，妳嘴巴能不能消停點？說了叫妳不要來，妳偏要來看看。有什麼好看的，她有沒有飯吃關我什麼事？」

人渣！林語真想一腳踩在那張看似人模人樣的臉上。

低頭一想，就一腳？便宜你了！王慶，本來現在還不想讓你死得太早，你既然想早死早超生，可不要怪我沒有提醒你！

瞬間，林語慢慢抬起頭，一臉怯怯的神情，揚起一張似喜似驚的小臉，還在不經意間潤了一下雙唇，直到由紅潤變得鮮豔，才楚楚可憐地叫了兩聲。「慶哥哥、珍兒妹妹，你們是來看林語的嗎？」

這個表情讓王慶一愣。從來都是呆呆的一個人，突然變得表情生動起來，彷彿整個人都不一樣了，不由得讓王慶瞇起了雙眼。

王珍沒有注意到這麼多，她故意嬌笑著說：「聽人說妳在家門口開店了呢，我還不相信，特意拉我哥來看看。還真有其事，看來你們家連吃飯都困難了吧？爭什麼氣要從林家搬出來呀，妳看看妳這個樣子，還像個姑娘家嗎？」

林語內心輕哼了一聲，然後笑了笑才說：「我當然不能跟珍兒妹妹比，妳是大戶人家的小姐，我是小門小戶的窮人孩子，做點小生意過過日子，總比靠別人混口飯吃來得舒服點。今天你們是來給我捧場的嗎？來，這邊坐坐，我這兩份小吃，真的還不錯呢。」

王珍一臉不相信地說：「就妳做出來的吃食會有什麼不一樣？我還不相信！不過看妳這麼可憐的分上，我們以前畢竟做過朋友，哥哥，我們坐下吃吃看，若是真的還入得了口，就賞幾個銅錢給她吧，看著也怪可憐的。」

那口吻就像打發叫化子似的。林語心中暗罵：真是一對人渣兄妹！這王珍看來口德太差了，這麼臭的嘴，得讓林福以後好好給她洗洗！

王慶被王珍拉著坐下，林語立即羞怯地問：「慶哥哥，你先喝點豆漿可好？這豆腐我現炸一下比較好吃，你和珍兒妹妹先坐坐，這南瓜餅也可以先嚐嚐。」

王慶一直沈浸在林語剛才的表現之中，這與往常太不一樣的反應讓他心中懷疑，他死死盯著林語問：「難道妳不怨我？」

林語一臉欲哭的表情。「慶哥哥，你就別問了。如果你一定要我說，我告訴你，我怨你，怨過很多次。我有三個月的時間躺在床上，每天想你一次就哭一次，更怨你一次。可是慢慢的，我就不怨你了，因為你找到了比我更好的，怪只怪我娘親死得早，要不然我也不會落得這樣的下場……

「後來又想想，世上都道人往高處走，水往低處流。我既然不能幫你，那就放了你。只要你過得好，我也就開心了。」

那口未開淚欲流的模樣，讓從來都沒有看過她這一面的王慶，呆呆地坐在了凳子上。

到底是怎麼回事？哪裡不一樣了？沒什麼不一樣，還是那樣膽小害羞、對他說話小心翼翼的樣子，可是又覺得很不一樣。現在這張生動的小臉，他怎麼從來沒有發現？

王珍沒有看王慶的表情，她聽了林語的話，邊吃著南瓜餅邊嘲笑她說：「哥哥，我就說了林語不可能就能忘記你的。以前每次看到你，她都激動得連話都說不全，要一下子就不想你，那是不可能的。你看，我猜對了吧？」

林語嚥了下口水，轉眼間，臉上又堆起了羞澀。「慶哥哥真對不起，要一下子忘記你，我還做不到。不過你不用擔心，我不會再做傻事了，也不會來糾纏你了，放心去找你想要的那個人吧。」

男人都有一種賤態，那就是他不要的湊上來，他越反感，可是不湊上來了，他又不舒服了。林語就是看準了男人的這種心態，特意期期艾艾地說出了這一大堆廢話。

王慶聽林語說不會再糾纏他了，心頭又有一種異樣的感覺。「妳是說以後不會再喜歡我了？」

賤人！渣男！你以為你算哪根蔥呀？我喜歡你？喜歡你我還不如去喜歡肖二呆！林語暗罵。

什麼叫欲擒故縱？她滿臉害羞地說：「對不起，慶哥哥，林語以後不會再讓別人知道我喜歡你了。」

「啊？妳是說還會偷偷喜歡我哥哥？」王珍咬著的一口南瓜餅差點掉下來。

王慶趕緊喝止。「珍兒，吃完再說！妳看妳什麼樣子！」

王珍撇撇嘴沒有再說話，只是眼看著林語，示意她回答。

林語再次低頭三秒鐘，抬起頭怯怯地問王慶。「語兒真的不能再喜歡慶哥哥了嗎？偷偷喜歡也不行了嗎？」

那楚楚可憐的樣子，看得王慶心頭大動。四、五個月不見，眼前這個人似乎長大了不少，平扁的身材開始玲瓏有致，少女的清香時有時無地飄在鼻邊，他突然有一種想摟她在懷的感覺。

看王慶發呆了，林語又故意嚥了幾下口水。

你也太禁不住誘惑了！這就動心了？

「真的不行嗎？慶哥哥，語兒以後真的連偷偷喜歡都不行了嗎？如果真是這樣，你不用擔心，我就算是偷偷喜歡也不會讓你知道的。」

王慶嚥了嚥口水，似乎很困難地說：「不是的……」

「真的？真的不是說我以後不能偷偷喜歡你？謝謝你，慶哥哥。珍兒妹妹，以後我不會去妨礙慶哥哥的生活，妳能幫我保密嗎？」撲閃著一雙驚喜的大眼，喜出望外的兩顆淚水掛在睫毛上，看得王慶心頭怦怦跳。這麼多年，他還真沒有過這種感覺。

王珍看林語這個可憐樣，心中極度舒服。「好吧，看妳做這麼多好吃的給我和哥哥吃的分上，我就不告訴別人。不過，妳可千萬不要讓別人知道妳還喜歡我哥哥，要不然我哥會為難的。」

林語保證地說：「嗯，我記住了，以後絕對不會讓別人知道。」

看林語這麼鄭重，王珍似有點心軟，開始自圓其說。「我跟妳說，我可是關心妳。要是別人知道妳還喜歡我哥哥，妳要再找人家就難了。」

林語感激地說：「謝謝珍兒妹妹的提醒，妳對我真好！來，再嚐嚐這臭豆腐，吃起來香不香？」

王珍吃了一口，立即叫道：「好吃，再給我來一串！」

林語立即送上一串，溫柔對她說：「來，珍兒妹妹，這剛炸出來的，妳要小心燙。這裡有我煮的涼茶，吃完豆腐喝上一杯，包妳臉上的小豆豆都沒了。」

王珍一聽，驚喜地問：「真的？喝這個，臉上的小豆子會沒有？」這小豆子可真煩人，讓她原本就不夠白淨的臉上更不好看。近來林福都不來找哥哥玩了，一定是嫌她不好看了。

林語老老實實地點頭說：「是真的，這是上次救我的大夫跟我說的，說我睡三個月會睡出火來，以後要常喝這個茶，就不長豆子了。」

王珍立即說：「那我以後常來妳這兒喝，妳可得留點給我喔！咦，哥哥，林語以前可不會做這麼好吃的東西，現在怎麼會做這麼多呢？」

王慶立即看向她，狐疑的眼光裡充滿了探究。林語一臉害羞地嘟囔著說：「珍兒妹妹能不能不要問？」

不要問？那不行！王珍更有興趣了。「林語，說來聽聽嘛！妳是怎麼變得這麼會做吃食的？」

林語支吾半天才紅著臉說：「其實我一直都在偷偷學做菜，想等到那一天……」

王珍故意要讓她出醜。「等到哪一天？」

林語又低下頭喃喃地說：「就是那一天嘛！」

王珍哈哈大笑。「是不是嫁給我哥的那一天？可惜妳的願望無法實現了。」

林語的臉色窘迫，看在王慶的眼中，頓時生出一種憐惜。他輕輕喝止王珍。「珍兒，妳能不能小聲點？要是讓別人聽到了，是不是想壞我的事？」

王珍嚇得立即一怔，突然想起三天後的事，她暗道：差點壞自己的事了！林柔可答應了，只要她跟哥哥的事成了，就送我一對鑲金的玉釵，到時我得讓林福哥看看我有多美！

想到事情的嚴重性，王珍立即正經地對林語說：「林語，我只是一時嘴快，可不是故意要笑話妳的。不過，妳的事也千萬不要讓別人知道了，特別是妳妹妹，否則我饒不了妳。」

林語裝出一臉害怕的樣子。「珍兒妹妹，我不會的，我保證不會！否則讓我嫁不出去！」

王慶聽了林語的話，心中再次一動。要是她嫁不出去的話？那自己……

肖正軒挑著一擔柴正朝林家小院走來。他一眼就看到林家小姑娘正怯懦又討好地對著王家兄妹在說什麼，突然心裡極不舒服。

這個王家兄妹欺負她到家門口來了嗎？

可是她那一臉的表情是什麼？每天對著他喊呆子呆子的時候，不是氣粗得很？為什麼在這樣的人面前就這樣子？會不會太不爭氣了？

他快走兩步，把柴往地上一扔，王慶和王珍看了眼一臉戾氣的肖正軒，嚇得立即就往外走。這個人可是個上過戰場的呆子！

兄妹倆那賊溜溜的樣子看得林語冷笑。真是一對慫兄妹！不過她也不知道肖二呆表情這麼嚇人是為了哪般，於是走過去問：「呆子，是誰惹你了？你這一臉要吃人的樣子，把我的客人嚇走了呢！你過來是不是想吃什麼？」

肖正軒怔怔看著她，明明她對著那兩人一臉討好，怎麼到了他這裡就這麼不客氣？

見他不言不語，林語奇怪地看著肖正軒。「呆子，你在想什麼呢？來，先喝碗涼茶，要不我給你炸兩串臭豆腐吃吃？」

肖正軒大步坐到桌子旁，內心有點說不出的氣憤。

「我不是呆子，我不吃臭豆腐！」

沒想到這呆子也有認真的時候，林語怕他發怒，立即服輸。「好好好，你不是呆子，我是呆子。欸，呆子……不不，你就叫肖二呆，我不叫你呆子我叫你什麼？我的天呀，我把自己都弄呆了。」

肖正軒冷冷地說：「妳確實是個呆子。」

# 第十五章

這麼有個性的呆子，林語還是第一次碰到。

「啊？我是個呆子？喔，對對對，我就算個呆子吧！老跟個呆子說話，我真的都變呆了。唉，世上有喝醉酒的人說自己醉的嗎？算了，我給你吃兩個南瓜餅吧，很好吃的喔，保證你沒吃過的。」

從沒見過呆子發脾氣，她怕他把攤子掀了，那真是欲哭無淚了。為了安全起見，林語只得小心討好他。

看到這小姑娘小心翼翼的樣子，讓肖正軒的臉色總算好了起來。

他這麼一個從死人堆裡爬出來的人，最看不得的就是對敵人服軟的軟蛋，所以他剛才就是氣林語對著王氏兄妹笑。雖然他不知道她這軟弱的樣子跟他有什麼關係，但現在被她這一攪和，怒氣倒也漸漸沒了。

沈默了好一會兒，肖正軒才淡淡問她。「妳就真的這麼喜歡王公子？」

林語笑了一聲。「呆子，不要講冷笑話好不好？會嗆死人的！」

肖正軒臉沈沈地問：「那就是說妳不喜歡他了？那為什麼還要討好他們？」

林語嘿嘿笑了。「呆子，你不是上過戰場嗎？三十六計有一計叫拋磚引玉，你不先給塊磚，怎麼會得到別人的玉呢？惹過我的人，總不能我活得不好受，他活得太舒心了吧？」

肖正軒眉頭一挑。「難道妳想報仇？」

林語瞇起眼看著王家兄妹離去的方向，笑著說：「呆子，曾經有個偉人說過：人不犯我，我不犯人；人若犯我，我必還之！報仇談不上，給他們以後的生活添一些小趣味，我倒是有興趣的。」

肖正軒突然覺得眼前這個小姑娘，完全不像個十幾歲的孩子，彷彿是隻活了幾千年的狐狸似的。看來王家兄妹以後的日子會多姿多采！

既然不用他操心了，肖正軒心情突然又好了起來。他把兩塊南瓜餅吞下了肚，林語再舀了一碗涼茶遞給他。「再喝一碗涼茶吧，你常在外面曬太陽，天越來越熱，以後你每天都來我這兒喝一碗涼茶，算是我報答你送我的山雞。呆子，我家院子裡的柴真的不是你幫我弄回來的？」

肖正軒眼角扯了扯，也不理她。「兩個餅包起來。」

林語真弄不明白。這呆子眼神怎麼那麼嚇人？不是你弄的就不是你弄的嘛！幹麼這麼看人家？

趕緊包好兩個南瓜餅遞給他。「喏，拿著。以後要是還想吃，你就過來。對了，帶你女兒過來也行，反正她那麼小，也吃不了多少，常來喝點豆漿對她身子有好處。」

肖正軒懶得理林語的嘮叨，從懷中摸出一塊碎銀往桌上一扔。「給妳。」說著撿起地上的柴揚長而去。

林語撿起桌上的碎銀一看。「哎呀，呆子，找你銀子！」往前一看，身影早已走遠，轉眼就進了他家院子，再也看不到人影了。

林語拿著銀子愣愣地說：「剛才還強調自己不是呆子，這四個餅扔這些銀子的人不是呆子，難道我這收銀子的人是呆子？」

林桑遠遠看到妹妹在門口發愣，他立即大聲叫。「語兒，在想什麼呢？」

林語一個激靈清醒過來，立即應答。「沒想什麼呢。我就在想，今天這豆腐只有幾塊了，我準備收起來不賣了，一會兒做成豆腐乾。哥哥，今天回來得這麼早呀？」

林桑一臉興奮。「今天我多做了兩板豆腐帶去全賣完了，看來今天過節，家家都吃豆腐呢！語兒，我買肉回來了，晚上我們包粽子吃。」

林語笑嘻嘻地說：「哥哥，我早就泡好糯米了，一會兒切點肉包進去，我今天請你吃鮮肉粽。」

吃過午飯休息了一會兒，林桑去了後院整菜地，林語開始在院子裡包粽子。就兩個人吃，她打算包十來個，嚐個味就好。

突然想起上午扔銀子給她的肖二呆，林語想了想，又多包了幾個。肖家人多，肖大娘對這個肖二呆又不好，會不會給他吃粽子都不一定呢，看在他扔了這麼多銀子的分上，包幾個給他過過癮吧？

早上的爐子還燒著火，林語把包好的粽子放在爐子上的小鍋裡煮了起來，一邊坐在院子裡揀菜，一邊唱著：「沒有你的日子我真的好孤單，所有的心碎全與我相伴，沒有你的城市我真的好茫然，愛與不愛都已經太晚，回頭太難，回頭太難……」

這首歌是她前世最喜歡唱的，也說不清為什麼會喜歡這首歌。

反反覆覆唱著這幾句歌詞的林語並沒想到，她的院子牆正在肖正軒的房間邊上。她那憂傷低沈的嗓音，聽得他心中隱隱作痛。

這孩子難道是在想那王家公子？雖然她嘴裡說是為了報仇，一定只是說說的吧？不然上午她看到王慶會那麼開心？

真是沒志氣！實在聽不下去了，肖正軒把女兒抱到肖大娘身邊說：「娘，我出去一會兒。」

肖大娘沒好氣地說：「又死哪兒去？這幾天都沒見你交銀子，是不是拿去給你女兒買零食吃了？一個賠錢貨，家裡有飯給她吃還不夠，還得你私留銀子買零食給她一個人吃？」

肖正軒動了兩下嘴說：「娘，我沒有。」

肖大嫂在門外哼了一聲。「哎喲，二弟這呆子也學會撒謊了？我剛才還看見小然兒嘴裡含著什麼在吃呢！這會兒說沒有？別以為我沒看到，梅兒和明兒都說，小然兒嘴裡有肉香呢！」

肖大娘罵罵咧咧。「這個沒良心的傢伙！有銀子買吃食就沒想到你老娘？一個丫頭片子值得你這麼費心，你老了看她養不養得了你！」

肖三嫂吃吃笑。「娘啊，他老了你也看不到呀？再說哪天二哥娶個媳婦進來，生一大幫兒子，哪裡還怕沒人養老？」

肖大娘呸一聲。「世上有人願意嫁給呆子，我這做娘的還不同意呢！一個呆子娶個傻子進來，我還不被他們給吃窮？娶媳婦，我看作夢還差不多！」

見肖正軒真的出了門，肖大娘沒地方出氣，一腳把凳子踢出老遠。

被嚇得傻傻的小然兒，一頭雜亂的頭髮遮住了眼睛。爹爹告訴她乖乖在家裡玩，只要她乖，就會掙銀子買好吃的回來，於是她乖乖搬張小凳子，老老實實地坐在門角落一動也不敢動。

可嬤嬤為什麼還要生氣呢？小小的她真不明白。還有，小虎哥他們為什麼可以出去玩，而她只能讓嬤嬤把她拴在門角呢？

看著肖正軒消失在院門外，小然兒眼中充滿了渴望……

林語正在門外打掃棚子，一隻兔子忽然被扔在她腳下。

有了前車之鑑，她這次再沒被嚇著了，看著肖正軒不解地問：「你打的？」

肖正軒點點頭。林語又問：「給我？」

肖正軒再點頭。老是拿別人的東西，林語不大好意思地說：「你別給我了，你家裡人多，還有小孩子，拿回去燒給她吃。孩子要多吃些營養才會長得快。」

肖正軒眉毛一動。對於為什麼一定要送隻兔子給她，他告訴自己，她是個可憐的小姑娘。見她還算有良心地讓他拿回家給女兒吃，於是他指著手中提著的兩隻兔子說：「還有！」

這個呆子性格固執，要說理也說不明白。但老是要別人的東西可不好，林語只得感謝地說：「那我就收下了，謝謝你呀。喔，你先等等，我做了鮮肉粽，你帶幾個回去給你和你女兒吃。」

肖正軒想說不用，林語沒等他開口就說：「拿著吧，讓孩子吃個新鮮。」

撿起地上的兔子，林語朝他甜甜一笑，轉身進了院子。肖正軒看著她的笑容愣了。真好看……

林語並不知道，肖正軒直到晚上才把粽子拿出來給女兒吃。

小然兒大口大口地吃著。「爹爹，好吃，爹爹吃！」

肖正軒的臉上出現了別人從沒有看過的笑容。「然兒吃。慢慢吃，這裡還有。」

直到然兒吃飽了，肖正軒才自己吃了一個。他邊吃邊笑，這味道真的很好，他覺得這輩子都沒吃過這麼好吃的粽子。

然後他把餘下的兩個，小心地藏在床下的木桶中。他想，明天早上女兒一定會很開心！

第二天一大早，肖正軒餵好馬剛回到家，只見女兒哭得一臉淚水。他扔下馬繩，立即抱起她問：「然兒，是不是想爹爹了？」

然兒哭著指著門內說：「爹爹，哥哥搶，嬤嬤罵……」

肖正軒正要進去問小姪兒，哪知人還沒動，肖大娘跑了出來，指著他罵。「幾天你都不交銀子，原來你是把銀子拿去給她這死丫頭買肉粽去了！你這沒良心的東西，你爹娘過個端午節，肉味都沒有聞到呢！你倒好，父女倆偷偷藏起來吃肉粽，你還有沒有良心呀？」

小姪兒嘴角還掛著油星，只搶到妹妹的半顆粽子，還沒有嚐到味道呢，見是二叔回來了，立即伸出手說：「二伯，我還要吃肉粽！」

肖正軒雖然生氣，可他又不能跟孩子發火，只得等娘親罵過之後才說：「小虎，二伯沒有肉粽了，你要是真想吃，一會兒二伯帶你去街上買。」

買肉粽？肖大娘臉一沈。「老二，你銀子是從哪兒來的？」

肖正軒沒想到肖大娘一轉眼又扯到自己身上來，於是裝作不解地問：「什麼銀子？

肖大娘火了。「你買肉粽的銀子！」

肖正軒怕娘把女兒嚇著，他拍拍懷裡嚇得早已不知哭泣的孩子後，許久才淡淡地說：「不是買的。」

肖大娘更氣了。「好啊！沒想到你也學會撒謊了！不是買的，難道還有人把肉粽送給你不成？」

就是別人送的。可是肖正軒不敢這麼說，這不講理的娘親，可不能讓她扯上林語。

「確實是人送的。」

「誰送的？世上還有送肉粽給你的人？你說出個名字來，要不然你們父女今天就不要吃飯了！」

肖正軒不再答，淡淡說了聲「好」，說著進了門翻出桶裡剩下的最後一個粽子，塞在然兒口袋裡，從院子裡牽了老馬往後山而去。

肖大娘見兒子竟然敢反抗，氣得跳腳。「我看你就死在外面不要回來好了！」

肖大嫂看看二弟的屋子，對肖大娘說：「娘，二弟會不會私下藏起銀子不交給您呀？」

肖大娘會意地說：「老大家的、老三家的，跟娘進去幫著老二把屋子收拾收拾！」

婆媳三人把屋子翻了個遍，也沒找到十個大錢。傍晚時分，肖正軒帶著女兒回到家時，肖李氏恨恨地說：「我還以為你是個呆的呢！原來你的心眼並不比別人少！」

肖正軒不知道娘在說什麼，今天他帶著女兒在後山打了一隻小獵物烤來吃了，抱著她在河邊玩了一會兒水，最後兩人躲在樹上睡了一下午，把餘下的烤肉吃了才回來，一進門不知道又是哪兒得罪了娘，讓她發這麼大的火。

可一進房間，肖正軒頓時明白了。亂七八糟的被子堆在床上，幾個櫃子原本就不好了，現在已散了架倒在地上，他和女兒的幾件舊衣服堆在一角。

肖正軒愕然看著屋子，扯了扯嘴角，終於沒說什麼，合上了眼。

親娘，竟比不過一個鄰居！

也許真的是兒子太多了，所以她才這麼肆無忌憚地對待他吧？

林桑正挑著擔子準備出門，聽到林語起床的聲音，趕緊說：「語兒，現在還早，妳再休息會兒，我會把門鎖好。」

林語在床上動了一下。

「嗯，哥哥你走吧，我關了院門再來睡。」

關了院門，林語走到院中，卻聽到肖大娘中氣十足的呼叫聲，她無奈地搖搖頭，換好衣服在院子裡做起了操。這身子跟她以前相比還太弱，只有每天不斷地練，才能讓自己身手靈活起來。

林福一大早就來了林家小院門口，他看還沒開門，就坐在棚子裡等著。

林語打開門一看，驚訝地叫了起來。「福子哥，你怎麼這麼早？」

林福朝她笑笑。「語妹，我約好了他們今天下午出去玩，地方我也找好了，離這不遠的河邊有棵很大的樹，那裡有一堆大石頭，是個玩的好去處。」

林語朝他眨眨眼。「福子哥，要不是我這事，我會去幫幫你。現在是不可能的了，我一去還會壞了你的事。你等會兒，我幫你寫對子，一會兒就給你。你先幫我把爐子拿出來，中午的時候，我幫你把你要的東西裝好。」

林福愉快地說：「太好了！語妹，福子哥真謝謝妳！」

把東西都幫著準備好了，看著林福離去的背影，林語不厚道地笑了起來。「福子哥，你可不要太遜了喔！最好這一次就把種子給下了，讓王家那個惡婆子氣得跳腳！」

林語沒有想到的是，這次林福不但邁開了第一步，還順帶幫了她一把。

# 第十六章

三天後的清早，肖正軒挑了一擔柴火放在街上賣，一個中年女子在跟另一個女人話家常。

「朱家嫂子，聽說昨天妳家隔壁的王家到林家去提親了？」

叫朱嫂子的人嘿嘿一笑。「陳家小姑，這事妳也聽說了？是呀，這王家和林家也真做得出來！人家剛剛退了自家大女兒的親，接著就歡歡喜喜讓他來訂自己的小女兒，還讓不讓人活了？」

陳家小姑唉了一聲。「這林家大閨女也是個可憐的，從小沒了娘，這不也就跟著沒了爹？不是說願跟要飯的娘都不願跟當官的爹，就是這個道理呀！」

朱家嫂子連聲附和。「可憐的林家大閨女，上次命差點都沒了，是林家哥兒捨了家業，讓林氏夫婦拿銀子出來請高僧相救。昨天的事要是傳到她耳朵裡了，又不知道要出什麼事呀……」

陳家小姑同情地說：「這種事不要說落到她一個小姑娘身上，就是落到大人身上都過不去，真是個可憐的孩子。」

肖正軒聽了，心中有一種說不出的感覺。聽說這王家公子又訂親了，他覺得胸口鬆了口氣，可一聽說定的竟是林語的妹妹，他心中的怒火瞬間燒進大腦，雙手一握，手中的扁擔竟然斷了！

實在是沒心情賣柴了。肖正軒看到第一個人來買柴，價也沒還，接過銅錢就往回走，直愣愣地就到了林語的棚子前。

此時棚子裡熱鬧極了，附近的大爺大伯大娘們都圍著她的攤子給孫子買點小吃，只聽得張大爺說：「小丫頭，給大爺來兩串臭豆腐和一碗豆漿。」

「好。大爺，吃完這個可得喝碗涼茶！」

「行，不用妳說，大爺我喝了妳的涼茶，發現半夜都不用起床喝水了，再也沒有出現以往的半夜口乾了。」

正在嗑煙筒的孫大爺也笑呵呵地說：「老張頭，你這話說的對，我自喝了這小丫頭的免費涼茶，也跟你一樣，半夜難得起床了。這涼茶不但管用，還挺好喝的。」

一邊正要餵小孫子吃豆腐的錢阿嬤說：「喔，語姊兒，妳這涼茶還有這好處？」

林語笑呵呵地說：「錢嬤嬤，那都是大爺們誇的，我只是放了一些涼的草藥和一些甘草煮了煮，哪有大爺說的那麼好喝？」

孫大爺立即糾正。「小丫頭，大爺我可不說謊話的，大爺按妳說的法子回家讓老婆子煮了來喝，可就是沒妳這味道！只是我家也不能天天吃豆腐，所以我想，妳這涼茶能不能便宜點賣給我們喝？」

張大爺也附和說：「是呀、是呀，小丫頭，以後妳每天多煮點，我們這幾個老頭子老太婆都來妳這兒喝一碗，也省得自個兒去折騰。」

這可是秘方，其實裡面加的草藥可不止一、二種。只是不好明面拒絕，林語甜甜地說：「行，大爺，您說行就行。要不這樣，不賣豆腐的時候，每天一個大錢喝一大碗如何？」

「一個大錢一碗，小丫頭，妳這成本也不夠吧？」

林語笑笑說：「草藥是在後山採的，甘草也不值幾個錢，要不行就三個錢喝兩碗吧！」

「好，就三個錢喝兩碗。這大熱天的，一次最少得喝兩碗才解渴！」

「小丫頭接著，這三個大錢今天我要兩碗，給孫大爺一碗，再給我一碗！」張大爺接過孫大爺手中的煙筒又抽了兩桿，喉嚨又有點乾了。

直到眾人散去，肖正軒才走到林語棚子裡坐下。「兩碗涼茶。」

看到他一張黑臉，林語詫異地問：「咦，誰惹你不高興了？來，給你喝不要錢，你上次給我的錢也沒找你，一會兒你等等，我進去拿錢出來找你。」

誰惹我不高興了？妳惹我不高興了。

肖正軒冷冷地說：「不用找！給妳的。」

林語睜大眼睛，吃驚地看著他說：「給我的？你的銀子給我做什麼？」

肖正軒依舊面無表情地說：「添嫁妝。」

林語狐疑地看了看面無表情的肖正軒。這呆子怎麼越來越古怪了？難道她被退親了，讓一個呆子都看不過去了？對，一定是這樣，這個呆子一定是俠義心起，看不得自己這小妹妹被人輕視了。

「嘿嘿，呆子，你不是看到我沒銀子被人退親了，就同情我了吧？這樣我也活得太可憐了吧？呆子，你不用同情我的，王家那樣的人家，我林語還不願意嫁呢！嫁給他王慶，我還不如嫁給你這個呆子呢！」

一時激憤，林語開始口無遮攔了。

嫁給你這個呆子！啊？嫁給我？肖正軒這下真呆了。自己這副模樣還會有人願意嫁？他狐疑地看了林語一眼，而此時正在發洩的林語，根本沒有發現肖正軒的異樣。

「哈哈哈，呆子，我開始胡言亂語了。你哪知道什麼叫娶媳婦呀？看來跟你一起待久了，我也變得莫名其妙的呆。來，喝吧，銀子你還是拿回去，省得你娘老是罵你，你也真是個可憐人。」林語把一大碗涼茶放在他面前，又拿了兩個南瓜餅給他，同樣包了兩個讓他帶回去。

肖正軒沈浸在林語大膽的言詞中。這個一會兒說要嫁給他，一會兒又說他不知道什麼叫娶媳婦的女子，怎麼說話顛三倒四的？

他都有女兒了，怎會不知道什麼叫娶媳婦？看來真是個小孩子，口無遮攔！

一天到晚都說他是呆子，總有一天他要讓她見識，他到底呆不呆，到底知道不知道娶媳婦！肖正軒心中憤怒地想，至於為什麼憤怒，他卻沒有去想。

肖正軒悶不吭聲地喝著涼茶吃著南瓜餅。今天他不想這麼快就走，他以為林語不知道王家又與林家結親的事，怕一時消息傳來，這個小姑娘會受不住出事。

肖三嫂出了院子門，遠遠看著肖正軒坐在林家棚子邊，大驚小怪地叫了起來。「娘，快來看看，還說二哥去賣柴了，原來他躲在這棚子裡偷吃躲懶呢！」

肖李氏正在對一身髒的然兒發火，聽到三兒媳婦的大驚小怪，立即跑了出來，看肖正軒真的坐在棚子裡喝茶，這下等於捅了馬蜂窩了。「天殺的你個老二，你老娘還在這裡拚死拚活給你帶孩子，你倒可好，正事不幹，坐在那裡喝起茶吃起東西來了！你個黑心肝沒良心的傢伙，你吃得嘴臉油亮時，可也想到你老娘還在吃菜根！」

肖三嫂跟著肖李氏來了林家棚子裡，看到肖正軒面前還有一個咬了一半的南瓜餅時，驚叫起來。「娘，您看二哥，這林家的南瓜餅雖說好吃，可也要兩個銅板一個呀，我看二哥吃的可不止一個喲！」

肖李氏立即開始罵罵咧咧。「我就知道你這個不得好死的傢伙，在外面這麼多年，老天怎就沒收走你呢？留下你這個沒良心的傢伙，自己偷偷躲在這裡吃好的！你就不怕天打雷劈？」

林語真佩服這肖家的女人，句句都戳人心肝。看著肖正軒呆呆的臉，林語暗道：呆子，好在你是個呆的，要不然你得多難受呀！

見肖李氏還要罵，林語上前拉著她的手說：「大娘，您還沒嚐過我做的南瓜餅吧？要不坐下來我請您嚐嚐？剛才我看二呆哥看著別人吃南瓜餅，似乎很餓的樣子，他是第一次來，我就請他吃了一個。來我這兒的人都知道，開張這半個月，第一次來的人都可以免費嚐一嚐。要不，您和三嫂都坐下試試？」

一聽有得吃且免銀子，肖三嫂立即笑臉迎人。「好呀，林家妹子還真是心靈手巧，我早就聞到了妳這吃食的香味了，只是妳這兒人多，也沒好意思過來湊熱鬧。」

林語笑著請兩人坐下。「三嫂，妳說得林語都害羞了。我一個姑娘家，原本也不好意思出來拋頭露面的，只是妳也知道，我病了這麼久，我哥掙的銀子都花在我身上，身子好起來了，就想著要幫幫他。這街頭街尾的都是自小認識的叔叔伯伯、嬸嬸大娘的，小妹也就沒有顧及這些臉面的事了。」

林語一大堆說下來，肖大娘也沒工夫再來罵兒子了，林語偷偷朝他使個眼色，肖正軒沒辦法，只得偷偷起身走了。

肖李氏吃了一個餅又喝了一碗涼茶，問：「語姊兒，妳這餅和茶怎麼算呢？」

林語笑笑說：「今天說了是請大娘和嫂子嚐味道的，肯定不能收錢。平時這大餅二文一個，茶三文兩碗，就掙兩個零花銀子。」

肖李氏哼了一聲。「妳倒是個會掙銀子的，這涼茶怕是山上的草藥煮的吧？一把就能煮一大桶呢，一大桶能賣上二、三十個大錢，一個月最少也有個兩把銀子吧？」

林語訕笑著說：「大娘，我這開張還沒到一個月，所以也不知能掙多少。再說我這兒是買豆腐的叔伯嬸子來了，我都送給他們一碗，不要銀子的。」

肖三嫂意外地看著她說：「妳還真是個大方的。買塊豆腐妳就送一碗？那不是白白浪費銀子嗎？」

林語嘿嘿笑了笑。「三嫂，這不正是大娘說的，這都是山上一大把的草藥煮的嗎？反正也不要什麼本錢，大不了讓我哥陪著多爬兩趟山罷了。大娘、三嫂，要不再來一碗？」

肖李氏怪怪地看了林語一眼說：「不用了，我還得回家幹活呢！家裡一大堆的事，都是一群只吃飯不幹活的貨！要是我家裡人都像語姊兒這麼勤快，我家裡也早發財了。」

說著起身就走了，多謝也不說一聲。

林語對著這肖家大娘再次搖搖頭。要是攤上這樣的婆婆，也是個悲哀。她不厚道地想，這肖大娘走得這麼快，是怕真讓她喝了第二碗要花銀子吧？

王家與林家的親事一定下，王慶的心就放下了。他必定要娶到林柔的，並不是因為他有多喜歡她，而是因為她的嫁妝豐厚，只要她進了門，他就有銀子給林語買好吃的好穿的。

王慶從來沒有想過，現在的林語會是那樣可人。以前他覺得林柔要比林語好看，可現在他覺得林柔比林語差得太多。

光從皮膚上來說，她沒有林語的那麼白嫩，更沒有林語那生動的表情。想起那表情，一時間讓王慶覺得她是那麼嬌柔迷人，讓他迷戀，讓他心醉……

特別是那天，林福在郊外請兄弟喝酒時透露，他手上的對子都是林語給他的，那對子可是在場的幾個同窗沒有一個能對出來的，這讓王慶對林語更加好奇。

王慶心中暗道：銀子當然重要，可是佳人相伴、紅袖添香更重要。林柔識得幾個字，對詩詞對子卻是一竅不通。

如果有了林柔的嫁妝過日子，身邊又有了林語的紅袖添香，那樣的日子就太爽了！想到此，王慶的內心禁不住雀躍起來。

帶著心事的王慶一大早就偷偷離開了家。

林語開門時嚇了一跳，但她的驚訝轉為甜蜜。「是慶哥哥。你這麼早就來了？」

聽到這甜滋滋的叫聲，讓王慶的骨頭都覺得酥了。他趕緊接過林語手中的爐子說：「語兒，這麼重的東西，妳怎麼提得動？來，讓慶哥哥幫妳提。」

慶哥哥？這會兒就自動升級了？林語暗諷。這個人受了什麼刺激呢？不是說十天前剛訂親嗎？現在就開始花心了？

林語不動聲色地把手中的爐子交給他後，才嬌嬌地說：「謝謝你。」

當王慶把最後一板豆腐搬出來後，林語擰了濕棉巾擦著他額頭上的汗水。「慶哥哥，辛苦你幫我把東西都拿出來了。你先坐會兒，我給你弄好吃的。」

嚐過了林柔幾天，王慶又嗅著林語清新的處子香，想著要是這對姊妹花以後都歸了自己……心下立即歡喜地說：「好，慶哥哥等語兒給我做早飯。我自那天吃過語兒弄的吃食，就天天都想著。要不是因為這些天太忙，我早就來看妳了。」

人渣，你的胃有這麼大嗎？就不怕撐死？

林語一臉羞赧地說：「語兒知道慶哥哥很忙，能記著語兒，語兒就很高興了，用不著天天來看我的。我答應了把你偷偷地放在心裡，你放心，我一定不會去糾纏你。」

王慶聽了她嬌嬌柔柔、似理解似害羞的話，立即大度地說：「語兒，我不怕妳糾纏。」

「真的嗎？慶哥哥？你還喜歡我對不對？」這種偶像劇中的台詞，林語隨口就來，那一臉的欣喜讓王慶看得心癢癢的。

王慶看林語那雙亮晶晶的眼睛正看著自己，情不自禁地嚥了嚥口水說：「我當然歡喜妳，只是現在我沒辦法光明正大來看妳，等過一段時間，我會對妳有交代的。」

# 第十七章

這話太有涵義，難道這人渣有決定了？

林語歪著頭，故作不解地問：「慶哥哥，為什麼要等你一段時間呀？我在心裡喜歡你就好了，你不用擔心什麼。」

這種懂事、寬宏大量的女孩子，正是男人所求。想起林柔這段時間的蠻橫，王慶現在真的有點後悔了。

為了將來日子好過，他仔細想了想才鄭重地說：「語兒，我以前並不是不喜歡妳，不能娶妳是因為我沒辦法，是我娘死活不同意，要是我堅持的話，那以後會害了妳的。所以，我想按她的意思娶了林柔，只要她嫁進了王家，以後我就會把她的嫁妝弄過來，然後——」

實在不想聽他這不要臉的廢話，於是林語假裝十分理解的模樣說：「我知道，我知道，慶哥哥不用說了。語兒一切都明白，都是銀子惹的事，不能怪你，要怪也只能怪語兒太窮。再者語兒也比不上妹妹，她漂亮溫柔、端莊賢淑，正是當家主母的人選，哪像我什麼地方都不如她，怎能怪你呢？」

王慶看林語一臉的失落，立即心疼地說：「不不不，慶哥哥知道，柔兒有柔兒的長處，語兒有語兒的好。那天聽妳福子哥說，他手上的對子和詩都是妳作的，是不是真的？」

林語害羞地低下頭說：「慶哥哥，你別說了，那是語兒前段時間躺在床上實在無聊，就拿著哥哥的書看了又看，學著書上的樣子作出來的。」

「啊？語兒，那真的是妳做的？妳真是無師自通？語兒，慶哥哥怎麼以前都沒發現妳是這麼聰明的女子呢？真是太可惜了！」王慶連連捶胸。

林語知道這個人資質平庸又偏偏愛附庸風雅，她知道那些前世的名句定能讓他們驚訝，只是沒想到林福會說出這些是她作的。

林語裝出更害羞的樣子，把頭垂得低低的，喃喃翹起紅豔豔的嘴唇，似不經意與王慶四目相接，立即又轉開目光，感覺好像自己做了壞事被抓到了一般，紅著臉說：「慶哥哥，語兒可當不得你如此誇讚。那些真的是無意之作，沒什麼突出的地方。」

這種似羞非羞、似怯非怯的表情看在王慶的眼裡，讓他心弦怦動。「語兒，妳不知道妳那幾句詩真讓人太喜歡了，作得真好。只有夢魂能再遇，堪嗟夢不由人做！語兒，妳是作詩的時候在想我嗎？還有還有，衣帶漸寬終不悔，為伊消得人憔悴。一定是的，一定是妳在想著我寫的。語兒，對不起，我都不知道，妳對我的情意竟如此之深！」

林語被說得想吐，低頭無語。鬼才對你用情至深呢！

實在是怕自己忍不住破壞氣氛，林語轉身炸起臭豆腐，王慶還在自言自語。「好一句衣帶漸寬終不悔，為伊消得人憔悴呀！寫得好，想得更好！慶哥哥負了妳了，如果有機會，語兒，妳願意不願意再回到慶哥哥身邊來，做一位紅袖添香的女子？」

真想一腳把這個不要臉的男了踢到路中間去！可是這樣放過他，林語覺得真不值得。

忍住心頭的噁心，她笑吟吟端著剛炸好的豆腐和南瓜餅說：「慶哥哥，你快來嚐嚐，我新為你做的這大餅，看看你喜不喜歡吃。」

王慶急忙坐下，拿起筷子就要吃，林語一臉慌忙地說：「慶哥哥，你慢點吃，小心燙著，讓語兒給你吹吹。」

說著，她鼓起小嘴吹著王慶拿著的南瓜餅，這時的王慶哪還有心思在餅上，就準備把嘴印上去！

林語眼睛一斜，見王慶失態了，知道火候差不多了。她倒不是怕他強來，手術刀就在一邊放著呢，怕的是被他噁心了一會兒吃不下早飯。

她笑咪咪地縮回頭，討好地說：「慶哥哥，你得快吃，一會兒就會有人來買豆腐了，要是別人看到你一大清早就在我這裡，這閒話傳出去了，你我可就糟了。」

王慶被林語的話震得一驚。他這是高興過頭了，事情還沒有成定局呢，要是真被人發現可要壞事的。於是他立即說：「好，慶哥哥這早飯不吃了，我馬上就走。語兒，明天早上慶哥哥再來。」說著做賊似地溜走了。

林語看著王慶的背影，嘴角的弧度越來越大……

王慶邊走邊歡喜得像撿了金元寶似的，突然王珍跳出來喊了他一聲，嚇得他跳了起來。

「珍兒，妳幹什麼?!」

王珍看著氣急敗壞的哥哥，撇撇嘴說：「我沒幹什麼。我看哥哥你一大清早偷著樂，就想嚇嚇你唄。哥哥，你告訴我，是什麼事這麼開心呀？你是不是偷著去見柔姊了？」

王慶得意地睨了她一眼，理也沒理就往大門走去。王珍在背後小聲地說：「好，你不告訴我，一會兒我問柔姊去，壞了你的事別怪我沒提醒你。」

王慶急忙回頭捂住她的嘴問：「小姑奶奶，妳到底想幹什麼？」

王珍甩開他說：「哼，我不想幹什麼，就是想知道你這一大清早撇下我跑到哪裡去了。」

王慶急忙從懷裡掏出臨走時林語給他的南瓜餅說：「我還能去哪裡？不是妳說林語做的東西好吃，我專門去給妳買來了嗎？」

王珍得意地扭了下頭又哼了一聲。「我就知道你是去那裡了！哥哥，我可告訴你，你得小心點，要是讓柔姊知道，你就慘了！」

王慶把南瓜餅塞給她說：「好妹妹，妳也不想哥哥與林柔的事出問題吧？」

王珍點點頭。「當然。只是那林語……你只想玩玩不成？」

王慶敲了王珍一下。「妳胡說什麼呀？林柔有那麼大一筆嫁妝，娶她進門是必須的。只是這林語……」他頓了頓。「林語要能來給我紅袖添香的話……」

王珍呸了聲。「哥哥，你可別打這個算盤。柔姊可不是個善心的！」

王慶冷笑兩句。「這女子進了門，妳說靠的是什麼？男人！妳看咱爹也不是納了個小娘嗎？娘這麼潑又有什麼用？爹一個月不進她的門，她還不是乖乖認錯？」

王珍鄙夷地哼了聲。「男人沒一個好東西，吃著碗裡的看著鍋裡的！」

王慶正經地看著王珍說：「珍兒，不是哥要告誡妳，這鎮裡有田有地的大戶人家，哪家沒有一個兩個小娘的？以後妳也要嫁到別人家裡的，妳這樣脾氣可得改改。」

王珍一跺腳。「我才不嫁到那樣的人家去呢！我嫁的人就不許他有小娘！」

王慶拿出了大哥的架式說：「珍兒，不要以為我不知道妳的心事，林福不是妳能嫁的人，娘絕對不會允許妳嫁到那樣窮的家裡去。」

王珍眯起眼睛威脅他說：「哥哥，我要嫁自己喜歡的人，娘不願意我也要嫁！你得幫我，要不然……你的事我知道得可不少。」

王慶狠狠瞪著妹妹問：「妳！妳是說妳要壞我的事？妳想威脅我？」

看哥哥一臉氣急敗壞的樣子，王珍也不害怕，她得意地說：「壞不壞你的事，看你以後怎麼做。除非以後你幫著我，我也就幫著你把林語給弄進來，讓你左擁右抱。」

被自己妹妹威脅實在很不爽，可她的提議確實不錯。自己這個妹妹也是個很有主意的人，如果有她幫助，也許事情會順利很多。如今的林語實在太誘人，王慶思考一會兒後，下定決心似地說：「好！妳的事我可以幫妳，但是妳嫁給林福後要是過得不好，可別怪我。」

王珍小臉一昂。「這個哥哥你只管放心，如果我沒這點本事，我也就不會嫁給他了。還有，你得幫我爭取多一點的嫁妝，到了他們家肯定得分家過日子，沒有嫁妝你也知道，飯都會吃不飽。」

王慶想到自己的將來，雖然不大捨得把妹妹嫁給窮不拉嘰的林福，也只得點頭。「行！既然妳打定主意要嫁了，我做哥哥的也只能把話說明白，以後過得不好，我也沒辦法了。反正在這事上，我一定盡力而為。」

聽到哥哥答應幫她，王珍立即開心問：「哥哥，我們相互幫助。之後林福哥會來約我們去玩，要不要我約柔姊出來？」

只要先娶了林柔進門，才能提起接林語的事。可這林柳氏故意拿喬，說什麼女兒還小，還得在娘親面前多養養，這不就是在說她的女兒嬌貴，不急著嫁嗎？

王慶聽了妹妹的話，立即眼睛一亮，心中頓時有了主意。「好！叫林福來找我！」

他恨恨地想：林柳氏，妳不願意讓女兒早嫁是吧？我要讓妳求著我王家來娶！

第二天一大早，林語一看到王慶，眼珠子轉了幾轉，頓時笑臉如花。「慶哥哥，你好早呀。可得注意休息，你白天要讀書就很辛苦了，要好好休息保重身子。」

見林語一開口就是關心自己，他高興地舉舉手臂說：「語兒，你不用擔心慶哥哥，妳看看我多強壯。我就是一晚不睡也不會有什麼不適的。來，妳把東西放下，我來幫妳拎。」

林語朝他甜甜地笑。「慶哥哥真行！」

男生最受不了的就是女孩子的小意溫柔、無意誇獎、盲目崇拜。王慶在林語左一句甜甜的「慶哥哥你真棒」、「慶哥哥你真厲害」、「慶哥哥你太強了」的誇讚中，幾個來回就把林語的東西攞了出來。

看到林語要搧火，他立即搶過來說：「語兒，讓慶哥哥來，小心熱著妳。」

林語繼續用崇拜的眼神看向他。「你真好！」

看到這眼神，就是把他放在火上烤，王慶也不會覺得熱。他伸手擦去滿臉的汗水。「好了，語兒，可以開始炸東西了。」

林語一臉溫情地請王慶坐下。「慶哥哥，你快坐下，語兒給你打了涼茶，你先喝。我現在不做生意的，這麼早燒火就是想給你做早飯吃，每天看到你吃得飽、吃得香，我就是不吃都高興。」

王慶只覺甜到了心坎裡，他激動地問：「語兒，可願意為慶哥哥做一輩子的早餐？」

來了！林語立即小臉垮下來，難過地說：「慶哥哥，你不要問了，語兒知道自己沒這個資格了，只要能做幾天給你吃，我就已經很開心了。你千萬不要為了我，影響你自己。」

王慶聽了林語既擔心又懂事的話，感動得不知所以，他喃喃地衝口而出。「語兒，以前是我眼瞎了，看不到妳的好，可現在慶哥哥不想再錯過妳。等我娶了妳妹妹進門後，我立即接妳進門好不好？」

呸！林語被王慶噁心得想吐，暗地裡咬碎銀牙。給人渣做小老婆？作夢去吧！依林語的脾氣，早就一腳結束了他的小命，但……

林語彷彿半晌才聽明白王慶的話似的，小嘴激動得哆嗦起來。「慶哥哥，你、你……」

王慶看著眼前人的神態，以為她是因為他願意娶她為妾而開心，於是拍著胸脯保證說：「語兒，慶哥哥沒有騙妳，就是妳想的那意思！妳妹妹我是非娶不可的，她那麼多的嫁妝，不能便宜別人。可是妳的才氣妳的可人，才是我真心想要的。等我娶了她進門，把嫁妝拿到手，我立即娶妳進門！」

這是個人渣中的人渣！林語暗想：林柳氏，妳是機關算盡得到了一個好女婿，女兒還沒嫁進去，就開始算計她的嫁妝與小妾卿卿我我了。哈哈，算妳走運，我就不親自來摻和了！

她咬咬嘴唇，似乎很為難。「慶哥哥，你有這份心就已經足夠了，要是你真說要抬我進門，我後娘會鬧翻天的。那樣子的話，我也會被族人指責不要臉，他們怕是會容不得我姓林了。」

王慶信誓旦旦。「語兒相信我，我會把一切都安排好的，一定不會讓妳受到牽連。這段時間我會少過來看妳，我得讓我娘儘快安排讓林柔進門。」

林語難過地搖搖頭說：「我後娘不會願意的，剛訂親就急著進門，這樣會讓人說閒話的。除非、除非……」

心上人在擔憂，王慶為了安慰她，於是急忙問：「除非什麼？語兒快說。要是妳說的辦法有用處的話，我好早早安排。」

「除非有不得不早讓她進門的理由。只是這理由怕是難找，林柳氏可不是個好糊弄的人，她要是不同意，怕這事還真不好辦……」林語怯怯地說，撲閃著的大眼顯示了心中的希望，又讓王慶覺得她真的是在為他們在打算。

一聽林語的提議，王慶立即會意。「我知道了。妳我真是心意相通啊！林柳氏不同意沒關係，只要林柔同意就好辦了。這世上的事，哪有父母拗得過兒女的？語兒，妳太聰明了，只有妳這樣聰明美麗的女子，才是我王慶的至愛！妳就等著慶哥哥來抬妳吧！以後我們琴瑟和諧、相親相愛過日子。」

琴瑟和諧、相親相愛過日子？這種無恥至極的男人，林柔真是有眼光！我看你們以後就雞飛狗跳、相愛相殺過日子吧！林語心中冷笑不止。

# 第十八章

肖正軒上山放馬後準備先回家把女兒弄起來吃飯，可遠遠看到林家小院子前有個身影，他急走兩步，發現正是上次看到的王慶。他走近棚子問：「他來做什麼？」

林語抬起頭看到是他，立即笑著問：「呆子，你這麼早從哪裡來？」

肖正軒不回答，只是問：「他又來做什麼？」

林語一愣。「誰？」

「王家公子。」

「喔，你說他呀，來買早點，說我做的南瓜餅很好吃。」林語恍然大悟。

「不賣給他。」

林語不解地問：「我不是說了嗎，我要給他送份大禮，我給他的禮物他還沒有收到呢。再說為什麼不賣東西給他？難道有銀子不掙？」

「他這個人不好！妳還是少跟他接觸，別仇沒報到，再讓別人說閒話。」肖正軒依舊一臉正經。

「你還不呆嘛！還知道這王慶人不好？不過他人不好沒關係，銀子好就行了。」

肖正軒有點生氣地說：「我不呆！他的銀子不好！」

林語只聽到前半句，笑咪咪地說：「嗯，你不呆，不呆。來，坐下喝碗豆槳，這兩個餅剛剛煎好，便宜你了。」

肖正軒冷冷看了她一眼，牽著馬便頭也不回地走了。林語莫名其妙地看著這個無緣無故生氣的呆子。

老是被一個呆子藐視，真是心中不服。

「臭呆子，要不是看在你家有個極品媽的分上，我才不把我做的美食給你吃呢！」

林語暗自罵了半天，這才平衡，心道：不管這呆子了，反正跟我無關。

不過她沒空跟他較勁，現在主要的是解決王慶這人渣。肖呆子有一點說得對，千萬別仇還沒報，心情還沒爽，反惹一身腥。

林語瞇起雙眼看向林家大院的方向，暗想：林柔母女不是逼死林語都想嫁進王家嗎？要不她來燒一把火，讓林柔早點嫁進去？誰來幫她推動這個計劃呢？

沈思之後，她心中有了決定。

下午時分，林福到了院子門口叫道：「語妹，妳叫福子哥來有什麼事？」

林語笑笑地招招手。「福子哥，你快來，來看看語兒刻的這塊石頭好不好看。」

那天去河邊洗草藥，發現一些特別漂亮的鵝卵石。看這這些石頭漂亮，她撿了一包回來。

一塊似雞血的扁平光滑小石頭，經過林語的精雕細刻，一對活生生的鴛鴦躍然石上，四個細細的字「心心相印」鑲入其中。

林福拿到手上一看，驚訝地叫了起來。「天呀，真好看！語妹這是從哪裡得來的？這價錢可不少吧？」

林語捂著嘴笑著說：「福子哥，我每天坐在家裡無事，就想著以前看過別人刻章的事，就讓金大哥給我打了一把小刀。這石頭是河邊撿來的，這是我刻得最好看的一塊石頭。」

「喔，就是河邊的石頭？這樣一弄真的很好看。」林福拿在手上左看右看，對著太陽照了照。

林語笑笑說：「福子哥，這東西不值銀子的，但很好看是不？女孩子都喜歡漂亮的東西，而且這東西別人沒有，她就更稀罕了。」

林福眼睛一亮。「語妹意思是這東西送給福子哥？」

林語眨眨眼說：「是讓福子哥送給心上人。」

林福臉一紅。「小丫頭亂說什麼？什麼心上人不心上人的！」

「哈哈，福子哥害羞了，看來有成果了！既然是福子哥想著要娶的人，當然是心上人了。再說珍兒妹妹可是個乖巧伶俐、懂事大方的女孩子喲，難道福子哥沒有放在心上？給你，快快把嫂子娶進門！」林語把石頭繫上紅繩後，遞給了林福。

林福笑罵她。「福子哥以前怎麼就沒有發現妳這麼鬼靈精怪呢？我看王慶改娶了林柔那個假惺惺的女子，損失大了。」
林語頭一甩，臭屁地說：「還是我家福子哥有眼光。快去吧，找個機會約會去，迷得她暈頭轉向，一激動之下就投懷送抱了。」
林福拿著石頭邊走邊笑。王珍一定會喜歡這個飾品的，這可是這鎮上唯一的一枚。當然他不會讓她知道，這是林語刻的。
看著林福歡快出門的腳步，林語似乎看到了王珍驚喜的表情。
林語見林福走遠了，林桑又去買豆子，她準備把門關好去後院摘菜去，一隻手才搭上院門，一個高大的身影欺身而上。
肖正軒把手中的銀子遞給林語。「給妳。」
林語呆了呆，不解地問：「呆子你剛才不是生氣走了嗎？怎麼現在把你的銀子給我？我不要。」
肖正軒不解釋。「拿著。」
林語搖搖頭說：「我真的不要。我不要你的銀子，呆子你快拿回去，要是被人看到了，可要出事了。」
肖正軒皺皺眉，固執地說：「給妳拿著。」
林語莫名其妙。「你的銀子給我做什麼？我又不是你什麼人。難道你現在是呆久了，慢慢變傻了嗎？隨隨便便把銀子給別人，真是個呆子。快拿回去吧，一會兒你沒銀子回家，你娘又要開始唱歌了。」

說著林語就推著肖正軒往外走。他動也不動地盯著她說：「銀子拿著，不要賣東西給王公子。」

她這才恍然大悟。原來這呆子是看到自己被王慶退了親，因為窮而又做他的生意，這下同情心氾濫了。

林語無奈地笑著解釋說：「我不是告訴你了嗎，我做他生意是有原因的。你不要擔心，我不會再被他傷到。銀子你拿著，你家有個小孩子，要記得多給她吃點好的。」

肖正軒怔怔地說：「我有銀子的，我每月給我娘五兩銀子。」

「啊？一個月給你娘五兩銀子？天呀，哪個說她生個呆兒子比生個正常兒子差了？不過，你給你娘這麼多銀子，她就不能替你多做兩身衣服？你身上穿的衣服怎麼這麼破？」林語看著肖正軒身上破舊的粗布衣，對肖大娘有點不滿。

「我不用，她給然兒做就行。」

「喔，你是說你娘給你女兒做了？但也可以給你做兩身啊。五兩銀子，一個窮人家裡一年花用都沒有這麼多，哪裡就不能幫你做兩身粗布衣？難道你們家都花你一個人掙的銀子嗎？你這麼多兄弟，這一家人應該日子很好過。再說你還有嫂子和弟媳幫著你娘，怎麼會讓你這樣一個大男人穿得這麼破破爛爛的？這也太過了吧？」林語雖然覺得肖大娘嘴巴毒，可肖二呆畢竟是她最會掙銀子的兒子，再怎麼樣也會心疼他的。

肖正軒呆呆聽著她一串連珠炮似的追問，雖然他沒有回答一句，但內心被她的問話觸動了。他離家多年，唯一的心願就是想回家孝敬雙親、享受親情，可是他發現很多地方都不對勁。

特別是他娘對他很是薄情，嘴毒不說，吃穿上也很剋扣。他也不是真呆子，只是想看看這親情值不值他用真心對待。他給自己三年時間孝敬他們，要是家人再這樣，那麼他離開時也不會有什麼不捨，所以他從沒有多想過什麼。只是林語這麼一說，肖正軒原本從未注意的，倒是真的有了想法起來。

林語不知道肖正軒的內心想得這麼多，以為他又在發呆，於是她叫著。「呆子把銀子收起來，有空去買兩套衣服穿穿，莫讓人真把你看窮。我那兒還有兩個南瓜餅，你帶回去給孩子吃。」

接過林語遞來的南瓜餅，肖正軒又看了她兩眼才默默離開，弄得林語更加莫名其妙。他看人的眼光似乎沒那麼呆了，難道開始變得聰明起來了？

這天，林語早早起床，擺上攤子。王慶和林福都去實施娶妻大計了，現在不會過來打擾她。想起王慶和林福以後熱鬧的日子，她心情愉快地哼著小曲忙碌著。

林語準備給爐子加木柴，一抬頭就看到肖正軒站在棚前。她沒想到這麼早能看到他，笑著招呼。「呆子，這麼早從哪兒來？」

肖正軒遞過手中一隻山雞。「給妳。」

林語看著山雞愣愣問：「這麼早你就去山上，還打著山雞了？那你不是半夜就起床了？」

肖正軒淡淡地說：「沒有。」

這個呆子還真的是個善良的人。見他一直遞著手中的東西給她，林語不好意思地說：「我們無親無故，我不能老拿你的東西，你拿回去吧，被人知道了真要說閒話的。」

林語雖然同情這個呆子，可老是與他一個單身男子來往，真要讓人知道了，肯定會被說閒話的。她可沒準備被閒言所累，被迫嫁個二愣子！

肖正軒似乎明白她在想什麼，心中有點覺得好笑。看來他真的是表現得太呆了，讓個孩子都嫌棄。於是他冷冷地說：「我對妳沒別的心思，也沒想打妳的主意。」

這是肖正軒難得比較長的一句話，要是平時，林語絕對會大笑，可此時她臉色大窘。看肖正軒好似受傷的神情，她紅著臉訕訕地說：「我……你……呆子，我不是這個意思。」

不聽林語牽強的解釋，他肖正軒對她這個小孩子真沒那種心思。於是他再度淡淡地說：「小妹妹罷了。」說著拿著東西轉身要離去。

一句話把林語說得臉紅了。她忽然覺得自己太迷糊了，這個身子又不是國色天香，更不是一般男子就能迷得住，人家當妹妹般同情她呢，自戀！她更發現，自到了這個異世界，她的性格中那種沈穩少了許多，彷彿覺得自己年紀變小了，思想也變幼稚了。

林語恥笑了自己兩聲，上前兩步搶過肖正軒手上的山雞說：「呆子，你說了送給我的，又拿走，真不夠意思！」

這下讓肖正軒倒真的有點莫名其妙了，心中暗自搖頭。真是個孩子。

看著拿著山雞得意洋洋的林語，肖正軒嘴角扯了幾下，一言不發，邁著大步回了家。

看著地上的山雞，林語哼著歌，收拾著桌上的茶碗。一大早就收到呆子送來的山雞，嘿嘿，兩、三天沒吃肉了，一會兒做個紅燒雞來過過癮。今天生意還真不錯，這才半個上午，東西就賣得差不多了，哥哥一點左右會回來，還來得及給他燒山雞。

「我得意地笑，我得意地笑……」一個笑字還沒有完全吐出，等她低下頭一看，林語呆了。

「娘……娘……」一道小貓似的聲音從腳下傳來。

林語拍拍胸脯，突然有東西把她雙腳圈住，如果不是她性子比較鎮定，這小丫頭就被她踢飛了。

骨瘦如柴，這是林語對這雙小手的形容。黑乎乎的雙手、黑乎乎的小臉、亂蓬蓬的頭髮……天呀！這是哪裡跑出來的一個小叫化子呀？

「娘……」看林語盯著她發呆，小丫頭抬起頭，怯生生看著她叫了起來，唯一動人的就是那雙大眼睛，兩顆淚水掛在睫毛上，讓人心疼又憐愛。

林語看看腳下的小傢伙，再看看她那蓬頭垢面的樣子，很想要她走開，可是她知道，只要她一開口，小傢伙會立即嚎啕大哭。

早早就成了孤兒的她心裡很軟。抓抓頭後，林語無奈地蹲下來扶著她問：「小傢伙，妳是誰？」

小丫頭見這個人不罵她也不打她，於是繼續叫著。「娘，爹爹……嬤嬤罵罵……」

這幾個字是什麼意思啊？姊姊我又不是學猜謎語出身的。

看來就三歲出頭的樣子，會不會是別人家走丟的孩子？不過這樣子，怕真的是個小叫化子吧？算了，看她盯著桌上的吃食，林語抱著她放在凳子上。「妳先坐這兒，姊姊給妳打水洗乾淨再吃。」

「娘，吃吃！」小丫頭指著南瓜餅說。

她還是大姑娘一枚好不好？林語立即糾正。「我不是妳娘，不能亂叫。我還是大姑娘呢，叫姊姊！」

「娘……」小丫頭看這人很嚴肅的樣子，立即委屈地癟癟嘴，眼淚又要往下掉。

林語氣得直跺腳。「算了，懶得跟妳講，我一個大好青年掉到這鳥不拉屎的窮地方不說，現在倒成個小叫化子的娘了！這是哪門子的事呀？」

打來水、拿了棉巾讓孩子蹲著，給她洗了臉又洗了手，把頭髮給綁在腦後，一個漂亮的小女孩立即出現在眼前。

林語驚訝地說：「天呀，妳好漂亮……告訴姊姊，妳叫什麼名字？」

小丫頭現在完全明白這個老讓她喊姊姊的人，不會打她也不會罵她，跟鎖子哥哥的娘一樣溫柔，於是她打定主意叫。「娘、娘，我要吃！」

「小傢伙，妳娘、妳爹呢？我不是妳娘，可不能亂叫的。妳想要吃餅餅是不是？」林語決定用食物引誘她。

然兒點點頭，林語讓她自己坐在凳子上，拿了一根籤，串了兩塊切好的南瓜餅引誘她。「想要吃的話，就跟我說：姊姊，我要吃。」

沒辦法，現在還是吃重要。孩子張著嘴說：「姊姊，我要吃！」

「這才對嘛！姊姊還是個大姑娘，怎麼就變成了別人的娘呢？以後要叫我姊姊，我就給妳吃好東西。」

小姑娘邊吃邊點頭，一不小心差點噎著了，林語忙拿來豆漿遞到她嘴邊。「來，小傢伙，喝一口豆漿。女孩子喝這個會越來越好看的喔！」

小姑娘也不知道她在說什麼，張開小嘴，咕嚕咕嚕連喝兩口，再也不顧林語說什麼，狼吞虎嚥起來。

# 第十九章

這是誰家的孩子？

林語看到她吃東西的樣子，再看看她骨瘦如柴的身子，心疼起來。「小傢伙慢點吃，姊姊這裡還有呢，沒人跟妳搶，小心噎著了。天，妳是不是沒飯吃呀？要不然怎麼會瘦成這樣皮包骨呢？」

連吃兩個南瓜餅，可小傢伙的眼睛還盯著鍋裡的兩個餅。林語怕她吃撐了，打了一碗涼茶端到她嘴邊說：「小ㄚ頭還想吃是不是？」

小姑娘嚥了嚥口水，怯怯地抬起頭看了她一眼，見林語臉上笑咪咪的，於是老老實實地點了點頭。

林語遞著水說：「來，小妹妹最乖，先把姊姊這碗裡的涼茶喝了，一會兒肚子就不會難受了。現在妳吃飽了，要是還想吃的話，一會兒等肚子消了，我們再吃好不好？」

一會兒還有得吃？小姑娘懷疑自己聽錯了，睜著大眼睛不相信地看著林語。這世上除了她爹爹對她這麼好之外，就這姊姊對她最好。可是不是說娘才會最好嗎？小虎哥老說他娘最好，怎麼姊姊也會這麼好？

三歲多的小姑娘無法理解，可是她知道林語對她沒惡意，於是就把碗裡的涼茶喝了。好甜！

林語等她喝完後開始問她。「妳叫什麼？」

小姑娘看看她，想了一會兒才輕輕地說：「死丫頭。」

「什麼？死丫頭？這世上還有這樣的名字？」林語張著大嘴。

問了半天吃了半天，小傢伙就知道爹、娘、死丫頭三個名詞？

林語無奈地蹲在她面前問：「妳家在哪兒？」

搖頭。

「妳爹呢？」

再搖頭。

最後她屏著一口氣問：「那妳娘呢？」這個總知道吧？

小傢伙立即伸出手指，林語終於鬆了口氣，可是看著她手指的方向，立即昏倒在地——小手指的竟是林語的鼻子！

「妳到底幾歲了？算了，這事更不該問妳了，看樣子妳最多兩歲。這下好了，撿了個小傻子！」

看看天色，得做午飯了，還有幾塊豆腐，林語準備醃起來，可這小傢伙怎麼辦？

林語拉著她的手說：「妳在門口等著妳家人來找？」

小傢伙嘴一撇、臉一拉就要哭了，林語立即說：「別哭、別哭，妳跟姊姊在院子裡玩，我得去做飯了，一會兒叔叔回家沒飯吃，要罵人的。」

罵人兩字一出口，小傢伙全身抖了幾抖。林語於心不忍，只得把東西收拾好之後堆在一塊兒，牽著她進了家門。

聞著瓦罐裡濃香的雞湯味，與林語洗完菜之後就老老實實坐在板凳上的小傢伙，口水都流了出來，雙眼死命盯著那罐子，一動也不動。

林語想想這小傢伙可能又餓了，於是哄著她說：「妳先坐著不許動，那裡可燙呢，要是燙著妳了，那就變成醜丫頭了，沒有人會喜歡的。」

「吱呀」一聲院門開了，林桑挑著擔子走進來，看到廚房門口的林語，高興叫著：「語兒，飯熟了沒？」

林語見他似乎很高興，不禁問他。「哥哥有什麼喜事，這麼開心呀？」

林桑嘿嘿直笑。「我告訴妳，鎮上十里香酒樓的掌櫃今天來找我了，他要訂我們的豆腐香乾呢！」

林語聽了很高興，好奇問：「哥哥，他們一天要訂多少？」

林桑興奮地說：「一天要兩板豆腐的豆腐乾。這樣一來，一個月至少又有一兩多銀子的利潤！」

怪不得他高興，現在這樣天天起早摸黑到鎮上去賣豆腐，一個月也就掙個二兩多銀子，加上她在家裡的生意是五兩不到。

現在一個月多了這點生意，小戶人家一個月的嚼用就有了，怪不得他高興。這是他從林家出來後，生意做得最好的時候。

林語恭喜他說：「哥哥，這下好了，我們日子越來越好過了。」

林桑放下擔子說：「嗯，以後哥哥會多存點銀子，給妳找個好婆家。」

林語不想打消他的好意和積極，她附和著說：「我覺得還是儘快找個好嫂子進來的好。」

林桑頓時臉色通紅。「哥哥不著急，女子過了十八沒找婆家，是要被族裡婚配的。男子沒有這個族規，所以我不著急。」

又聽到這個該死的族規了！一群死老頭，人家嫁不嫁關你鳥事呀？這是哪個變態族人想出來的？想出這事的人，一定是個老頭！

林桑走進廚房，看到坐在小凳子上的小姑娘，驚訝地問：「語兒，這打哪兒冒出個小孩子來了？」

林語趕緊解釋說：「哥哥，我也不知她是從哪兒冒出來的。上午我在門口收拾東西，這小傢伙爬到我腳下，差點讓我一腳踢翻了，好在她哭得快。」

林桑急切地問：「那妳就沒有問問她家在哪兒？她爹娘呢？」

林語苦笑著說：「問了，一問三不知。」

林桑走到小姑娘面前，彎下身問她。「妳家在哪裡？妳是哪家的孩子？」

小姑娘嚇得小嘴一撇。「哇哇……」

林桑其實還是個大男孩，被小姑娘的哇哇大哭弄得手足無措地說：「欸，妳別哭呀！我又沒說妳什麼。」

林語拉開林桑說：「小傢伙，這是叔叔，很好很好的叔叔。現在叔叔回來了，我們可以喝香香的雞湯了，妳再哭，我就不給妳了。」

還是食物最有效，小姑娘立即抽泣起來，舉起小手擦自己的眼睛。剛剛玩了灰的小手，立即把自己弄成了大花臉。

「哈哈哈……妳唱大戲呢！髒死了，快去叔叔洗臉的地方，讓叔叔幫妳洗洗，要不然沒飯吃。哥哥，你幫她洗洗。」林語對著剛要出門的林桑吩咐。

吃完飯，林桑看著打瞌睡的小姑娘說：「語兒，這可怎麼辦？別人家要是丟了孩子找不著，可不嚇壞了？」

林語把昏昏欲睡的小傢伙放在躺椅上，提議說：「哥哥，要不寫張紙條貼在咱家院門上，就說拾到一、兩歲左右的小女孩，如有人尋，前來敲門？」

林桑無奈地說：「也只能這樣了，我到金大哥家借紙筆寫好拿回來，他家四弟上了學堂家裡買了不少紙筆。」

林語點點頭。「嗯，那就這麼辦吧。她這麼小，我們也不能放著她到門外去，要是被拐走了，那可就罪過了。」

林桑放下飯碗說：「語兒說的對，既然我們撿到了她，總要儘量幫著她找到家人。我這就去了，一會兒就回來。」

條子貼了一下午，就是沒有人來找，林語這下真擔心撿個了小叫化子。

肖正軒今天到深山去了。他想打一隻懷胎的母鹿回來養著，林家小姑娘一再說讓他給女兒增加營養，他問過幾個有經驗的老婦人都說，鹿胎烤乾磨成粉給孩子吃最好了。

可是轉了大半個山頭也沒有找到，只打得幾隻小獵物，天色不早了，他不得不回家。一進院子門拴好馬，他發現家裡靜悄悄的，根本不像個有孩子的人家，於是他眉頭皺得老高，急忙叫著。「然兒，爹爹回來了！」

正抱著柴的肖李氏聽到兒子一進門就是找女兒，立即開口大罵。「叫什麼叫，叫魂呀？養個兒子有屁用，一進門娘不叫只叫女兒，難道是她把你生下來的？死丫頭，快出來，妳爹在找妳呢！」

屋內毫無動靜，肖李氏一愣。「死丫頭，有沒有聽到？都三歲多的人了，怎麼叫也不應人？還真是跟老二你這呆樣相似！」

肖正軒沒有理肖李氏的囉嗦，直直朝大廳裡走去。平時然兒都在院子大廳裡玩的，有時累了會在廳子的長凳上睡著，莫非又睡著了？

他快步走進大廳，沒有人。

肖正軒心中有點著急，看到小姪子小虎立即問：「小虎，有沒有看到妹妹？」五歲多的小虎立即指著門外說：「二伯，妹妹說要去找爹爹，就自己走了。」

「什麼？什麼時候走的？」肖正軒臉色大變。

小虎被肖正軒凶狠的樣子嚇著了，哇哇大叫。「娘，娘！二伯要吃人了！」

正在屋簷下幫著揀菜的肖三嫂聽到兒子的哭叫，立即跑了過來。「二哥你到底想做什麼？小虎哪裡惹到你了，要這樣子凶他！」

肖正軒一怔。「我沒凶他，只是問他。」

肖三嫂一邊給兒子擦眼淚一邊大叫。「有你這麼問人的嗎？娘，來評評理！」

肖李氏扔下手中的青菜跑了過來。「嚷嚷什麼呢？老二，你出去一天，這麼晚才回來，一回家就這麼虎嘯狼嗥的，你到底想幹什麼？」

肖正軒的心糾疼起來。這就是他的親娘？他在外面想了十來年的親娘？當年他走時，記得他娘說：「等你打仗回來，娘給你做新衣、做好吃的。但你記得，別人問你多大，你都要說你十五歲了。」

他不是要她的新衣，更不是要她做好吃的，只是捨不得娘和兄弟們，一直想方設法要回來。然而，這就是他回來的結果。

肖正軒盯著肖李氏說：「小虎知道然兒去哪兒了。」

「什麼？小虎，你妹妹不是好好在家裡的嗎？怎麼可能去別的地方？」肖李氏瞪著眼睛問小孫子。

小虎見娘和嬤嬤都在，他指著門外說：「我說我爹晚上會給我買好吃的回來，妹妹說她要找爹爹，就從大門口走了。」

「你個死人呀！妹妹這麼小出門，你也不知道叫我們？你就知道討吃的，一點用處都沒有！」肖李氏看兒子一臉的憤怒，立即一陣火發作在小孫子身上。

肖三嫂這下可不依了。「娘，怪他做什麼？他也還小呢，再說又不是他叫然兒走的。」

小虎被肖李氏的一陣罵嚇得大哭起來。「我上午有叫嬤嬤來，嬤嬤在睡覺，都不理我！」

肖李氏臉上紅一陣白一陣。肖正軒這才知道，女兒上午就不見了，現在都幾個時辰了，家裡人竟然都沒發現！

一言不發的肖正軒轉身就往外跑。他沿著往鎮裡的方向一路找過去，見著人就問有沒有看到一個小女孩。眾人看他那著急的模樣，都同情地看著他。

在後院摘了菜回來，小姑娘拉著林語的手笑得開心極了。「姊姊，菜菜！」

「嗯，一會兒姊姊回家給妳做菜菜吃，咱們用中午餘下的雞湯，燒個空心菜葉湯給妳喝，一會兒多吃一碗飯。」林語笑嘻嘻對著她說。

「吃飯，吃湯！」小傢伙聽到吃，勁頭就來了。這姊姊家的菜太好吃了，她想吃。

看著眼前這手舞足蹈的小傢伙，林語禁不住哈哈笑了，她點了點小丫頭的鼻子說：「小笨蛋，是喝湯不是吃湯。」

兩人正蹲在院子裡揀菜，突然傳來「砰砰砰」急切的敲門聲，林語以為是林桑收豆子回來了。農忙過後，早豆就有了，豆腐生意越來越好，林桑就到鄉下去收豆子了。

林語牽著和她寸步不離的小姑娘到了院門口，打開門一看。「呆子，你這麼急著敲我家的門做什麼？嚇我一跳，還以為出什麼事了呢！」

還沒等肖正軒說話。

「爹爹，爹爹！姊姊，爹爹——」看到門外的肖正軒，小姑娘飛也似地跑了過去。

「啊？呆子，這是你女兒？」林語站在一邊目瞪口呆。她一直知道呆子有個女兒，可從來沒問過他女兒有多大。

這不能怪林語，肖正軒那張臉看起來不年輕，古代人成親又早，在她的認知中，他的女兒肯定不小了，所以根本沒把眼前這個小不點與他的女兒聯繫起來。

肖正軒本來完全失望了，幾乎用飛的功夫跑遍了整個小鎮，突然他鬼使神差地朝空蕩蕩的林家院子門口一瞄，發現門上貼了張大紙，走近一看才知道這裡撿了個孩子。

不管是不是，肖正軒激動得心臟快要跳出來，想也沒想便舉起手用力拍起門來，差點把門給砸爛，等看到女兒笑得像一朵花似的小臉，他眼眶濕潤了。

一張清清爽爽的小臉，紮著兩根高高翹起的小辮，一雙明亮的大眼睛看著他，甜甜叫著。

快步蹲下身子摟起女兒，肖正軒那顆急得想要殺人的心終於安定下來，緊緊摟著趴在肩上的小身子，生怕她再度丟失。

林語看一眼呆呆抱著孩子不放的肖正軒，再看一眼皮包骨的小姑娘，來氣了。「呆子，你呆了就不要生孩子嘛！你看看，這孩子讓你帶得還不如一隻雞！這手還叫手？叫雞爪子還差不多！你家是不是不給她吃飯啊，上午我看到她時她就像個餓久了的小叫化子似的！」

肖正軒被林語一番話罵得更呆了。他拿起女兒的小手一看，其實林語說得還算客氣的，女兒這手還不如一隻雞爪子有肉。

林語看他那呆頭呆腦的模樣更來氣。「看什麼看！難道我還會亂說？都說願意跟要飯的娘，不願跟當官的爹，這話真沒說錯！孩子是這樣帶的嗎？眼睛鼻子都分不出來不說，還像在牢裡關了幾十年的囚犯似的，餓了幾十年！真的是個可憐的孩子，有你這麼一個粗心的爹！」

林語開始一陣劈頭蓋臉的怒罵。

肖正軒一動不動讓她罵，小然兒抬起頭，怯怯看著不停地罵肖正軒的林語，她指指林語，然後指指肖家屋子說：「爹爹，姊姊，嬤嬤！」

林語明白她的意思了，說她像她嬤嬤那樣罵人呢！她沒好氣地說：「小白眼狼！我這是為妳出氣呢，竟然說我像妳嬤嬤那樣會罵人是不？姊姊我這青春美少女，會像個撒潑的老太太？妳那什麼眼光，哼，跟妳爹一樣呆！」

肖正軒的臉禁不住扯動了幾下，被林語這句青春美少女逗笑了。一聲悶笑嚥下了肚，他嚅嚅嘴才說：「謝謝妳。她叫然兒。」

林語沒好氣地說：「不用謝。叫什麼跟我有什麼關係？你女兒多大了？怎麼話都不會說兩句？你以後還是自己好好帶，再這樣帶下去，她會變成第二個呆子。」

肖正軒知道林家妹妹在為女兒抱不平呢！就算是被她罵，他也覺得很開心，而且林語說了這麼一大堆，他這一次卻沒有覺得她話多。

小然兒看林語一臉的不高興，以為是生她的氣，怯怯叫了聲。「姊姊，娘……」

林語臉上一燒，立即糾正。「小然兒，我是姊姊！妳要再亂叫，下次我不給妳好吃的了！」

小姑娘委屈地又叫了一聲。「姊姊，好吃……」

姊姊好吃？林語頓時想暈倒。

肖正軒將她的怪樣看在眼裡。這個表現千變萬化的林家妹妹，雖然嘴上愛罵人，可是心腸真的很好。如果不是她，也許他今後就再也見不著女兒了，這要他以後如何跟師傅交代？

眼見天真要黑了，他認真地看了林語一會兒，才輕輕說了一句。「我們先走了……」

# 第二十章

林桑挑豆子回家，看到妹妹嘴裡嘟嘟囔囔的，他笑問：「語兒，小姑娘有人來找了？」

林語無精打采地應了聲。「嗯，接走了。」

林桑跟進門，放下擔子問：「是哪家的孩子？」

「肖家呆子的女兒。」

「是肖二哥的女兒？他的女兒還這麼小？這孩子看起來才兩歲的樣子。」林桑驚訝地問。

林語沒好氣地說：「其實已三歲半了。這就是跟爹長大的小可憐，沒娘的孩子像根草。」

林桑感嘆地說：「那孩子真正可憐，爹爹是呆愣愣的，她嬤嬤又不是個心善的，能長這麼大還算她命大——肖大娘是有名的重男輕女。」

說起肖大娘，林語厭惡地說：「哥哥，這人怎麼會變得這樣勢利？聽肖二哥說，他一個月要給肖家大娘五兩銀子呢，可你看看他們這父女倆，穿得跟叫化子似的，這孩子今天在我們家這麼長時間，肖家人可能還沒發現她丟了呢。」

林桑驚訝於肖正軒交給家中的銀兩。「語兒，妳說肖二哥一個月交五兩銀子給家中用？」

林語點點頭說：「哥哥可能也不相信吧？我問過他的，他說只要天氣好，他都得進山打獵物。」

聽到此，林桑再三搖頭。「語兒，這肖家大娘可真過分！親兒子這麼幫家裡，親孫女不見了大半天，他們都沒人找找，看來這小女孩也是個可憐的。肖大娘可真不算個好嬤嬤。」

林語聽了林桑的感嘆，不服氣地說：「哥哥，其實我們的嬤嬤也沒好到哪兒去。雖然我們沒交這麼多銀子給她老人家，可是我們一直以來都很孝順她的。」

林桑會意地苦笑了一下。「語兒，別難過了，反正以後我們少去那兒，她好不好我們也不用在意。以後我們日子好過了，也求不到她頭上去。」

林語眯起雙眼，看著遠方說：「哥哥，總有一天我們日子會好過起來的。對於嬤嬤伯叔們，我根本不會在意他們，在我的心中，他們根本不是我的親人。」

只是有些事不是在意與不在意就能解決的，林語並不知道，她那便宜祖母為了自己的私慾，促成了她的姻緣！

孩子沒找到，兒子也沒回來，肖大娘看著院外不滿地說：「就一個賠錢貨，真走丟了那也是她的命。還有小虎，你也是個沒用的東西，吃東西你可從不落後，一個小孩子你都看不牢！」

肖三嫂很不服氣，自己兒子也才五、六歲，怎麼看得往一個三、四歲的人？可是這會兒婆婆怕二伯哥沒找到人回來會出事，正在氣頭上呢，她只得拉著兒子抱在懷裡低頭不語。

肖老爹一進門，看家裡人都默不作聲地站在院子裡，不解地說：「天都要黑了，還杵在這兒做什麼？」

肖老四見娘不開口，只得怯怯地說：「爹，您回來的路上看到小然兒沒？」

肖老爹震驚地說：「小然兒好好地在家中，我怎麼會在外面看到她？」

肖老四低下頭，肖老三抬起頭悶悶地說：「爹，今天小丫頭自己一個人跑出去了，現在還沒找回來。」

「什麼？老太婆，妳在家連一個孩子都帶不住？地裡的活兒妳說年紀大了不去做，家裡的活兒又說妳彎不下腰，讓兩個媳婦多做，現在就連帶兩個小孩子都帶不住了？」肖老爹埋怨起來。

肖大娘被老頭子當著孩子的面數落，惱羞成怒。「我把自己的孩子都帶大了，哪個規定我還得把孫子都帶大？這死丫頭自己有手有腳，她要去哪裡，是我能管得住的？老二這個死東西，什麼不好帶回來，偏偏帶個賠錢貨回來！」

抱著女兒剛進門的肖正軒剛好聽到了肖大娘這句話，小然兒嚇得趴在爹爹的肩膀上動也不敢動。

肖正軒站著嚥下了幾口氣才說：「我們回來了。」

見找到了人，肖老爹趕緊說：「好，找回來就好了。老太婆，以後可得把孩子看緊了，老二成天在外面想法子掙銀子，要是你們在家裡連個孩子都帶不好的話，可就說不過去了。」

肖正軒想說什麼，最終還是沒多說。「我們先進去了。」

肖大娘看著父女倆的身影，不解恨地罵著。「妳個不聽話的死丫頭，下次再要亂跑，看我不打斷妳的腿！」

肖正軒緊了緊自己的拳頭，想起林語一連串的罵，如果眼前不是自己的親娘，他會不會一拳過去？這樣的親娘和親人，還值得他這樣孝順嗎？

清晨涼爽，林語運動完，洗漱之後換上了平常的衣服，提著一籃子豆腐乾就開了門。一聲溫柔的聲音輕輕傳來。「語兒，慶哥哥來看妳了。」

林語臉色一僵之後立即變化，一副驚喜交加的樣子。「慶哥哥，你來了！」

那驚喜不亞於看到思念至極的人忽然從天而降，看得王慶心中微波蕩漾。他急忙接過她手中的籃子說：「語兒，這些天有沒有想慶哥哥？」

「慶哥哥，你好壞。」林語嬌羞的樣子似熟透了的水蜜桃，看得王慶小心肝就要跳出胸膛。

他聲音梗在喉頭。「語兒……」

林語走過他身邊，輕輕甜甜、似說似問。「慶哥哥，你怎麼來了？你不是說暫時不能來看語兒嗎？」

王慶一聽心中更喜，急忙表示。「語兒，我也一樣想妳想得睡不著。本來我不敢來看妳的，可是實在太想了！」

林語低著頭，似乎非常難過。「慶哥哥，其實我也想天天看到你，可是想到現在的處境，我就想兩情若是長久時，又豈在朝朝暮暮？我就裝作不想你了。你到時也這麼想，就不會難受了。」

王慶偷偷看了看四周無人，立即上前激動地抓住林語的雙手問：「語兒，這是妳寫的詩句嗎？」

林語裝出怕怕的樣子，打量了四周才抽出手拂拂頭髮，嗲著聲音說：「慶哥哥，這是語兒想你的時候作的，作得好不好？」

這麼有才的女子，世上能有幾個？王慶激動得又要來拉她的手。「太好了！語兒妳太有才了！妳耐心等著，我一定要把妳接進門。」

林語故意害怕地說：「慶哥哥，你別碰我，要是被別人一不小心看到了，你會有麻煩，語兒更會有麻煩的。」

王慶一愣，醒悟過來。「好好好，慶哥哥不碰妳，就看看行不行？」

林語嬌氣地一跺腳。「慶哥哥最壞了！你這樣看著人家，人家會害羞的嘛！」

王慶哈哈大笑，剛笑兩聲又捂住嘴說：「語兒，慶哥哥真喜歡看妳剛才的樣子！」

林語可不想跟他扯三拉四的，她故作虛心、看看左右說：「慶哥哥，你快走吧，要真是被人看到了，林家不會放過你的，語兒我也只能一頭撞死在這門上了，因為林家絕對容不下一個傷風敗俗的女子。」

王慶可不是個糊塗人，知道林語說的是事實。他臨走前癡迷地看著林語說：「語兒放心，接妳進門之前，我絕不再單獨來見妳。妳相信我，中秋之前我一定會定下與林柔的親事，只要一完婚，我就會跟她提出我們的事，定能接妳進王家過年。」

林語心中厭惡得要命，可還是忍住想要一腳踢飛他的衝動，咬了咬下唇，哽咽地說：「嗯，語兒知道慶哥哥最愛我，我會乖乖等著的，你去忙吧。沒有找到機會前，你不要來了，省得出事。」

這是事實，心上人能這麼為自己想，真不愧他天天這麼想她。王慶嚥了嚥口水說：「語兒，我走了，妳要等著我。」

滾吧！煩死人了！林語暗道。

為了能早點把林語也接進王家，王慶加快腳步，幾乎每隔一天就會悄悄約林柔出去。這時代的男女之防並不大牢，林柳氏見女兒與王慶訂了親，所以王珍來約，她並不阻攔。

轉眼到了七夕，林家大院裡，剛吃過午飯，只聽得林柳氏一聲尖叫。「妳說什麼?!」

「娘，我、我好像有了……」林柔嚅動著雙唇輕輕吐出幾個字，可對於林柳氏來說，不啻是晴天霹靂。

「妳再說一次！」林柳氏厲聲喝問。

林柔抬起頭，定定地說：「娘，我好像有了。」

「啪」一聲的巴掌響起，隨著尖叫穿過臥室、透入廳堂，正在打掃廳堂的朱嫂愣住了。她在林家做了大半年的幫工，還從來沒聽到過這林柳氏的尖叫聲。

林柔一跺腳，哭鬧起來。「妳打我？妳打我？我不活了！」

想起院子裡還有幫工在忙，林柳氏氣得咬牙切齒，也只得輕聲罵。「妳去死吧！妳這個不要臉的女子，妳真丟了林家、朱家的臉！婚前苟合，那是下賤女子做的事，這要是被王家知道了，看妳以後怎麼在王家立足！我費盡心思幫妳謀劃，妳倒好，自毀出路！」

林柔輕輕哭喊著。「妳為什麼說我？妳和爹爹還沒訂親就做了這樣的事呢，妳以為我不懂事？我都四歲了，我早都知道你們在做什麼了。可妳在林家還不是一樣站住了腳，為什麼我就得挨打？嗚嗚……」然後一轉身，哭著跑回了自己的房間。

林柔萬分委屈地想，娘真的太過分了，竟然動手！其實也不是她想做這樣的事，可是想起第一次，她就臉紅……

那次真的好痛，可是慶哥哥說：「妳年紀小，又是第一次，會有些疼，只要放鬆自己，心裡想著讓哥哥給妳弄，妳就會舒服了。」

果然他沒有騙自己，後來這次她真的好快活，跟小時候看到娘與爹在床上一樣，她也直想叫喚。慶哥哥擺弄起來的時候，自己全身都好舒坦，她不管，她要早點嫁給他！躺在床上的林柔心裡打定了早嫁的主意。

而林柳氏聽了女兒的話，呆呆跌坐在椅子上。她沒有想到，當年女兒那麼小就懂事了。想起當年自己與林檔生偷情，她的臉紅得像蝦子。

當年，她娘被一個富商從窯子裡贖出，可是還沒到家富商就在路上一命嗚呼，她娘帶著富商留給她的銀子，沒等富商的家人來就跑了。

卻沒想到有了自己，她娘年紀輕輕帶個孩子，要在那兒落腳，就得有依靠，因此成了別人的外室。為了攏住那個男人的心，她目睹了她娘的手段，也學會了她的手段，靠手段嫁給了朱成民。

可惜這死鬼命太短，女兒才三歲就去了。她是一個嘗過男人滋味的女人，對男人有一種強烈的需要。林檔生的前妻一直臥病在床，而且他相貌堂堂、年輕力壯，他真的能滿足她。

可是這並不代表女兒要跟她一樣走這條路，所以林柳氏聽了林柔的話，幾乎想殺了她！

林檔生回到家中，發現林柳氏躺在床上，他急忙問：「枝兒，妳哪裡不舒服？」

林柳氏搖搖頭說：「我不是哪裡不舒服，我只是昨晚作了一個奇怪的夢。」

林檔生急切地問：「難道夢裡有什麼不好的？」

林柳氏悶悶不樂地說：「我夢見月神娘娘，說要是今年柔兒不趕在重陽前嫁的話，一定會有大難。」

「什麼？妳真的作了這樣的夢？難怪嚇著妳了。妳不要怕，這都是作夢呢，夢都是相反的。」林檔生摟著嬌妻安慰著。

林柳氏的手段是從她娘那兒學來的，男人的想法，她把握得很透。於是她靠在林檔生懷裡說：「相公，別的我都不怕，就怕真的有什麼不好的落在你和清兒身上，那樣我就不能活了……」

林檔生感動地說：「不會的、不會的，枝兒不要擔心。本來是只可信其有不可信其無的，可是這林語沒嫁，先急著嫁小的，會被人家詬病的。」

林柳氏也是知道這一點才氣得打林柔，何況女兒上個月才滿十五歲也才訂親，女子一訂親就急急嫁人，那會讓人家看不起的，更何況嫁在長姊之前？

林柳氏抱著林檔生的脖子掉眼淚。「可是我哪能管得了女兒光彩不光彩呀！我只要你和清兒沒事就好，別的我都管不了了！」

林檔生感動得要命。「好枝兒不哭，既然神有指示，我們不怕一萬就怕萬一。妳讓王家來定日子吧，為了柔兒，我去找娘，讓她儘快給語兒安排個人家，把她在兩個月之內嫁出去。」

林柳氏抱著林檔生又哭又笑。「相公你真好！」

好幾天在外的男人一回來，滿香在懷，林檔生覺得自己的那物硬得要命，既然問題有辦法解決，媳婦心裡也就沒疙瘩了，於是他扯開衣服摟著她問：「那枝兒用什麼謝我？」

林柳氏用勾魂的眼神睨了他一眼。「你說呢？相公要什麼？」灼熱的東西緊緊頂了她幾下，林檔生才曖昧地問：「枝兒這下知道相公要什麼了不？」

林柳氏裝出一臉害羞的模樣說：「這是白天呢……」

林檔生心中眼中滿是慾念，哪裡管得了什麼白天還是夜晚的？「我管它白天還是夜晚，現在我就想要妳。兒子去學堂了，女兒又被妳關起來了，我們好好弄一次？」

林柳氏嬌媚地瞪著他。林檔生知道媳婦正想要呢，於是雙手分開她的雙腿，褻褲早已被扔在腳底，長槍急不可耐地一挺而進，開始不停忙活起來……

就算是三十幾的人了，林檔生還是覺得自己很厲害。翻下身後，他得意地問：「枝兒，相公不錯吧？這次吃飽沒？」

林柳氏故意糗他。「嗯，就你這點就把我餵飽了？」

林檔生看著那嫵媚的雙眼，抱緊她說：「晚上我再餵妳一次，定讓妳吃撐了為止！」

林柳氏一把推開他。「你以為還是十年前呀？剛才我都差點撐不住了，這會兒腰還像要斷了似的。先睡一會兒，起來後記得去你娘那裡一趟，別把正事給耽擱了。」

心滿意足的男人爽快答應。「這事包在妳相公身上！妳就著手準備嫁女兒吧！」

# 第二十一章

林家、王家的人都在算計著，也就在同一天下午，已被人算計的林語並沒有感應到什麼，見家裡的涼茶草藥不多了，她拿了柴刀和背簍上山。

自肖正軒發現女兒被娘親虐待後，他除了進深山之外，平時都帶著她在身邊，等她午睡後，他才會到後山打些小獵物回來給她解解饞。

肖李氏自從小孫女差點走失後，發現老二完全不理她，也難得交銀子給她，開始軟了，每天小孫女醒來，她就會及時把她管好。

遠遠看到林語上了後山，肖正軒也趕緊拿了長槍跟了上去。自從被林語罵過後，肖正軒不敢面對她，可看她一個人上山，他又擔心起來。至於為什麼擔心？他想，是因為她幫他撿到了然兒。

林語看到一大叢的桑菊剛剛長花苞，這是很好的涼茶原料，於是她揹著簍子一腳踏了過去，可突然腳上一涼，她立即跳了起來，卻還是晚了，腳腕子上有兩個深深的牙印！

「哎喲！」一聲尖叫，林語立即扔掉背上的簍子，急忙拉起褲腳一看，傷口周圍已黑……

這是七步倒，這山區最常見的毒蛇！

林語痛得額頭上的汗珠直往下落，她把衣服的一隻袖子扯下後，咬牙綁在小腿上，拿起袖筒裡的手術刀劃了一個十字，頓時黑血滾滾而出。

肖正軒明明看到她爬上山坡，怎麼一下子就沒了身影呢？這裡雖然不是危險地帶，可她一個小姑娘在哪兒會安全？他突然有點生氣，這個小孩子怎麼這麼大膽呢？一個人敢往林子裡跑？

快步跨過溝壑，往林語剛剛走過的小路上去，肖正軒看到她坐在地上，表情十分痛苦，立即跑過去，緊張地問：「怎麼了？」

當林語看到肖正軒時，突然有一種看到親人的感覺，聽到他緊張的口吻，她沒有發現自己說話帶了哭腔。「呆子，我被七步倒咬了……」

肖正軒聽了，看到林語身邊一灘黑血時，慌忙扔下手中的長槍。「讓我來！」

擠血的時候，痛得林語臉色蒼白。

林語雙手死命按住腳腕子叫他。「呆子，快來幫我！把毒血弄出來，否則我就沒得救了！」

肖正軒扶著她靠在坡邊坐好，抬起她的腿說：「不用擔心，大部分的毒都已經擠出來了。妳坐好，一會兒會有點痛，妳把這根木頭咬在嘴裡，小心別把舌頭咬壞。」

如果是平時，林語一定會驚訝於這呆子變得口齒伶俐，可現在自己的小命都快沒了，她根本無心注意這些，聽話地接過肖正軒遞給她的木枝咬好。「可以了，你只管用力，不要怕我痛。」

肖正軒看著她血色全無的小臉，不禁動容。他趕緊低下頭把嘴蓋在傷口上，大口地吸吮起來……

林語咬著木頭含糊地驚叫。「呆子，不要用嘴，小心中毒！」

肖正軒沒有理她，只是用手緊緊按著她的左腳，幾大口暗色的毒血吸完之後，終於，鮮紅的血流了出來，他才吐掉最後一口血。

林語呆呆看著肖正軒，更想哭。「呆子，你要是中毒了，我可沒有命賠給你……你還有女兒要養呢，你怎麼就這麼呆呢？這是七步倒，會死人的！」

肖正軒擦擦嘴角的血說：「閉嘴，拿水給我！」

林語擦了一下眼淚，把身上的水袋取下來給他，等他漱過口後，她接著說：「請你幫我找些草藥來。血雖然清了，可是毒素還在。還有，你也得喝幾碗草藥下去。」

肖正軒平淡地問：「這裡哪些是藥？」

林語扭動著身子看看前後左右，不遠處有兩種治蛇毒的草藥，只是太單一，對這種毒蛇不一定有效。她咬著牙忍住痛，指點肖正軒說：「看到沒，那裡有一種花，和藍色小花的草，還有那種小黃花的藤。」

肖正軒順著她手指的方向一看，有幾種相似的野花，他根本弄不清是哪一種，於是他彎腰一個公主抱，把林語抱了起來。「妳指，我來採。」

林語愣愣看了看肖正軒。他是個呆子，怎麼這會兒這麼靈光了？不過小命要緊，這種問題等小命保住後再想吧！

「呆子，這種採上一把，還有這……這個多採點，我得煮點給你喝。那花色的葉子採一大把，還有那有小刺的葉尖採一大把……嗯，這個黃黃雜草似的來一把……行了，可以了。麻煩你把我抱到有大石頭的地方，我得找東西把藥先搗爛。」林語雖然有點沒勁，還是盡力指揮肖正軒。

採好了一大包的草藥，肖正軒回到原處撿起剛剛扔下的長槍和她的背簍，依舊抱著她往山下走，直到河邊，才找塊大石頭把她放下。

林語艱難地移動已經麻木的左腿，想要彎腰去找石頭做搗藥槌，哪知抬頭一看，肖正軒把剛採的草藥按她剛才說的，一樣一樣撿在一塊兒，然後抓一把往嘴裡一塞，大口大口嚼了起來。

林語驚叫。「呆子，很苦的！快吐出來！」

肖正軒也不理她，抓過她剛才撕下的袖子洗了起來，然後攤在石頭上，把嚼好的草藥吐在上面，漱了一下口，又開始嚼了起來。

林語不說話了，而她也說不出話來了。作為一名醫生，她比他更清楚這草藥用嘴嚼的跟用石頭搥的差別——口水有殺菌的作用。

淚水盈在眼睫毛上，林語就是沒讓它掉下來。掉眼淚不是她的習慣，她一直是個堅強樂觀的女孩子，現在這情況也不是哭的時候。

肖正軒嚼了三次才把藥敷在林語的傷口處。那裡還是有點黑，藥一敷上，她痛得一抖。

林語愣愣看著認真給她包紮的肖正軒，突然發現，這個男人好像並不呆！他那輕柔的動作彷彿自己是個專業的醫生，小心仔細。

多久沒有遇到過這種感動？在這個世界，除了林桑是真心對她好之外，這個無親無故的男人似乎幫了她不少。

終於，兩滴淚水跌在正在包紮的大手上，肖正軒紮好站起來，緊張地問：「是不是還很痛？」

林語抬手抹了抹眼淚，搖了搖頭。其實她並不想哭，只是不知道為什麼此時就是流淚了。

肖正軒拉出腰間的棉巾在河裡洗了個乾淨，遞給她說：「擦一下，臉上髒了。一會兒我揹妳回家。」

擦好臉，林語搖搖頭說：「不，呆子，我們現在就得回家。這蛇太厲害了，你得喝藥，我也要喝幾天藥才能把餘毒清出來。」

肖正軒固執地說：「沒關係，現在妳的腳上了藥，一下子不會有事的。我是個大男人，這點毒算不了什麼，等天黑了我們再回家。」

林語明白他的意思，這世界男女間的界線分明，特別是他們這種男未婚女未嫁的情況，而且她又是被退過親的人，如果讓人看到她被他揹回去會怎麼樣？用腳趾頭想也知道！

可林語不是真正的古人，對她來說什麼也比不上生命重要。她用一隻腳掙扎著站起來說：「回家。」

「不行！」看這小姑娘人雖小，可脾性還挺大的，但是這種不顧以後的性子正是孩子的表現，於是肖正軒堅決制止。

「你呆起來真是不可理喻！現在你死活不揹我回家，不就是怕別人說我，影響我的名聲嗎？名聲跟你我的命比起來算什麼？你剛才吸了毒一定會受影響，我必須得給你煮藥；再說我的腳雖然上了藥，可是真的必須盡快清毒。你看這裡已經腫得很大了，不能拿性命開玩笑！」林語就算精力不濟，還是義正詞嚴地說出事實。

可肖正軒就是不動，還按著她坐在石頭上，林語一掙扎，他乾脆把她抱在胸前，就是不理她。他根本沒想到自己此時的行為更是不合宜。

林語大怒，拍了肖正軒一下。「呆子，你放開我！沒了命什麼都會沒的！大不了被別人看到，我嫁給你而已，我都不怕，你有什麼好怕的？」

肖正軒突然想起了什麼似的，急急鬆開了她，依舊搖頭。「不行！」

林語愣然了。「不行？我嫁給你，你還不要？」

「嗯，我不娶媳婦的。」

「什麼？你不娶媳婦？你太過分了，你一個二愣子、呆子、莽夫、醜漢子！我這青春美麗的大姑娘嫁給你，你還不要？好，你怕是吧？我不拖累你了！麻煩你去叫人把我揹回去，不管是哪個，只要他未婚我就嫁了！」林語頓時被他氣壞了，語無倫次地說了什麼，她根本不知道，只是激動得連腳上的痛都不記得了。

不管眼前的小姑娘是因為他不願意娶而生氣，還是怕她的腳出事而生氣，肖正軒不管林語如何鬧，依然默默坐著，聽林語說要嫁給任何一個揹她回家的人，他心裡有一種說不出的不舒服。

發洩過後，林語細想了肖正軒的顧慮，這才靜下心來說：「呆子，你顧慮的也對，剛才是我不講理了，對不起……你能不能幫我把我本家的兄弟叫一個來？再不回去，我這隻腳以後要殘的。我很感謝你幫了我，雖然我沒有什麼辦法報答你，但我總不能讓你也有事。你看你的臉色都有點青了，得趕緊回家，你不只你一個，還有個孩子呢。」

林語這番在情在理的話，肖正軒聽了，動了動嘴唇，但最後什麼也沒有說，收拾好東西，蹲下來才說：「上來，我們回家。」

林語沒有動身，只是搖頭。「呆子，我不要你揹，你去叫個我的堂兄弟來吧，這樣以後你才不會為難。」

肖正軒回頭，冷冷看了她一眼。如果林語不是已經痛得有點腦子糊塗的話，一定會發現他的不同。「上來！」

林語有點低燒了，看這個呆子很不爽的神情，她只得老老實實地爬上了肖正軒的後背。

她把發燙的臉貼在他的後背上，迷迷糊糊地說：「呆子，你身上真涼爽……」

聽到林語迷迷糊糊的話，肖正軒心中一愣。她發燒了！頓時心中有點後悔起來。林家妹妹說的對，什麼也比不過性命重要！

回到家，林語已燒得更迷糊了，可她還是強行支撐著指揮肖正軒。「呆子，按剛才的藥一樣撿出來，再加上一份……用這個罐子加滿水煮大火煮一刻鐘，小火兩刻鐘就行了……」

肖正軒點點頭，把她放在廳裡的躺椅上，然後去廚房煎藥。

等他忙出來一看，林語高燒得昏迷了。

肖正軒扶著她坐起來。「喝藥了！」

林語毫無反應，叫了幾次，還是頭都抬不起來，肖正軒想起自己那次被人救的事，又想起林語是個女子，眉頭皺了起來。可是再看那張燒紅的臉，想起林語說的話，他一邊吹涼藥一邊餵她，把一碗藥餵了下去。

林桑擔著豆子回家時，發現院子門沒關死，他推門進來，習慣地叫了聲。「語兒，哥哥回來了！」

嗯，天都黑了，怎麼沒有聲音？人呢？

林桑趕緊放下擔子走進廳裡，眼前的情景讓他目瞪口呆。

妹妹躺在椅子上，肖家的呆子趴在椅子邊，似乎睡著了……

林桑的心吊了起來，怒吼一聲。「你對我妹妹做了什麼?!」

肖正軒被驚醒了。剛才他一直替林語敷棉巾，可自己喝了一大碗藥，也實在頂不住了，見她熱度退了下來，這才栽倒在椅子邊。

看著林桑怒目而視的神情，肖正軒指指林語。「她被蛇咬了，是七步倒。」

什麼？妹妹被七步倒咬了？不！

林桑撲在椅子邊，搖著林語哭了。「妹妹，妳怎麼了？妳不能死，哥哥不能沒有妳……語兒，妳醒來！」

一個大男人的哭喊聲讓肖正軒心中一動。這個林家小弟對妹妹是真的不錯，有個真心關心她的哥哥，看來，她的命比自己的命要好。

肖正軒拉了拉林桑。「她沒事，只是高燒過後睡了。」

林桑睜大眼睛，不相信似地看著肖正軒。「肖二哥，你說我妹妹沒死？」

肖正軒用力點點頭。「嗯，沒死。」

林桑又哭又笑。「是你救了我妹妹？」

肖正軒搖搖頭。「不全是，她先救了自己。」

林桑以為他是謙虛，於是感激地說：「謝謝肖二哥救了我妹妹，林桑無以為報，先給你磕個頭吧！」

肖正軒立即拉住他。

「不用。我走了，當心她半夜再發燒。」

林桑感激涕零。「我會的。大夫來過了？」

肖正軒指指藥罐子說：「這裡放了藥，明天煮。」

# 第二十二章

林語悠悠醒來時已是第二天上午。她睜開眼睛看到林桑坐在床邊打盹，立即叫了聲。「哥哥。」

林桑立即驚醒，看到終於沒事的妹妹喜出望外。「語兒，醒了？太好了，妳沒事了。嚇死哥哥了，妳怎麼會被蛇咬呢？菜園裡怎麼會有蛇？」

林語沒接他的話，只朝他笑笑說：「哥哥，我要上廁所，你扶著我去一下。」

林桑慌忙說：「哥哥給妳拿桶子來。」

等林語吃過飯，林桑又問她。「妹妹，妳是怎麼回事？昨天看到肖二哥趴在妳旁邊，嚇壞我了！他說妳被七步倒咬了，我以為……」

昨天那呆子最後還守著她？

怕林桑難過，林語安慰他說：「哥哥不用難過，我已沒事了。昨天我去後山河邊採藥，不小心被蛇咬了，正好碰到肖家二哥去打獵回來，立即幫我把血放了，又找了許多草藥幫我敷了，然後把我帶回來，還煮了藥給我喝。」

聽說是肖呆子救了自己妹妹，自己差點誤會他，林桑心中極難為情。「以後可得好好感謝肖二哥，要是沒有他，哥哥怕是見不著妹妹了。」

林語想起肖正軒得喝藥，怕林桑覺得有什麼不好，於是她又說：「是肖二哥用嘴幫我把毒吸出來的，這蛇太厲害，如果不把毒清出來，肯定會沒命，他自己可能也中了毒。哥哥，一會兒你煮好藥後，記得叫他來喝一大碗，這種藥最少要喝個三天。」

林桑也不管妹妹為什麼知道這麼多，聽林語說肖二為了救妹妹，竟然自己幫她吸毒，內心感動萬分，立即答應。「行，哥哥這就去！」

肖然兒一進院子，立即掙扎著要下來。肖正軒把她放到地上，她立即就往屋子裡跑。「姊姊、姊姊！」

林語在床上聽到小丫頭的聲音，立即說：「小然兒，姊姊在這兒。」

當然兒跑進屋的時候，林語發現小姑娘氣色好了不少，人也乾淨了不少。只是衣服、梳妝等看起來就是不舒服，看來這些真不是男人的強項。

小然兒怯怯地看著坐在床上朝她笑的林語，又叫了聲。「姊姊……」

林語朝她招招手。「上來。」

小傢伙轉身看看肖正軒，再看看林語，拉著他的手往床前走。「爹爹，姊姊，上去。」

肖正軒覺得不合適，正猶豫著，林語笑笑說：「讓她上來陪我說說話，我好無聊。」

小然兒老老實實地坐在林語身邊，指著她腫起的腳說：「姊姊，痛痛！」

林語笑著安撫她。「姊姊不痛。然兒坐好，姊姊給妳梳頭髮。」

轉身拿過窗臺上的梳子，她找到了兩根上次給林福弄石頭用的紅繩，輕輕給然兒梳起頭髮來。

肖正軒喝過藥進來時，眼前正是這樣一幅溫馨的畫面。然兒乖乖坐在林家妹妹身前，一隻沖天的小羊角辮上綁著好看的紅頭繩，一雙玉手正在然兒的頭頂上翻飛。

這畫面讓肖正軒有了錯覺，那床上坐的不似兩個陌生人，倒像是一對親暱的母女，雖然這做娘的還小了點。

林桑見肖正軒站著發呆，他立即擺了凳子讓他坐在房間的門外，說：「肖二哥，你坐坐。」

肖正軒搖搖頭。「孩子放這兒，我去打獵。」

林桑立即點頭。「行，我在家你只管去。小然兒很可愛，她也很乖，肖二哥放心去好了。」

晚上，林桑烤了肖正軒打回來的兔子、又燒了兩道蔬菜，留下父女倆吃過後才送他們離開。小然兒走時，不捨地叫著。「姊姊，姊姊……」

林語親了她幾下，才拍拍她的小手笑著說：「然兒乖乖跟爹爹回家，明天再來陪姊姊玩。」

有了這承諾，然兒這才乖乖讓肖正軒抱著回家。

林語叫過林桑坐在床邊。「哥哥，今天的生意沒做吧？」

林桑點點頭說：「就送了十里香兩板豆腐乾。」

林語嘆息說：「哥哥，都是我拖累你了。光兩板豆腐的生意可不夠過日子，這十里香的生意還是太小了。」

林桑無奈地說：「靠山屯原本就只有這麼幾百戶人家，又是以種地為主，這個地方太偏也沒有什麼商賈來往，能掙點銀子花算是很好的了。」

林語想了想又說：「哥哥，我還會兩種豆腐乾做菜的法子，你借紙筆來，拿到十里香去，看他們能不能多訂些我們的豆腐乾做菜。」

林桑擔心地問：「要是用豆腐做菜沒人吃怎麼辦？」

林語想了一下才說：「哥哥，到時候你帶上櫃子裡半碗黃黃的東西，我會在單子上說明怎麼用。」

第二天上午，等林桑借來紙筆後，林語仔細想了一下前世吃過用豆腐乾做的料理，最後寫了一道辣子雞丁、一道五香肉絲，交給林桑拿去。

第三天，林桑喜孜孜地回來了，高興地說：「妹妹，成了！十里香的掌櫃說了，以後最少每天訂四板豆腐乾，臨時要的時候再派人來拿。」

林語看著開心的林桑說：「哥哥，明天你就可去做生意了，我也可以扶著凳子動動，不用你天天在家陪著我。再說肖二哥家的小然兒會過來，有她跟我玩就行了。」

這兩天，小丫頭都賴在這裡不捨得走，肖正軒每天出去打獵，家裡天天不是吃兔子就是山雞湯，妹妹的臉色也紅潤起來，林桑終於放心了。「行，那哥哥現在就去揀豆子下水了。」

林桑正坐在院子裡揀著豆子，門外突然有人叫門。「有沒有人在家？」

聽到叫聲，林桑趕緊開門叫道：「嬤嬤，怎麼來了？」

一見到林桑，林張氏氣勢洶洶地說：「我怎麼來了？我要是還不來，你們就把林家的臉都丟到天邊去了！」

他們什麼時候丟了林家的臉？林桑不解地說：「嬤嬤，這麼說是什麼意思？」

隨後而來的大伯娘陰陽怪氣地說：「什麼意思？得問你那親妹子做了什麼好事！」

「語兒做了什麼不好的事，讓妳們這麼生氣？」林桑愣了。

林張氏怒目而視。「什麼事？你還問我什麼事？一個未嫁的大姑娘竟然去勾引一個呆子！這難道是好事？」

林桑立即解釋。「嬤嬤，妳聽哪個亂嚼舌根的？妹妹什麼時候去勾引男人了？不是這樣一回事，妳別聽人亂說！」

「不是這麼一回事？你以為不是就不是了？這外面都傳遍了，說咱們林家的女兒被人退了親越發不要臉了，竟然想男人想瘋了，去勾引一個呆子！你們不要臉，可我們還要臉，林家還有這麼多閨女未嫁呢！」林張氏破口大罵。

林桑一聽，立即抄起一根扁擔說：「這是哪個造的謠？我跟他拚了！語兒那天採藥被蛇咬了，是肖家二哥碰上了把她救了回來，怎麼就成勾引男子了？」

林張氏這才知道是這麼回事，可她今天是還有別的打算，於是強自說：「我不管是怎麼回事，讓你們兩個住著我實在是不放心，一會兒我讓你大伯和三叔來接你們回老屋，三丫頭以後不到出嫁就不要出門。」

這是想關她禁閉不成？

沒等她多想，隨後跟著進了門的林江氏涼涼地說：「要出嫁也要有人家要呀！本來名聲就不好，現在這個樣子，怕是更難找人家了。」

林三嬸這句話讓老實的林桑難過極了。「語兒要是真找不到人家，我就養她一輩子，用不著別人來操心！」

自己的妹妹有什麼過錯？她這幾天被蛇咬了，明明都躺在床上，可還有人要編排她的是非，他們兄妹到底得罪誰了？

林張氏一聽大怒。「什麼？你養她一輩子？我看你是越大越蠢了！你是不是想讓族人出面把她給配了，好讓我林家一個姑娘白白送了人！你想都不要想，我告訴你，趕緊收拾好，我一會兒讓人來接！」

聽到轉身而去的林張氏的囂張，林語拄著枴杖到了門前，她輕聲喚林桑。「哥哥……」

養傷已有三、四天，藥又是自己採來的，效果就不用說了。

林桑看到門邊的妹妹大驚。「語兒怎麼跑出來了?妳這腳可不能用力,快,哥抱妳上去。」

林語拿了張凳子坐下。「哥哥,我沒事,這腳已經沒什麼大礙了。你坐,我有事跟你說。」

林桑一臉難過地坐在林語對面,他小心翼翼地問:「語兒,剛才嬤嬤的話妳聽到了?」

林語嗯了一聲。「聽到了。她那麼大的聲音,想要不聽到都難。不過哥哥你別理她,她說叫我們回老屋我們就回老屋了?我們又不是真的沒有親爹,要回也是回林家大院。」

林桑一愣。「難道妳想回林家大院?」

林語瞇了瞇眼,滿臉輕蔑。「哥哥,我不知道嬤嬤這回一定要接我們回老屋是為了什麼,可是我想絕對不會是她所說,我給他們丟人現眼。我在想,會不會還有更大的陰謀在等著我們?」

以林張氏這種無利不起早的性格,林語覺得她被蛇咬都過四天了,突然找上門來,那絕對有陰謀。

林桑一聽,著急了。「那我們怎麼辦?這老屋是真不能回了!回了老屋,那裡大伯、三叔、四叔幾大家子住在左右,還不是由他們說了算?」

林語看林桑真的著急自己這個妹妹,安慰他說:「哥哥,你不要擔心。我們就是不回就對了,任他們怎麼說也不回。」

林桑擔心地問：「要是他們強行把妳帶回去怎麼辦？是別人我還能拚命，可是家人，我是不能動手的，一頂不孝的帽子壓下來，族裡長輩肯定不會放過我們兩人。」

林語的眼睛又眯了眯。這成了她想事的習慣。

林桑不知她看向何方、在想什麼，他沒打斷她，只是覺得這大半年來，這個妹妹已經不一樣了。

半晌，林語才淡笑說：「哥哥，一會兒你只要不同意就行了，一切都看我的，反正我不怕他們。」

林桑不同意地說：「語兒，我是哥哥，保護妳是我應該做的。我怎麼能躲在後面讓妳一個女子出面呢？不可以！」

這個哥哥人是極好，也是個能頂門戶的男子。

只是在女人的戰爭中，他一個嘴笨的男子，哪是林張氏的對手？更何況他要面對的是自己的長輩，就好比前世的她與長官辯論，還沒開口就輸了氣勢。

林語安慰他說：「哥哥，我知道你會保護我，可是這次還是由我自己來解決，你出頭解決不了的。她會拿族裡規矩來壓你，可是我是女孩，如果拚了命不要，你說她還能拿我怎麼樣？」

林桑嚇了一跳。「不！語兒，這可不是能開玩笑的事！」

林語伸手抱住林桑。「哥哥，請你相信，妹妹我還沒活夠……」

「咚咚」，門外又有人敲門，林桑跳了起來。「難道這麼快就來了？」

林語屏住呼吸仔細聽了一下，朝林桑說：「哥哥，可能不是，你去看一下。」

不一會兒，林桑領著四嬸林王氏來了。她一看到林語綁得大大的腳，驚訝地問：「語兒，這到底是怎麼了？」

林語笑笑說：「四嬸，我沒事，只是前幾天被蛇咬了。」

「啊？語兒怎麼會被蛇咬到呢？啊，妳這孩子還算命大，被蛇傷著的人要是沒救得及，可就小命難保了！」林王氏驚魂未定地說。

林桑立即解釋。「那天語兒在河邊採草藥被蛇咬了，好在當時碰上肖家二哥經過，及時救了她。」

林王氏恍然大悟。「原來是這麼回事呀？現在的人真愛編排人家大姑娘，上午我去前邊買肉，聽到人家議論說語兒勾引肖家呆子，這些人真不地道！」

林語笑笑說：「四嬸，嘴上兩塊皮，由人說東西。別人要怎麼說，我們也沒辦法管得住，他們愛說就去吧！妳今天來有什麼事？」

林王氏一正色，然後朝門口看看，壓低聲音才說：「語兒，四嬸提醒妳，多多注意妳嬤嬤。前天晚上，妳爹爹去她房裡談了半天，昨天妳大姑又來了，我雖然瞭解得不是很全面，但我想是跟妳嫁人有關。」

林王氏一句話讓林語恍然大悟。怪不得嬤嬤無論如何都要她回老屋，原來在等著她呢！

她立即陷入沈思。

林檔生為什麼急著要她嫁人？嬤嬤又想得到什麼好處？大姑扮演了什麼角色？

林桑一聽林王氏的話，氣得怒目而吼。「四嬸，他們怎麼能這麼狠心？語兒不是林家女兒嗎？竟要偷偷給她配人家？她哪點不如人了？雖然說婚姻應當由長輩作主，可我們已分家了，長兄如父，以後語兒的親事應當由我作主，為什麼他們還要插一腳？我放棄了林家的田產難道還不夠嗎？是不是非得逼得我們兄妹走上絕路？」

林王氏從來沒有看到這個老實的大姪子這麼生氣過，她安慰說：「具體的事情，四嬸也不瞭解。你嬤嬤最信的也只有你大伯娘，我只能給你們提醒，你們自己防備著就行了。現在生氣也沒有用，桑兒要想想辦法怎麼解決這事。」

林語聽了林王氏的話，真心地說：「謝謝四嬸了。妳給我提的這個醒太有用了，我和哥哥會好好想辦法的。四嬸，我就不留人了，嬤嬤說一會兒會叫人來呢！」

林王氏立即會意地起了身。「我家裡還有事呢，是得走了。桑兒、語兒好好想辦法，千萬不要出事。」

林桑把林王氏送走後，還沒歇口氣，門外就人聲鼎沸。林語知道是林家人來了，她示意說：「哥哥，你把我抱到門外的椅子上坐著，把我枕頭邊的小布包拿來再去開門。」

# 第二十三章

不知道妹妹的包袱裡有什麼，但林桑依言而行。

等林語坐好後，林桑才開門。人還沒進來，林張氏的聲音就傳來了。「怎麼著，你們以為關了門不讓我們進來就行了？」

林語等眾人走到面前，笑了。「今天這麼多長輩來看語兒？我可真謝謝嬸嬸、伯伯們的好意，我腿腳不便，就不站起來迎接了。」

幾位男性長輩看著林語的腿，很驚訝。林語笑笑。「嚇到叔叔伯伯了？姪女兒這條腿基本上不大有用了，你們不用怕，死是死不了，只是以後怕是有可能要拖著腿走路。不過這七步倒太厲害了，好在肖家二哥路過救了我一命，要不然就不是腿沒用這點小事，而是再也見不到我家這麼多親人了。」

雖然林語說得風輕雲淡，可是聽在眾人耳裡卻猶如炸雷。

林姜氏不信地問：「語丫頭，妳的腿真有事？」

林桑在一邊不滿地說：「大伯娘，妳以為我們想它有事？被七步倒咬到的人，還有幾個有命在的？妹妹能撿回一條命已算大幸了，江大夫看過之後都連稱她命大。」

江大夫是鎮上最好的大夫，而且是胡家的遠親，不可能不說實話。聽說第二天林桑就把他請來，特意給林語看過了。

其實江大夫當時確實說過林語命大，只是這條腿以後會有毛病。

大伯林裡生問林張氏。「娘，妳說怎麼辦？」

林梅在一邊不忍地接嘴。「接回去也沒人要。」

林張氏很猶豫。這人要是殘了，大女兒的大伯哥家怕是不同意了，雖然他家那孩子不出色，可畢竟不殘啊！

林江氏也看看婆婆，示意地說：「娘，大姊那怕是……」

可是二十兩銀子的聘禮……二兒子說了，這個女兒的禮金以後都歸林張氏，不用她置辦嫁妝，其他的由他來辦，要求的就是一個月內把她給嫁了。

雖然不知道兒子為什麼這麼急，可銀子畢竟太重要了。只是現在人這樣了，這男家會出二十兩嗎？怕是十兩也不會出的！

要是不讓男家知道呢？林張氏心裡一動。不讓他們知道不就行了？再說現在只是被蛇咬了，又不是已經看到她殘了！

有了主意，林張氏立即說：「什麼這個那個的，都是自家的孩子，哪能說她腿不好就不要了？你們還算不算她的親人？老大，幫著桑哥兒收拾東西，老大媳婦、老三媳婦，妳們扶著語兒走！」

林桑一聽林張氏自作主張，立即大喝一聲。「慢著！你們說是我們的親人，我不能否認，但是請父老鄉親們評評理，是不是每家每戶的長輩還能干涉已經分門立戶的子輩家中瑣事？」

看熱鬧的人群中有人輕笑起來，恥笑聲此起彼伏，林張氏被人恥笑得惱羞成怒。「我們林家自己的事，關你們屁事！」

被她罵的，有人不服氣了。「這已經不單單是你們林家一家的事了，這事可得讓族裡出來說話才行。不過也真沒看過妳這樣做長輩的，要是家家長輩都做得妳這樣，這世道可就真的可笑了！」

林姜氏見婆婆的臉色被旁人的話堵得通紅，她岔開話題喝問林桑。「桑哥兒，你可不要不知好歹！嬤嬤看在你們倆孤苦無依的分上，讓大夥兒來接你們，哪是在干涉你們自家事？我們都是一家人，一家人的事當然得一塊兒商議了，你還囉嗦這麼多做什麼？」

林桑對上次大伯娘給妹妹臉色很不高興，現在她竟然還顛倒是非，他臉一沈。「我不知道大伯娘在說什麼。既然知道我倆孤苦無依，難道是我們自己真的沒有親爹親娘？要你們這些個叔伯來接回去？妳這不是打我親爹的臉嗎？」

眼見親娘被堂兄嗆得無話可說，一旁的林梅哼了一聲。「我說大哥三姊，你們真的是不知好歹，這麼多人來接你們是給你們面子！別以為你們有多重要，要不是嬤嬤答應了大姑家把──」

林梅的話還沒有說完，林姜氏臉色大變，大喝一聲。「住嘴！這裡哪輪得上妳這孩子來多嘴！」

明明自己是想幫忙，林梅被娘親一喝罵，她越想越難過，眼一紅腳一跺。「我還不是看妳被人說得臉面無存？我就不知道你們湊個什麼勁，她回不回、嫁不嫁的與我們家何干！」

林張氏臉色大急，一巴掌就搧了過去。「妳個死丫頭，胡說八道什麼？妳要再胡說八道，我打爛妳的嘴！」

「我姊姊可沒亂說！嬤嬤，妳跟大姑就是說好了，要把林語堂姊嫁過去，好接銀子，昨天我跟姊姊都聽見了。」林梅的親弟林海急著幫姊姊說話。

啊？原來是這麼回事？兩兄妹都自己分家過日子大半年了，這林家老人在他們出來時沒說一句公道話，現在這時候來接，原來是有原因的呀！

林語實在不想與這狠毒的老太婆多說，看著一院子的親人，她冷笑著說：「我的親事還輪不到你們作主。要嫁人，我親爹還沒死；如果他要我嫁人，請他自己來說。不過麻煩給他傳個話，我是林家二房嫡長女，如果他要給我定人家，聘禮不得少於王家給林柔的，我的嫁妝要高她一倍，畢竟我才是正經的林家女！如果他要認我們回去，就讓他把這些寫下來。」

林張氏氣得眼冒金光。「什麼？比柔兒嫁妝還要高一倍？妳以為妳是金枝玉葉？我來接妳是看得起妳，要是妳不聽我的，我包妳嫁不出去！」

「我嫁不出去？妳確信？」看著院邊的肖正軒，林語突然想打賭。

林家嬤嬤從沒有看過哪家閨女沒有長輩的議親能出嫁，所以她完全不相信林語會有人要。她以一種藐視的眼神看著林語說：「我還真不信了，要是妳嫁得出去，這輩子我都不找妳了！」

林語直盯著她說：「您老人家可是一言九鼎的人，我相信妳說話算話！」

林張氏被孫女兒一激，覺得她看輕了自己，於是呸了下。「妳伯伯叔叔都在，妳要真能在一個月內嫁了，我再管妳，我就不是人！」

「好！嬤嬤不愧是當家作主的人，相信妳這一堆子孫後代也會認同妳的話。我想大伯與叔叔不會有意見吧？」

「哼！」

「哼！」

換來的是幾聲輕視。

林語含笑恭維了老太太，理也不理那幾個所謂的叔伯們。說完，她朝站在遠處的肖正軒招招手。「肖二哥，你過來。」

肖正軒默默走近，林語笑嘻嘻指著林張氏對他說：「這老太婆說我不聽她的，她要讓我這一輩子都嫁不出去。不過說實話，我還真想嫁一次呢！呆子，要不你娶我？」

林語話一落，肖正軒愣住了。他沒想到她真的大膽至此，一個女子親口說要嫁給一個男人，這不是大膽是什麼？

林張氏清醒過來，立即怪叫。「妳說什麼？妳這個不要臉的女子，竟然求著男子娶了妳，而且還是一個窮呆子！妳真把我們林家人的臉都丟光了！」

林語朝林張氏怒喝一聲。「閉嘴！我與我哥哥早已自立門戶，再要多嘴，小心我一刀子割了妳！」

不管林張氏是被嚇了，還是不敢開口了，林語繼續問：「呆子，這老太婆非說我嫁不出去呢，給不給個機會讓我嘗嘗嫁人的滋味？如果你覺得為難，那就明天嫁後天休！」

這一句更似驚雷，炸得全場人發呆。這是個什麼樣的女子？這是林家的閨女嗎？

肖正軒怔怔地看著她。

沒人知道他在想什麼，許久，他似乎下了重大決定似地說了一個字。「好。」

林語感激地笑著伸出了手。「一言為定！」

「一言為定。」

林桑急忙喊了聲。「語兒……」

林語認真地看著林桑說：「哥哥，你說了我的婚姻一定隨我的意。嬤嬤不是說我嫁不出去嗎？我就嫁給她看看！只要嫁了，她的話就成屁話了。嫁什麼人並不重要，重要的是我自己願意嫁的人。」

肖正軒心中翻騰起來。她願意嫁的人？難道她真的願意嫁給自己？這個女孩子很特別，自己要不要試試？

林張氏一時被林語氣得倒了地，林裡生趕緊扶著她說：「娘，兒子早就跟妳說了，別去摻和老二家的事。他也不是安什麼好心，他連自己的親閨女都可以不要，要個拖油瓶，妳還來湊什麼熱鬧？」

林姜氏不認同地說：「這怎麼叫湊熱鬧？娘是她的親祖母，管也是正經的！」

被個姪女輕視的林裡生覺得太沒臉面，狠狠瞪了她一眼，吼了聲。「就是妳這個女人好事！要不是妳鼓動娘，她也不會這麼上心！還不給我滾回去！」

林姜氏被林裡生罵得面紅耳赤，兩個人馬上就要吵起來，林語揚聲說：「肖二哥，這院子裡哪來這麼多烏鴉？吵死了！你快回去準備吧，訂個日子我們好成親！」

肖正軒再次肯定地說：「好。」然後轉身離去。

# 第二十四章

林梅見林語罵他們是烏鴉，尖叫著說：「哼，嫁個呆子還得意什麼？要是我呀，恨不得鑽到地下去呢！妳還好意思坐在這裡洋洋得意！」

林語冷冷看了她一眼說：「看不慣就滾，這裡沒人請你們來。嫁個呆子怎麼了？就憑妳，呆子還不要妳呢！」

林梅畢竟是一個十三歲的小姑娘，聽到嫁人二字，小臉一紅。「我才不嫁給呆子呢！」

林語冷冷地說：「趕緊回去想辦法吧，省得妳嬷嬷賣我不成，想法子把妳賣了！」

林姜氏聞言，臉色大變。婆婆可是得了大姑家大伯的定銀的，今天這林語沒接成，這事還沒完！

而林張氏想的不一樣。孫女嫁給肖二呆她可不管，但是老二說了林語的聘禮銀子歸她呢，於是她大手一揮。「在這裡吵什麼？這肖家呆子要娶我的孫女，找肖家要彩禮去！」

林語看著眾人離去的背影直想笑。這林家老太婆想銀子想瘋了！

想起肖大娘的厲害，她嘴角不禁翹了起來。不知道兩強相遇，鹿死誰手？

等眾人都去了，林桑難過地看著林語問：「語兒，妳真的要嫁給肖二哥？」

林語看出了林桑的擔心與焦慮，但是她沒有解釋什麼，只是真心問他。「哥哥，你真的願意養語兒一輩子嗎？」

林桑聽林語這麼問，有點生氣地說：「妳是我唯一的妹妹，我不養妳誰養妳？以後可不許問這麼傻的問題。」

林桑是個老實人，他不懂如何說動聽的話，只是把心中的想法說了出來。

可是他說出這樣的話，林語非常感動。都說親兄弟明算帳，親兄妹就更不用說了。其實她並沒有打算拖累林桑一輩子，只是不想讓他跟林氏家族起衝突，有的事她看得開，可林桑作為古代人，卻不可能看得開。

林語等他說完。「哥哥別生氣，語兒不會不相信你。我之所以這樣做，就是因為仗著哥哥可以養我，才讓嬤嬤他們一眾人死了這條借我發財的心。哥哥也知道，我沒什麼特別喜歡的人，那嫁給哪個男人還不是一樣？其實相公對我怎麼樣，我真的無所謂，有哥哥疼我就好了。只是嫁給肖二哥更好，他也沒有娶媳婦的打算，我不會為難他，就當他幫我一次。成親前，你讓他寫好休書，只要有個成親的過程，那樣林家長輩也沒法找碴，我就可以沒有麻煩地和哥哥一塊兒過日子了。」

林桑對於這麼好的妹妹被長輩們逼得嫁給一個呆子，心中還是不能接受，聽了妹妹這理智的話，他心酸地說：「那樣妳就成了個下堂婦了。」

林語邊安慰他邊問：「哥哥，族規裡有規定下堂婦一定要再嫁的嗎？」

林桑一愣，立即明白妹妹的意思，他更心疼得無以復加。「可是，妳怎麼能這樣年輕就孤獨地過一輩子呢？」

林語故意打趣地說：「我怎麼會孤獨呢？改天哥哥娶個嫂子進來，多生幾個小姪兒小姪女的，我們家不就有很多人了嗎？」

林桑臉一紅。「人都不知道在哪個角落呢，生什麼孩子！」

林語認真地說：「哥哥，你可要給我找個好嫂子，我要跟你們過一輩子的，要是找個會掐尖的女子進來，你以後日子就難過了。」

林桑被妹妹的話說到了內心。他暗想，確實，為了以後的安穩日子，他得好好打算。見林桑發愣，林語接著又問出了擔心。「哥哥，你說要是嬤嬤要不到肖家的聘禮，會不會再弄出什麼么蛾子？」

她肯定肖大娘那連給兒子孫女做衣服的銀子都捨不得的人，是不可能給林家嬤嬤什麼聘禮的。

林桑擔憂地說：「就怕她弄到族裡去，長輩一定要干涉小輩的事我們也沒地方伸冤。」

林語若有所失地問：「哥哥是說，如果族裡出面，我們自己還沒法決定嗎？」

林桑點點頭。「族裡總是顧著長輩的。」

林語又問：「族裡的族長爺爺說的話才管用吧？」

林桑老實地說：「雖然不能完全管用，但大部分還是會聽的。難道語兒有什麼好辦法不成？」

林語頓時笑了。「那就行。哥哥，你說我們要是給族長爺爺一個大大的好處，他會不會幫我們說話？」

林桑一愣，隨即不解地問：「給族長爺爺大大的好處？那他當然會替我們說話了。可是族長爺爺家雖然不是什麼大戶人家，但比起我們來要強多了，我們能給他什麼好處呢？」

林語這幾天想了許多發財之路，記得這裡的冬季時間長，一年大約冷四個月左右，而民以食為天，這個世界還沒有發明溫室，她要是弄個豆芽出來，在這大冬天裡不怕不受歡迎。

想好之後，林語附在林桑耳邊說了許久，最後又交代。「哥哥，你一會兒去找族長爺爺，一定要按我說的這樣說。你說他如果願意和我們一塊兒做的話，一個冬天弄個二、三十兩銀子不成問題。」

林桑一聽，心中大喜。「語兒放心，要是妳說的這辦法真有用處，那族長爺爺一定有興趣！我去了。」

不說林家小院子兩兄妹已開始為自己謀劃，單說此時肖家大院，林張氏帶著幾個媳婦到了肖家大門口，大聲嚷嚷著。「肖李氏，妳給我出來！」

肖李氏正在打瞌睡，剛才林家小院子裡的事，她睡著了不知道，所以當林張氏找上門來時，她莫名其妙。

肖李氏打著呵欠走出來問道：「哎喲，是林家嬸子？哪陣風把妳給吹來了！」

林張氏一聲譏諷。「妳別當成什麼事也不知道的樣子！妳家老二做的好事，把我林家一個好好的姑娘給糟蹋了！」

「什麼？我家老二？糟蹋妳家姑娘？妳家哪個姑娘，我記得嬸子的女兒十幾年前都嫁了，還有什麼姑娘讓我兒子來糟蹋！難道老林叔從外面給妳領了一個進來不成？」肖李氏聞言故意怪叫起來。

一句話就被肖李氏抓住把柄，林張氏氣憤地說：「我林家只有兩個姑娘嗎？小一輩裡姑娘多著呢！妳家傻子糟蹋的就是我老二家的大姑娘林語！」

雖然沒有完全弄明白林家嬸子跑到家裡來發飆的原因，可肖李氏從來就不是一盞省油的燈。剛睡醒、還有點迷糊的她故意瞪大雙眼，奇怪地問：「妳家老二家的大姑娘，就是那個被王家退親的大姑娘？老嬸子確定沒找錯人？您年紀大了真的老糊塗了，她關我家什麼事？讓嬸子在我家院子裡大喊大叫的？可別壞了我家孩子的名聲！」

肖李氏幾句話讓林張氏氣得差點昏過去，這外面都傳得這麼風風雨雨，她肖李氏還當成一事不知的樣子，真會裝！

林張氏正想發火，林姜氏擔心婆婆把事情弄糟，急忙假笑著說：「肖大嫂，剛才妳家老二說要娶我們家語兒呢！現在外面都在傳，說妳家老二天天纏著我家語丫頭，有一天人家還看到他揹著她回來呢，可不是我們林家趕著往你們肖家嫁。」

「什麼？我家老二纏你們家姑娘？呸，妳不知道我家的那個是個呆的呀？他會知道纏姑娘？就是要纏，怕也是妳家姑娘纏我家兒子吧？難道妳家的也是個不正常的？」肖李氏呸一聲，口水差點濺在林姜氏的臉上，嚇得她急忙後退一步。

林江氏看大嫂被肖李氏弄得很難堪，她打圓場說：「肖大嫂，現在不管是哪個纏哪個了，反正妳家老二說要娶我家姪女兒呢！這都要成親家了，有的事也就不要再說了，省得以後成了親戚不好見面。今天我娘過來，主要是來談談聘禮的。」

肖李氏雙眼一瞪。「聘禮？什麼聘禮？我這做娘的可沒有要娶你們家姑娘做兒媳婦，妳從哪兒談什麼聘禮？你們家一個被退了親的姑娘，有沒有什麼毛病我都不知道，能隨隨便便娶進門？再說就她那小胳膊小腿的，娶進來又多了一個光會吃不會做的人，我能讓她進門？」

林江氏臉一紅。「可是妳家老二答應娶她了，不信妳去問問。」

肖李氏不相信地睨了林江氏一眼，才對著角落的房子叫著。「老二、老二，你給我滾出來！」

肖正軒正在籌劃著要怎麼辦這場喜事，也許自己這輩子就只成這一回親，假也好真也罷，成全自己一個心願。聽到肖李氏的叫喊，他放下手中的炭筆，抱著女兒走了出來。「娘，妳找我？」

肖李氏指著林張氏一夥人問：「他們說你要娶林家那被退了親的閨女？是不是真的？」

肖正軒吐了一個字。「是。」

肖李氏一聽兒子的回答，立即大叫。「是？你要娶媳婦，我做娘的竟然都不知道？你長本事了啊？竟敢自作主張娶媳婦！你一個呆子弄個小的要我們養不說，還想再弄個人來吃閒飯？再說這院子這麼小，娶進來住哪裡？」

林張氏立即責問：「什麼吃閒飯？我們養了十幾年的人給了你們，還敢說她吃閒飯？這院子都是妳兒子買回來的，他娶媳婦竟然說沒地方住？妳是他的親娘嗎？」

肖李氏臉色都不變一下。「呸，我肖家的事關你們林家屁事？你們要是不想嫁就不要嫁，反正我們也沒想著要娶。」

肖正軒實在聽不得肖李氏這麼看輕林語，於是再度強調。「要娶！」

林張氏聞言，心情舒暢得大笑起來。「看吧看吧，這可不是我們一定要嫁的，妳還是少在這裡唧歪什麼，趕緊準備銀子送來吧，趁我高興，興許還能給她湊個一、兩抬嫁妝。」

肖李氏知道這個兒子倔得要命，就算心裡很惱火，可也不想當著林家人的面教訓兒子。於是她冷冷地問：「那妳打算要多少銀子的聘禮？」

林張氏洋洋得意。「看在都是老鄰舍的分上，我就不要多了，給二十兩吧！」

「二十兩？」肖李氏輕蔑地說：「我勸妳老還是去搶銀樓吧，那裡二十兩不成問題。我家簡陋無茶待客，妳等請回吧！」

林張氏臉一沈。「看來妳是給臉不要臉了？二十兩銀子送一個大姑娘給妳，妳還嫌貴了？好，那就走著瞧！我要是讓妳家那個呆子娶到了我家孫女，我就不姓張！」

肖李氏大笑一聲。「我知道妳本事大，妳有這能耐的！」

看著林家人離去的嘴臉，肖李氏雖然嘴裡占了上風，心底卻如臨大敵。她關心的不是林家姑娘嫁不嫁的問題，而是這倔兒子要娶林家姑娘進來，家裡又多了人，屋子不是更擠了嗎？

不行！現在老二住的是一間雜物間，要是他成親的話，他會不會要求住自己的上房？要是不給，可會讓人說閒話，要是給了，自己住哪兒？

他那間？那哪是人住的地方，最好的辦法就是打消他娶親的念頭！

想到此，肖李氏頓時有了主意。

不說林語把難題扔給肖正軒，到了晚上，她讓林桑幫她打水洗漱之後，就早早上了床。她覺得今天太累了，跟一幫極品親戚鬥智，雖然費不了她的腦細胞，可也損了她的體力。

只是不知肖呆子回了家後，那肖大娘會如何對他……

而此時她擔心的肖呆子，被一家人圍在飯桌邊。肖李氏一臉不滿地對肖老爹說：「老頭子，你也說說老二這孩子，一聲不響就自己定下了林檔生家的大姑娘，這可是被王家退過親的人，這合適嗎？」

肖老爹聽了老太婆的話一愣，他不相信地看向肖正軒問：「老二，你要娶林家那大姑娘？」

肖正軒認真點了點頭。「嗯。」

畢竟是自己的親生兒子，肖老爹皺著眉想了想，說：「也對，你一個大男人帶著個女兒也不濟事，能娶個媳婦進來，生個兒子也能養老，確實是得給你娶個人進來。」

肖李氏見老頭子沒明白她的意思，立即懊惱地瞪了他一眼才說：「雖然你說的對，可家裡情況你也知道，要娶個媳婦進來，住哪裡？」

提到屋子的問題，肖老五一聽急了。「二哥，我不管你定下誰，房間我可不跟你換回去了！」

肖老四瞥了他一眼。「那可本來就是二哥換給你的，二哥要娶親了，你不換難道我來換不成？」

肖老五臉一拉嘴一翹。「反正換給我了就是我的！我不管！」

見老四與老五爭執起來了，肖李氏雙眼一瞪，看著肖老五說：「別說些有的沒的，你要讀書，當然要一間好點的房間了，沒人說要換你的。現在要說的是老二要娶林家大姑娘的事。今天下午，林家老太婆竟敢上門來要二十兩銀子的聘禮，她這是獅子開口不嫌嘴大，一個被退了親的女子，有人要已經不錯了。」

肖正軒聽肖李氏這麼輕視林語，臉色一沈，冷冷地說：「退親又不是她的錯。」

肖三嫂是個見風使舵的人，她看肖李氏被二伯這個呆子頂得有點懊惱，立即附和肖李氏的話。「哎喲，二哥對林家妹子這麼瞭解呀？外面好多人都在傳說是她勾引你呢，難道這是真的？」

肖李氏聽了怒道：「什麼？是這麼回事啊？就這樣一個不要臉的女子嫁進來，這林家還敢來要聘禮？這還真是不要臉到極點了！這樣的女子咱們不能要，這事就算沒說過！」

# 第二十五章

肖李氏心中一怒，立即把兒子那點固執忽略了。

「要娶。我只要娶她，任何人我都不要！」肖正軒冷冷看了三弟媳婦一眼。表面看起來還算知趣的人，真瞭解了才知道她這麼會見風使舵。

肖李氏見兒子這麼固執，生氣地對肖老爹說：「老頭子，你幫著勸勸這孩子，要真弄個愛惹是非的女子進門，這家裡可就沒得安寧了。再說老二本身就是個呆呆的樣子，那樣的媳婦他能管得住？」

肖大嫂更不想這二叔子成家，現在他一個月交給肖李氏的銀子可不少，自家男人只會在地裡刨食，少了這銀子，兩個孩子就沒得上學堂了。

於是肖大嫂扯了扯自己相公，可肖正兵是個老實人，當年弟弟頂了自己上戰場，他還是有點難為情，因此沒有理肖劉氏。

肖大嫂因自家相公就是不開口，憋不住了。「二弟，大嫂覺得娘說的有道理，你這樣子又嚇人，年紀又大，這真要是娶個風騷的女子進門，那不是等於給自己找頂綠帽子戴嗎？」

「她不是這樣的人。」肖正軒冷冷掃了大嫂一眼。這個大嫂似是真的關心他，可是她心裡打的算盤怕不是這個吧？

肖李氏氣極地說：「你說她不是這樣的人就不是這樣的人了？這親都還沒說成了，你這就開始護起她來了？我看不是狐媚子還是個什麼？我說了算，不娶了！」

肖正軒臉色再次一沈，倔著說：「就娶她！」

肖老爹見一家人要鬧僵，於是試探著問：「老二，你娘可是有經驗的人，她說不好肯定就是不好，你就不能聽聽你娘的意見？要不還是讓她好好給你找一個姑娘再說吧？」

「不用。就她。」

「你——還翻天了！娘的話都可以不聽，你到底想幹什麼？」肖李氏見大家給他說了這麼多，這兒子是油鹽不進，也火了。

「我只娶她！」肖正軒再三強調。

肖李氏脹紅著臉說：「好，你要娶自己去娶好了！別指望我拿出一分銀子來！更不會給你準備什麼，你就娶來住你現在那地方好了，以後不管出了什麼事都不要來找我！」

「好，我住到老房子裡去。」肖正軒聽了親人的話，心中再次揪疼起來。林家兄妹那種親情，為什麼自己就享受不到呢？

肖老爹為難地說：「老二，那屋子都倒得只剩一間半了，怎麼還能住人？」

肖正軒淡淡掃了眾兄弟一眼。「我修修。」

肖老三立即搶著說：「二哥，我可沒空幫你，我跟大哥要忙著田裡的事呢！」

肖老四、肖老五也馬上說：「二哥，我們都要讀書呢，可沒工夫幫你弄那破爛屋子！」

肖老大過意不去，遲緩地說：「老二，我——」

還沒等肖老大說出來，肖大嫂立即說：「二弟，你也知道家裡這十幾畝地，最主要的還是靠你大哥去管，所以他更沒空了。」

肖老爹皺皺眉頭說：「這時也不是農忙的時候，哪裡就忙不過來呢？」

肖劉氏立即說：「爹，您又不是不知道，現在地裡的玉米正是長草的時候，要不天天去看看，等草長起來了，可就搶了玉米的肥了。那可是全家能吃飽肚子的口糧呀，雖然不是穀子，可這東西也少不了！」

肖正軒聽得有點心酸，心灰意冷地說：「不用你們幫了，我自己來。」

肖大嫂這時提出了最重要的問題。「二弟，雖然你成親後住在老房子裡，我們可不是分家喔！」

肖李氏立即會意。「分什麼家？我們老的還沒死呢！就是不等我死，也得讓老五成親後再說。」

肖正軒知道她們的意思，心中冰冷。他冷冷地說：「我打獵換來的銀子，一個月交五兩。」

肖李氏立即說：「你那裡多了個人吃飯呢，要是在這兒一塊兒吃，一個月交七兩才夠用！」

肖正軒怔怔看著肖李氏不說話，肖李氏雙眼一瞪。「你這樣看著我做什麼？我是你娘，難道找你要點孝敬銀子都不行？」

肖正軒更加失望，慢慢吐出話來。「行。在我還活在妳眼前的時候，我會給妳。」

肖老爹看著兒子一臉悲愴的樣子，立即有意見了。他沈著臉對肖李氏說：「老太婆，老二是個老實的人，就算他沒其他孩子聰明，可也是咱們自己生的，不能這樣不顧他。」

肖李氏被肖老爹說得一愣，明白肖老爹是怪她沒有把這兒子照顧好，於是她立即裝出一臉委屈，大哭起來。「我這不是故意為難他嗎？因為我就是不想林家那閨女進門來，可他這副死樣子，非娶不可，我能不生氣？只要他答應不娶林家女子，我絕對不要他一個月交七兩銀子……」

肖正軒看著哭哭啼啼的娘親，最後說了句。「我不會讓娘拿不到銀子，但是請娘也別去為難林妹子，娶她是我心甘情願做的事。」

呆兒子竟然會為了林家女子警告她，肖李氏臉色越加陰沈起來。她暗中打定主意，以後不會從自己手中漏出一粒糧食給這個不孝子！

第二天一早，肖正軒帶著女兒到了林語家。她笑著問：「你家翻天了吧？」

肖正軒不解。「什麼？」

林語格格直笑。「我嬤嬤不是追到你家要聘禮銀子嗎？你娘可是個捨得出銀子的人？是不是一家人都來勸你不要娶我了？」

看著林語的笑臉，肖正軒心中輕鬆起來。聽她說完，他詫異地問：「妳怎麼知道？」

林語更樂了。「你娘會捨得出銀子給你成親？我可不是背後說她壞話，她每天那麼大嗓門的嚷嚷，我可聽得不少喔！」說著指指牆根。

肖正軒尷尬笑笑。「她是不願出。」

林語輕鬆地說：「沒事，咱們不興那一套，你放心，我不會讓你負責的。我這不也是賭一口氣？老太婆竟然說我嫁不出去，我就嫁給她看看！小然兒是不是？人爭一口氣嘛！」

「是！姊姊，爭氣！」

「嘿嘿，小然兒才是我的知音。妳怎麼就不是個男孩呢？要不然我就跟妳成親了。」林語捏著剛剛長點肉的小臉。

肖正軒雖然知道她是為了逃脫被長輩逼親，只是沒有想到，她竟然真的把成親當兒戲。是真的灑脫還是真的不懂？

自己的一生能成這麼一次親，是不是也很有意思？

想到此，肖正軒認真地告訴林語。「林語，我是認真的。既然答應了娶妳，我就會讓妳有個嫁人的模樣，也不會讓人看輕妳。」

林語感動地說：「呆子，你不是早就跟我說了你不成親的嗎？怎麼現在變成認真了？你一定是怕我難過吧？你還真是個好人，以後我會好好感謝你的。不過你也不用擔心，我說了不會讓你為難的，今天娶明天休，這話算數。還有就是，這次花了多少銀子，我會還給你的。」

林語這種親兄弟明算帳的態度讓肖正軒有點鬱悶。他可沒打算真的今天娶明天休，雖然心中有顧慮，可還是想真的娶她，至於為什麼，他想，他一定是想享受一下她與她兄長之間的溫情吧？

雖然肖正軒內心知道不應該這麼想，可是那分溫情太吸引人了，他更不知道，以後他還會不會有成親的機會……

其實他們這次親事，到底是誰成全誰，真的無法算清。

見肖正軒沒說什麼，林語不知道他心中所想，她真心地說：「呆子，謝謝你。」

肖正軒還是沒接她的話，他只是怔怔盯著正在為女兒梳頭的林語，看了她好一會兒才說：「家裡不出銀子，不出房子，只給點糧食，我一個月交七兩銀子給他們。」

「什麼？是你娘這麼說的？」林語吃驚地看著他。

肖正軒點點頭。「嗯。」

林語心疼地說：「唉，呆子，你能確定這真是你的親娘？」

肖正軒點了點頭。林語搖著腦袋說：「這世上有這樣的親娘？我真懷疑你是她撿來的。」

肖正軒老實地說：「我也不知道。」

「噗，呆子，你這話說得不呆。確實，對於你是不是撿來的，你可能真的不知道。算了，不再糾結這件事了，他們就吃定了你呆，專門剝削你。不過，你保證一個月掙得到這麼多銀子？要是你掙不到怎麼辦？」林語擔心地問。

聽到林語的問話，肖正軒再次點頭說：「掙得到的，這點妳不用擔心。」

林語拿了棉巾給正在玩紙青蛙的然兒擦了擦手。「小然兒，妳這爹這麼呆，真讓妳吃苦了。他掙的銀子得交給資本家，妳就得挨餓了。以後妳就跟著姊姊混吧，包妳吃香喝辣，省得妳都快四歲的人還瘦得像皮包骨似的。」

小然兒一聽有吃的，立即點頭。「嗯，姊姊，吃香喝辣的！我要吃！」

林語逗著她說：「行，吃沒問題，只是要衛生。小手不可以玩髒東西，妳也不可以睡在地上，更不可以撿地上的東西吃。要是能做到，姊姊就給妳吃香喝辣的。」

小然兒玩著手中的小玩意兒。「我玩這個！」

看著眼前一大一小玩得這麼開心，肖正軒很是高興。他猶豫地對林語說：「妳要不要去看屋子？」

林語一愣。「屋子？你不是說你娘不給你屋子嗎？哪兒來的？」

肖正軒極不自然地說：「肖家老屋。」

林語一翻白眼。「肖家老屋？你要住到那兒去？」

肖正軒認真地說：「我們。」

林語看他說得那麼認真，心裡有一種說不出的感動，這個男人表面呆呆的，可還是一個挺認真的人。她笑著說：「呆子，不必那麼麻煩，成完親你就休了我吧，這樣也不必弄什麼屋子了。」

肖正軒聽她再度提起休妻，心裡明知她並不是真要嫁給他，他也沒有想著娶她，可是聽在耳朵裡，就是有點梗著。

開心迅速消失，他聲音冷了下來。「成親就要有屋子，否則去哪兒拜堂？今天娶明天休，一天妳就成了棄婦，這怕是不行的。」

林語一心和然兒玩，沒在意他的語氣。「這有什麼不行？我嫁我休關別人屁事？要不是這群老太婆多事，我也不會讓你為難。」

見林語如此兒戲，肖正軒心裡有一種說不出的複雜，只是他堅持。「我沒有為難，真的。暫時我還不想如妳所說的休了妳，畢竟人言可畏。」

什麼人言啊？她畏個屁！

林語就算是接受了原主的記憶，但性格還是原來的自己。算了，至於休不休，那是以後的事，要是這呆子一直這樣老實可愛，那就一起先過幾年再說。反正她還小是不？

可是呆子堅持成親要有屋子，林語只得說：「我的腳走路還不行，想去也去不成。還是你先去看看吧，看看要怎麼弄，你拿個主意，我想那兒怕是人也住不得了吧？」

肖正軒點了點頭。「只有一間半了。」

林語想了想，問他：「要請人吧？」

肖正軒又點點頭。林語知道這個性子是不能求他多說幾句的，瞭解情況後，她對小然兒說：「然兒先玩，姊姊去拿點銀子給妳爹請人弄屋子。」

肖正軒聽林語說要給他拿銀子，攔住她說：「不用，我有的！」

說著還從袖子裡拿出一包東西，說：「這是聘禮。」

林語的眼睛睜得跟燈籠一樣大，怔怔看著眼前五個大大的銀錠。「這是聘禮？你還來真的？」

肖正軒看著林語驚訝的樣子，有點不高興。「我沒有想來假的。」

林語有點不安，扶著椅子後退一步。「呆子，我真的只是想請你幫忙。」

肖正軒暗示說：「不真的娶，妳嬤嬤不會相信的，要弄就得弄得像模像樣，太寒酸了也會讓人看笑話的。」

被逼得走到這一步，林語也只得撫額長嘆一口氣。「好吧好吧，呆子我欠你人情欠大了，以後有什麼事要我幫忙，我一定盡力而為。銀子什麼的我留下十兩，讓我哥弄幾抬實用的東西做嫁妝。既然要演真一點，那我得好好配合。」

肖正軒動動嘴，想再說些什麼，最終還是什麼也沒說地出了門。

誰也不知道他心裡想的是什麼，但他還是把銀子留下了。

林語看著那幾錠銀子傻了眼。她找一個呆子幫忙，這步棋走對了嗎？

# 第二十六章

這幾天，肖正軒都去弄房子了，小然兒跟著林語在家裡玩。

她剛睡著，「砰」一聲，堂弟林正跑了進來。「三姊，我跟妳說，嬤嬤和大伯娘她們一堆人來了！」

林語奇怪地問：「她們又跑來做什麼？難道我這小院子就這麼吸引她們？」

林正著急地說：「三姊，她們來一大堆人了，要不妳關緊門不讓她們進來吧。娘說了，嬤嬤她們是要找事的。」

見這小堂弟著急了，林語想了一下，說：「正弟，你去鎮上把你大堂哥叫回來，還有到森伯家把福子哥也叫來。」

林福的爹在族裡也算是有說話分量的人物，這林柳氏表面一直做得像個賢妻良母，對外都說是他們兄妹不受教，今天她要借林福那俠義的性子作個見證。

也許不一定有用，但未雨綢繆是林語的打算。

林正聽到林語的吩咐，立即轉身撒腿就跑。「三姊，妳不要讓嬤嬤知道是我來告訴妳的喔。」

林語立即說：「你去吧，我不會說的。下午我給你做好吃的。」

林正止住腳步，悄悄地喊：「三姊，妳給我炸臭豆腐吃！」

林正走沒多久，林老太婆果然帶著幾個媳婦衝了進來。「語丫頭，聽說肖家請了媒婆上門來了，聘禮有沒有送來？」

林語的腳已經能走路了，只是不能使力而已，走起路來一拐一拐的。她搬著凳子坐在門邊朝她們笑笑。「嬤嬤來了？要不在這兒坐坐？家裡沒茶葉，就不請妳們喝茶了。」

林張氏厭惡地說：「我問妳話呢！怎麼這麼沒教養？」

林語朝林柳氏笑笑說：「爹娘早死無調教，這不說的就是我？」

林柳氏臉色一沈，可還是忍住沒說。今天這死老太婆非得讓她來，就是好有底氣要肖家的聘禮。

林張氏被林語一句話差點噎著。「妳這個孩子怎麼這樣不受教呢？妳爹妳娘好好活著，妳作為女兒怎麼敢罵他們？這是大逆不道！」

「喔？我有爹有娘？那嬤嬤怎麼說我沒教養？這教養孩子的事，不是父母的責任嗎？我沒教養，那不是沒爹娘又是為的什麼？」林語一臉無所謂地說。

林張氏看孫女這樣一副不受教的樣子，心中更來氣了。「再沒有教養也要知道，這麼多長輩來了，應該請坐倒茶，妳看看妳像個什麼樣子，沒大沒小，也只有肖家這樣的呆子才會要妳！」

林語抬了抬左腿，一臉羞愧的樣子說：「嬤嬤，孫女這點教養還是有的。看著這麼一大幫的長輩來看我，實在是太給我面子了。孫女受傷才幾天，妳們三番五次來看我，左鄰右舍都說這林家的長輩就是厚道。只是孫女這腿不爭氣，扶著凳子走都還困難，要不妳在這兒等著，孫女給妳端凳子去？」

被孫女一羞辱，林張氏終於有點不好意思了，但她不是個會服軟的人，更何況是在小輩面前？

她強詞奪理說：「雖然我們不是來看妳的傷的，但我們是來關心妳的終身大事，難道終身大事比不過這點小傷不成？」

林語沒理林張氏的話，只顧自語自言似地說：「是呀，真是點小傷呢！七步倒呀七步倒，要是變成一步倒不就好了嗎？哪裡還用得著我嬤嬤來操心我的終身大事，直接操心後事不就成了嗎？」

林語話中的意思是，林家長輩把銀子看得比她的命還重要。雖然事實如此，可這話要是傳出去，林家以後哪個還敢結親？

林張氏氣得老臉通紅，想要發作，可又一想，她來這裡不是跟林語鬥嘴的。她立即轉換話題。「語丫頭，我再問妳一遍，肖家給的聘禮呢？趕緊拿出來，好讓我們幫妳置辦嫁妝去。我們可不是要昧妳的銀子的，要是林家嫁女兒一點嫁妝也沒有，妳就是存心讓林家沒面子。」

把聘禮給她？怕是肉包子打狗，有去無回！

林語冷笑一聲說：「嬤嬤，妳也知道妳這孫女，一是被人退了親的，二是腿殘了，有人願意娶我，幫林家卸了這個包袱，應該感激還來不及呢！哪裡還能讓別人掏聘禮？妳要是娶個這樣的媳婦，妳能掏多少銀子的聘禮？

「我也想給林家面子呢！妳再三告訴孫女，林家是大門大族的上等人家，可上等人家不是賠錢嫁女嗎？這鎮上老少都知道妳是個極疼孫女的人，為了林家的面子，妳還是貼銀子給孫女兒準備十抬嫁妝好了。」

林張氏話沒聽完就跳了起來。「妳說什麼？妳是說肖家一兩銀子也沒給，妳就把自己送給肖家那呆子了？」

林語抬抬腳說：「像我現在這樣的，有人娶已是大恩大德了，不把自己這個負擔送給肖二哥混口飯吃，難道嬤嬤還能給我找一個柔妹那樣的人家？給五十兩銀子的聘禮不成？」

來之前一直被娘親告誡不許多言的林柔，聽到林語點名，一臉不屑。「哼，不要說妳殘了，就是妳以前好好的，妳娘給妳找好了人家，人家還是會來退親，就更不要說妳這樣了！跟我比，妳拿什麼比？」

林語一副笑咪咪的樣子說：「我沒比呀？這不，我可有自知之明，配不上人家我就乾脆不要聘禮了，難道還不行嗎？而且還是我趕著讓別人娶的，都說一朝被蛇咬、十年怕草繩，我怕別人又花盡心思來搶我的未婚夫。」

「妳！妳亂說什麼？肖家的呆子哪個會要，還不是只有妳這個沒人要的女人才會搶著要！慶哥哥退妳的親事要娶我，那是妳沒本事，妳有什麼好氣的！」林柔被一個搶字弄得面紅耳赤。

林語眯著眼看了林柔好一會兒，突然大笑起來。「搶得好搶得妙！要不是腿不方便，我得給妳鄭重道個謝。而且我希望妳搶得值，更希望妳以後能笑得出來。」

林柔一愣，隨即滿臉不屑地說：「哼！慶哥哥對我很好的，這點不用妳操心。妳還是操心一下妳自己，嫁給一個呆子會不會餓死。要是實在活不下去了，到我家來討點剩飯吧，總比到酒樓邊去撿來吃的好！」

林語嘿嘿冷笑。「到時要討飯的還不知道是哪個呢！」

剛剛跟進來的林清聽林語輕視他姊姊，他指著林語的鼻子說：「妳敢說我姊姊？哼，妳這個沒人要的女人，等我考上了舉人，我要妳好看！」

林語雙眼一挑，臉色一凜。「喔？考上舉人？那可是大大的官了！天啊，我好害怕！不過，看在咱們同姓林的分上，我祝你早日達成所願。」

林柳氏被林語的表情嚇了一跳。林語是在她跟前長大的，從來沒有過如此嚇人的表情。

「清兒住口！娘是怎麼教你的？要尊老愛小，難道你沒學過？滾下去，這裡輪不到你來插嘴！」

林張氏笑咪咪說：「乖孫子說的對，等你考上了舉人之後，讓這沒良心的丫頭討飯去！林家把她養這麼大，竟然一兩銀子也沒要來就白給了人家，真是個沒用的東西，還是我的乖孫才有用。」

林語眯著眼看著這癡人說夢的祖孫倆，暗道：本來不想對付你的，看來同樣的種子結不同樣的果……我就看你是怎麼考舉人的！

林檔生從來沒有仔細看過女兒的樣子，只是他今天帶著小兒子來找娘，剛一進門看到的就是林語，他想這死丫頭一定是在打什麼壞主意，於是喝斥她。「妳是怎麼當大姊的？弟弟這麼小，說兩句，妳還要嚇唬他？要是嚇出事來，妳給我小心！」

見兒子來了，林張氏指著林語說：「你快來管管你這個不要臉的女兒，倒貼著趕著嫁個呆子！」

林檔生根本就不樂意多跟林語說什麼，只是礙於娘親，只得說：「娘，妳就不要管她了，她這丟人現眼的東西，早就不是我的女兒了。我只有柔兒和清兒兩個孩子。對於他們，就當我沒生過！」

林語淡淡掃了林檔生一眼。都說虎毒不食子，這個男人為了個女人，連親生骨肉都可以不認。

好，丟人現眼是嗎？我讓你好好看看，是什麼人丟人現眼！

林柔得意地朝她示威說：「哪個叫妳做這麼不要臉的事？這下知道被親爹不認的滋味了吧？就算是被慶哥哥退了親，爹爹也沒有怪妳，可妳倒好，要不就上吊，要不就趕著讓人娶。爹爹要是認了妳，以後在這鎮子上都抬不起頭來呢！」

林清也朝她示威說：「我告訴妳，我可不是說說的，以後會有妳好看的！竟然敢說我姊姊的不好，還敢丟林家的臉面，我饒不了妳！」

饒不了她？就憑他？未來的「舉人」老爺？

一絲不屑從林語臉上一閃而過。

林福不知道堂妹叫他來做什麼，可是他進門就看到一大幫長輩在欺負林語一個弱女子，不禁皺眉頭。「怎麼會這樣呢？這些個叔叔嬸嬸們，一直不都是挺和善的嗎？」

他進了院子靠近林語，故意大聲叫她。「語妹，今天這麼多人來看妳呀？五嬤嬤，大嬸、二嬸……檔生叔，你們今天好難得呀！語妹，妳的腿有沒有好一點？」

林家眾人正在想著如何逼林語把聘禮拿出來，自己逼是一回事，可讓族親知道又是一回事。眾人立刻沈默起來。

見這群既想做婊子又想立牌坊的人，林語假裝擦臉。「是福子哥來了？怎麼又來看我呀，我腿快好了，你不用擔心。前兩天森伯娘讓你送了那麼多雞蛋來，我都還沒有去謝過她呢！一會兒帶幾塊豆腐乾回家，算是語兒的一點心意。」

林福立即難為情地揮手。「不用，不用！娘說常吃妳的東西，就拿了幾個雞蛋，妳還要客氣的話，她真的要難為情了。」

看到林福這時進來，林張氏不客氣地問：「福子，你有事沒事跑這兒來做什麼？」

林福朝她笑笑說：「五嬤嬤，我不是沒事，是我娘叫我來看一下語妹的腿有沒有好一點。她本來想自己來看她的，這家裡走不脫，就只能叫孫兒過來看了。」

林張氏也顧不得林語是故意下她的臉，嘴裡輕哼了一聲。「你娘倒是個會做人情的，不嫌死丫頭丟人現眼還拿雞蛋來看她。叫了這麼多年的孀子孀子的，她拿過幾個雞蛋來看過我？去去去，今天我們到這兒來有正事呢，你別有事沒事地進來摻和。」

林福被這林張氏不要臉的說法噎得張口結舌。「五嬸嬸……」

正在這時，林桑跑回來了，他人還沒有進門就叫著。「語兒，族長爺爺來看妳了！」

族長？

族長怎麼跑到這破院子裡來了？

# 第二十七章

「族長爺爺，您看您還來得真巧呢！桑兒早就跟你說過了，我嬤嬤和長輩們可關心語兒了吧？你看他們一大堆人都過來看我們呢。」林桑一臉笑意地跟林家族長林宗明解釋著。

林宗明看著一院子神色怪異的男男女女，心中很是詫異。雖然知道這堂弟一家都不是好東西，可他身為族長，還是得有自己的架式。

想到此，他朝林張氏笑了笑。「啊呀，今天可真趕巧了。你們這些長輩對小輩可真不錯，知道自家的人受了傷，這都一塊兒來看林語這丫頭了，小丫頭，妳可得知道感恩呀！」

林語故意嬌笑著。「族長爺爺，您老也過來看孫女兒？我真不敢當。嬤嬤、伯伯叔叔得知孫女兒要出嫁了，說要幫孫女兒置辦十抬嫁妝呢，你說有這樣的長輩，孫女兒是不是真是好命？」

以林張氏為首的林家眾人臉色一變。他們是讓她拿出聘禮來為她置辦嫁妝才對！

林宗明可知道這林張氏是個一毛不拔的女人，要她拿銀子出來給林語做嫁妝？除非太陽從西邊出來！

他笑著瞪了林語一眼。「做長輩的給小輩置辦嫁妝，也是合情合理的。妳是林家的嫡女，要十抬嫁妝也不為過。趕明兒族爺爺我也給妳添對腳盆當嫁妝，也算是我和妳伯婆的一點心意。」

林張氏被族長這一添妝，老臉總算紅了。

看著林張氏那比狗屎還臭的臉色，林語極過癮。

不過，林語見族長來添一筆，難為情地道謝。「謝族爺爺的盛情。」

林檔生聽著族長與林語的對話，心裡的氣更盛了。

可這是族長面前，他還不敢放肆。

林檔生紅著臉上前來見禮，心裡狐疑：為什麼他會來看這個死丫頭？莫不是爹娘去跟族裡說過不成？

他疑惑地看了林張氏一眼，林張氏也莫名其妙，看兒子看自己，以為是要她來圓場，立即一臉討好地說：「族長怎麼有空到這兒來了？」

林宗明笑著說：「我去桑哥兒那兒買豆腐乾，聽說這丫頭被蛇咬了，我想著來看看兩個小傢伙的日子過得怎麼樣。檔生，今天你總算知道來看看孩子了，你上次的事做得可不夠好呀，就算孩子有什麼過分的舉動，你也不能不認他們呀！」

林檔生羞得滿臉通紅，有點懊惱又不得不辯解說：「族長，是小姪這對子女太不爭氣了！」

「喔？真的是這樣呀？」族長似笑非笑地看向林檔生。

看相公受族長指責，林柳氏立即檢討。「族長，要怪也只怪姪媳沒做好，當時，相公也是被桑兒氣的，才一氣之下把他們給趕出去。上次來接過這兩孩子回來，可是他們說這裡沒人管自由，不同意回來。」

林張氏立即說：「這事我知道。還是跟妳三弟媳婦一塊兒過來的，是這小丫頭因為慚愧，不願意回去呢！我這兒媳婦可是個慈善的人，小丫頭不願意回去，還特意把她親娘留給她的首飾送過來。」

林宗明對於自家這幾個堂兄弟、旁姪什麼的，還是很瞭解的，特別是這林張氏，是個雁過拔毛（注）的人。

但他來的目的不是找堂弟一家的不是。為了打破尷尬，林宗明哈哈大笑。「好呀，林家有如此賢婦真值得稱讚呀！不過他們倆都已經立戶了，兩人也成年了，我看不回去就不回去吧，反正都是林家人。」

族長發了話，林張氏也不敢說什麼。她也就是隻紙老虎，只敢在小輩面前撒潑耍賴，可在這堂堂的族長面前，她可沒本事。

眾人見族長來了，都各自朝他打了招呼離去。林福朝林語眨眨眼後，笑了笑跟著大家一塊兒走了。

林宗明接過林桑倒來的涼茶，喝了一口，坐在凳子上問：「語丫頭，這就是妳的涼茶？」

林語笑著點點頭說：「族長爺爺，你要是喝得慣，有空每天來我這兒喝上一大碗。這東

注：雁過拔毛，大雁飛過都要伸手拔幾根毛，比喻凡是過手的事都要得些好處，絕不輕易放過。

西性涼，夏秋季節適當地喝點，晚上會睡得好。」

林宗明驚喜地問：「喔，有這好處？小丫頭從哪裡知道這些的？」

林語笑笑說：「小孫女除了採點草藥，也不愛出門，再加上病了幾個月，就找了幾本書看。後來江大夫來診脈時也會常常問他，我就學會了。」

林宗明哈哈大笑。「真是個聰明的孩子！前不久妳讓妳哥來找我的那事，真的做得成？」

林語睜大清澈的雙眼說：「族長爺爺，你不相信我和哥哥？」

林宗明臉一紅。「哪有不相信的？只是好奇罷了。」

林語認真地說：「族長爺爺，其實這也是巧合，有一次孫女怕哥哥泡多的豆子凍壞，就把它們放在炕上。哪知才一天我就把這事給忘了，等孫女兒想起來時，它們就長成一大堆豆芽了。」

林宗明高興地問：「真有此事？」

林桑早與林語套好了話，趕緊說：「族長爺爺，那天我可把妹妹笑了一陣。我說妳哪是讓我做豆腐，存心是讓我賣豆芽呢！」

林宗明知道林桑這孩子實在，於是大手一拍。「行，桑哥兒、語丫頭，再過上一個半月，這東西就可以開始秧了，到時候我們一塊兒幹！」

林桑趕緊說：「那行，姪孫兒會找人把箱子做好。」

林宗明大手一揮。「要做什麼樣的你說好了，這東西我找人做。你這兒做動靜太大，別讓人學去了，要不然就不值錢了。」

林語立即拍馬屁。「族長爺爺就是有頭腦！」

林宗明正色地問：「小丫頭，我知道妳哥來找我的目的，不過爺爺可是真心問妳，真要嫁給肖家的呆子？」

林語立即認真起來。「族長爺爺，你也知道孫女經歷過什麼。我是一朝被蛇咬、十年怕草繩，要是再碰上一個這樣無情的人，孫女兒就真的活不成了！嫁給肖二哥，他人雖然呆了點，可是養活我是不成問題，也不會欺負我，您說是不是？」

林宗明認真看了林語一眼，說：「好，既然如此，那爺爺我就為妳作一次主，讓妳如願嫁人。」

林語感激地說：「謝謝族長爺爺，孫女兒就知道你是最開明的人。」

林宗明臉皮扯了扯，嚴肅地問：「聽說妳答應他今天娶明天休都可以？」

林語苦笑著說：「族長爺爺，你也知道他是個呆的，要是真的過不下去，我是會想法子跟他和離，但絕不會給族裡添笑話。」

林宗明只說了句。「記住妳說的話。」

林語看著族長離開的背影，暗道：真是一隻老狐狸！既想要銀子又不想要麻煩，只是如何才不會讓族裡眾人說閒話呢？

族長走後，林桑有點不安地問：「語兒，到時候妳有把握肖二哥真的會同意和離？」

那個男人，不是她想像的那樣呆。

林語笑著打趣。「哥哥，我們這還未成親呢，你就真的等著我和離了？」

林桑臉色一紅。「哥哥覺得讓妳真的嫁給肖二哥的話，心裡很不舒服。我的妹妹，不是什麼人都配得上的。」

林語安慰著林桑。「哥哥，只有林家長輩不再上門來鬧事，我們以後的日子才會過得安心。」

林桑苦澀地說：「妹妹用這法子來對付嬷嬷，真的苦了妳了。」

和平才有發展，這小院裡，林家長輩每天像逛菜市場似地來回，心裡煩死了，還有工夫掙銀子？

在林語的心中，這沒什麼好辛苦的，不就是找肖呆子演一場戲嗎？有什麼可辛苦的？

馬上就要進入八月了，有了族長的護駕，林語這便宜嬷嬷倒是沒來鬧事了，只是昨天她那裝長輩的大姑，走到她這裡來說了一大通。

她狠狠罵林語。「妳這個不知道好歹的死丫頭！我那大伯哥家的兒子雖然人傻瓜了點，可是配妳這個沒人要的強得多了，家裡二十來畝地呢，妳真是個沒有好命的死丫頭！」

林家大姑這一通話，把林語的臉氣歪了。

她對這林大姑更沒什麼好臉色。「既然這麼好，林家又不止我一個孫女兒，我是不知好歹的人，那大姑再讓嬤嬤配一個有好命的姪女給他不就成了？一樣也不會失去了大姑的發財路。我確實是個不知好歹的丫頭，大姑您請吧，找個知好歹的丫頭去！」

「好，別以為妳不嫁我家柱子，他就真娶不上媳婦了！嫁個呆子還這麼得意，我就等著妳討飯的那一天！」

「看我討飯的那一天？只怕妳討飯了，我都不用去討飯呢！我看妳還是多想辦法把哪個姪女嫁給婆家的傻姪兒吧，否則掙不到這筆銀子，一家大小真要去討飯了。」

對付這樣的極品，就得比她更極品。以賤治賤，那才是對症下藥。

看著林大姑那一臉憤怒離開，林語心裡覺得極度舒暢。

林家長輩不來搗蛋，林語心情很好，先是安排林桑做好秧豆芽的準備，另一面，她又託林桑買了幾塊布回來，為自己做了幾套新衣，包括了嫁衣，就這樣忙碌起來了。

她想，就算不是真成親，也是人生第一次，所以不能委屈了自己。

除了自己的衣服外，還有肖呆子的衣服。林語覺得他身上的衣服就跟塊破布差不多，要不是洗得還算乾淨，人家會以為他是個叫化子呢！

林語想起這個大男人的窮酸樣，心裡就有點不舒服。

終於，腿上的腫消了，林語早早起來，試著動了動腿，看看沒什麼大礙，就準備把院子門外掃乾淨。

一開門，一個人猛地衝了進來。「語兒，妳有沒有怎麼樣？」

林語心中厭煩地暗道：她這院子裡都出了這麼多事，他都沒來，她還以為自己的計劃失敗了呢！這個人今天怎麼來了？

這段時間為了應付林家人，她把自己報仇的事都忘記了。

林語故意拐著條腿，驚喜地叫了句。「慶哥哥，你來了……」

委屈、驚喜、盼望統統都寫在臉上，一雙淚汪汪的大眼睛，兩滴還在眼眶裡要流未流的淚珠，把王慶看得心疼，恨不得馬上緊緊摟著她在懷裡好好安慰。

王慶安慰說：「語兒不要哭，慶哥哥來了。我送穀子去了府城，昨天晚上才到家，聽說妳的事，我差點半夜就來看妳了。」

林語低下頭，然後緩緩抬起一張含著兩滴淚的笑臉說：「慶哥哥，語兒差點見不到你了……」

王慶一聽，上前就要摟她，林語故意後退一步說：「慶哥哥不要！萬一讓人看到了，你會有麻煩的。」

王慶立即止住動作，緊張地問：「語兒，昨天晚上我聽珍兒說，妳與肖家呆子訂親了？這是不是真的？」

林語委屈地點點頭。「是真的。」

王慶差點大叫起來，想起自己那未定的事，急得上前抓住她的手臂問：「為什麼？語兒，妳為什麼要跟個呆子訂親？我不是說了我會來娶妳進門的嗎？」

林語故意「哎喲」一聲。「慶哥哥，你抓痛我了……」

王慶立即放了手。「妳為什麼不相信我？」

林語咬了咬牙，然後用袖子擦了一下臉，哽咽地說：「慶哥哥，你走了這麼久都沒有來看語兒，我以為你不要我了……我被蛇咬之後，是肖二哥救了我，本來沒事，可是不知為什麼街上到處傳，說我勾引肖二哥。」

「難道就因為這樣，妳就嫁給他？」梨花帶雨的臉看得王慶更加生氣。

林語不斷搖搖頭說：「不是的，不是這樣！慶哥哥，我怎麼會想嫁給一個呆子呢？那是實在沒辦法了呀！那天，我嬤嬤帶一大幫人來說要接我回老屋，攔也攔不住，還說我不回去，就讓叔叔伯伯綁了我回去。我很害怕，不明白為什麼她非得如此，還是後來有人告訴我，我爹娘頭一天晚上去找了她，然後她就來接我了。」

王慶不解地問：「接妳回去也沒關係呀！」

林語悲傷地說：「慶哥哥，你是想不到的，我嬤嬤哪是想接我回去？她是想接我回去配人了！說我大姑給我找好了一家人，願意出二十兩銀子的聘禮，不要嫁妝，但必須馬上就嫁。」

「什麼？有這回事？」王慶大驚。

林語難過地說：「我不願意離開這兒，更不願意嫁。我嬤嬤就說我不回去，就讓我一個月內嫁了，否則就讓我去姑子廟，一輩子不得還俗……」

這下，王慶心裡明白林家嬤嬤為什麼急著讓她嫁人了，怕是林家岳父起了作用！

他知道他家上次去談親事的時候，林柔的娘親就說了，長女未嫁，怕別人說閒話。可是他沒在意，因為林柔的肚子等不得，要急的是林家而不是王家。

可他萬萬沒有想到林家會逼林語先嫁。原來，林家打的是這樣的算盤！

林柳氏妳厲害，妳用這一招，以為就能把我與語兒拆散？

# 第二十八章

想到是自己逼得心上人要嫁給一個呆子，王慶非常後悔地說：「語兒，慶哥哥捨不得妳嫁給呆子呀，我不能沒有妳的。」

林語也裝出一臉癡迷的樣子，看著王慶說：「慶哥哥，語兒也捨不得你。語兒之所以每天做小生意，就是想掙點銀子，好跟你過日子，我們自己有了銀子，也省得你找妹妹要去。哪知人算不如天算，不得已我只有選個呆子嫁了，這樣我還可以在心裡偷偷地想你。」

王慶看林語那一臉哭得梨花帶雨的樣子，心如刀割。他雖然不是個癡情種子，可也是個愛附庸風雅的人，特別是林語近來的改變讓他心癢癢的。

林語覺得時機到了，要種點什麼種子下去了。於是她再度輕哭。「慶哥哥，你以後不要再想語兒了……是語兒負了你，不能跟你相守一生、深情到老。其實我知道，我會變成現在這個樣子，是我娘關心我妹妹的原因。可是我不怪她，更不怪我妹妹，世上哪有不自私的人呢？你也不要怪柔兒，以後你們一定要開開心心地過日子……」

王慶一聽林語的話，心中立即對林柳氏產生了厭惡。如果不是她一再說長女不嫁，林柔也不能嫁的話，林語也不會被她嬷嬷想法子逼著嫁人了。

林柔再好也是粗俗的，她哪裡作得出語兒那種詩詞來？

眼見王慶面露厲色，看來以後王家有戲看了，林柔可得好好演呀！

「慶哥哥，你千萬別難過，柔妹真的是個好女子，她又是真心實意地想嫁進王家，以後她一定是個聽話的好媳婦。她帶那麼多的嫁妝進門，以後王家的日子只會越過越好。」

聽了林語的話，王慶似乎頓悟過來，點點頭說：「林語，我明白妳的意思了。」

如今確實已無法挽回了，一切只有從長計議。

林語故意驚慌地說：「慶哥哥，語兒沒有什麼別的意思。我希望你以後過得好，那樣我心裡就不會放不下了。我知道，柔妹年紀輕，還不大懂得照顧人，我只是想、只是想……」

聽了林語故意裝出無所謂的話，王慶心裡美滋滋的，沒等她說完，他就接上說：「語兒，妳不用說，慶哥哥心裡明白妳的意思。這次是慶哥哥失算了，讓她們母女把妳算計了。妳放心，我不會就此放棄的！」

她淚珠盈眶、雙唇顫動。「慶哥哥……」

王慶打定主意後交代林語。「語兒，妳別難過了。妳等著，慶哥哥不會不管妳的。以後等我安排好了一切，妳就與肖呆子和離了吧！他反正呆呆的，妳防著他點，不要讓他近妳的身，我會盡力安排好一切。不過，這事不能太著急。」

呸！林語暗罵了一句。看來一時還不能跟呆子和離了，他還是我的一堵牆呢！

王慶這一攪和，林語連掃地的興致都沒了。她覺得看到王慶就衰死了，一大早跑來讓她演了一早上的戲，累死人了。

王慶離去後，林語也無趣，無聊地坐在凳子上，有一口沒一口地吃著早餐。

小然兒歡快地跑了進來。「姊姊，看屋子！」

看到小開心果來了，林語的心情總算好起來。

她抱起小然兒坐在腿上，笑著問：「看屋子？妳爹爹把屋子收拾好了？」

小傢伙雞啄米似地連連點頭。「姊姊，屋子好看。」

林語好笑地抱起她。「好，我們一會兒再去看，等姊姊吃好早飯就去。然兒有沒有吃早飯？」

然兒看看桌上的饅頭和鹹菜，嚥了一下口水說：「然兒吃過了。」

林語看到她這想吃又不敢要的樣子，心疼地問：「是不是沒吃飽？」

然兒委屈地說：「哥哥要吃……」

肖正軒正巧走了進來，林語彷彿問自家人一樣地問他。「呆子，你也沒吃飽吧？鍋裡有稀飯，這裡還有饅頭，你拿碗自己盛來吃，我來餵然兒。」

肖家的早飯從來沒有讓他們父女倆吃飽的時候，因為肖李氏說，肖家男人要做重活得燒三餐，所以早上就少吃點，晚上也少吃點，他這不會幹農活的人更要少吃點。

聽到林語的吩咐，肖正軒沒有拒絕。他洗好手盛了飯坐下來，一口稀飯一口饅頭就著鹹菜吃了起來。

林語看著他那狼吞虎嚥的樣子，不禁皺皺眉頭說：「以後你每天都帶然兒來這兒吃早飯，我多煮點。」

肖正軒想也沒想就點了點頭。「嗯。我要吃妳煮的豬油辣椒鹹菜。」

林語睨了他一眼。「你還學會挑食了？這也不是什麼好東西，明天我多做點蘿蔔菜曬了，到時曬成梅乾菜、醃成鹹菜，讓你吃到膩了為止。」

看著林語一臉似無奈、實則開心的樣子，肖正軒扯動嘴角，淡淡笑了。要每天有這樣的菜吃，他想他一輩子怕都不會吃膩的。

他不是沒吃過山珍海味，也不是沒挨過餓，只是覺得林家的豬油炒鹹菜味道最好。

看到肖正軒傻笑的樣子，林語不解地問：「鹹菜就這麼好吃？」

肖正軒滿足地說：「好吃。」

「看妳爹這出息！」林語點著小然兒的額頭。

吃過飯，三人出了門。因為林語的腳沒完全好，肖正軒把她和女兒放在了馬上，牽著馬往鎮外而去。

肖家老屋就在離現在的林家大約一公里的地方，有了老馬的幫助，很快就到了。

林語站在院子外看著修整一新的院子說：「這是你讓人來整的？花了不少銀子吧？」

肖正軒搖搖頭。「不多。只修這麼一小塊，等以後我們住進來了，再修那兒。」

林語看著修繕好的圍牆，說：「那以後得在院牆釘些爛瓦什麼的，這樣小偷什麼的也不容易進來。」

肖正軒立即點頭。「我記住了。」

這會兒，兩個人都沒有想起，他們住不了多久。

四間的屋子只修了兩間，雖然不是太好，但住人還是可以的。林語進了屋子看了看說：「能有兩個睡房就更好了。」

肖正軒立即說：「不用，我睡廳裡。」

林語一聽，放下了心，可又有一點失落。對這種不明的心情，她心中暗暗驚慌。難道她有一點點看上這呆子了？不可能！她一定不會這麼不正常。

恢復正常後，林語吩咐肖正軒。「天氣要冷起來了，呆子，抽空多砍點柴火放在院子裡。你住那廳子的話，還是弄個炕吧，冬日裡太冷了。」

林語的操心讓肖正軒覺得這麼久的辛苦沒有白費。「柴都砍好放在後山了，再曬幾天我就拉回來。廳子裡不用炕，我一個大男人，用不著睡炕的。」

林語過意不去說：「大男人也會冷的。你又不是鐵打的，哪有不怕冷的？要不，在屋內那炕上砌個隔板？」

「再說吧。」

肖正軒的敷衍讓林語突然想起，這樁親事的特殊性。她覺得自己太進入角色了。

紅著臉的林語決定，在嫁妝中多做兩床棉被，就算報答他對她的幫助吧！

再交代肖正軒置辦些家裡平常要用的東西，三個人又回到了鎮上。鎮口的大樹下，林正看到她來了，立即大聲叫了句。「三姊！」

林語詫異地問林正。「正弟，你在做什麼？今天怎麼沒上學堂？」

林正紅著臉說：「三姊，我們在抓蟈蟈兒玩。上學堂真的沒意思，我們就……」

林語知道這傢伙機靈是機靈，卻不是個讀書的料，她笑著說：「正弟不用怕，真不想上學，就跟四嬸說去學個手藝好了。你今天跟誰在這兒玩呢？」

林正為難地說：「三姊，林春哥哥說學藝也很累的，我不想學。反正玩蟈蟈兒也能掙到銀子，所以我們開始學抓蟈蟈兒了。今天我們四個人一塊兒來了，他們都在那兒。」

玩蟈蟈兒也能掙到銀子？這是小小年紀就開始學賭博了？

正想批評堂弟，可隨著林正手指的方向，林語發現那個身影時，頓時雙眉高挑起來、嘴角微微翹起……

林清抬起頭來，看到林語的剎那臉紅了。他朝林語舉起拳頭，示意說：「不許告訴我娘！」

林語笑咪咪地說：「清弟放心，你這也是為了掙銀子不是嗎？我哪會告訴你娘呢？不過，你要是想多掙點銀子，跟正弟來姊姊院子裡玩，我很會玩蟈蟈兒，告訴你們一招必勝技，包你們玩得過別人！」

林正驚喜地問：「三姊，妳說的是不是真的？」

林清不相信地說：「妳會教我？」

林語故作為難地說：「是呀，我怎麼能教你呢？要是你學會了，掙了很多的銀子，你不就會派人把我趕走，讓我去討飯嗎？」

林正急忙保證說：「三姊，清哥不會的，他只是這樣說說的。」

林清驕傲地說：「要是妳能教會我玩蟈蟈兒，那我以後就不逼妳去討飯了。」

哼，小屁孩！跟我鬥？你是不知道我是鬥神出身的！

林語暗笑之後，故作思考了會兒，才說：「行倒是行，畢竟我們就算沒有相處得好，可還是親姊弟，教你一些本事沒什麼。可是我就怕你娘知道了來找事，因為你不上學堂偷偷跑來，所以我還是不能教你們了。」

聽說三姊因為怕二伯娘來鬧事不教他們了，林正失望地說：「三姊，我們不會讓大人發現的。」

林清畢竟只是個十歲出頭的孩子，哪裡知道人心險惡，更不理解什麼叫欲擒故縱。

聽到林正保證，他也趕緊保證說：「我們絕對不會讓大人發現。只要妳教會了我們，要是贏了銀子，我們分妳一些。」

知道利誘了呢？是個好苗子。

又假裝思索了好一會兒，林語彷彿下了重大決定似的。「那好吧，看在銀子的分上，我就教你們好了。以後你們上午抓到蟈蟈兒後，就偷偷溜到我家門口來，你們來之前必須要確定沒人，才可以敲門。」

兩人雙眼頓時亮了起來。要是學會了姊姊的法子，那他們在書院裡會不會所向披靡？

沒等兩人回答，與林正、林清一塊兒玩的兩個孩子也跑過來問：「姊姊，我們能不能也來呀？」

林語故意沈思一會兒才點頭。「想來可以，但是不能讓大人知道。」

兩個孩子保證說：「姊姊妳放心，我們不會一塊兒來的。」

林正機靈地說：「三姊，以後我們來的時候，先在門上敲三下長的，過一會兒再敲六下短的，妳聽到後就來開門。」

林語心中暗暗可惜，這麼個聰明孩子卻不走正路……

看在四嬸的分上，以後她得好好引導他。

聽了林正的話，林語點頭說：「那行，說這麼說定了。你們慢慢找蟈蟈兒，找到了就分頭到我家來，我在家等你們。一會兒讓二呆叔叔去打隻兔子來，姊姊給你們烤兔子肉吃，包你們吃了還想吃。」

四個孩子的眼睛越發明亮。「姊姊，妳要記得給我們開門喔！」

林語發覺肖正軒看自己的眼神有點奇怪，她走遠後才笑著對他說：「我是故意引他們來的。」

肖正軒不解。「為什麼？」

林語淡笑。「林清說，等他長大中了舉人，他就讓人把我趕走，不僅不讓我有好日子過，還要讓我去討飯。為了以後不再被人逼，也不要不得不去討飯，我覺得要做些什麼才成。」

肖正軒這幾天都在外面忙，又不是個愛打聽的人，所以根本不知道這幾天林家院子裡發生的事。聽林語這麼一說，他臉色一沈，凝重地問：「他真的這麼說？」

林語淡淡地說：「不只他這麼說，我那親爹還說，要看我丟人現眼呢！還有我那假妹子說，我是個不要臉的女人，趕著嫁給一個呆子，她笑話我是個沒人要的女人，她搶走王公子是因為我不夠資格。哼，呆子，一個說要讓我以後去討飯，一個又說我不夠資格嫁給王家人，連親爹都嫌我丟人現眼，我應該就讓他們說？我是不是得為自己未來打算點什麼？

「如果只是一個孩子的話還可以算了，可是他生活在這麼一群對我不好的人身邊，就有可能成為現實了。防患於未然的道理我是熟記於心的，明知將來會有危險，我能不管不顧？」

「不能！人不害我，我不害人，既然別人一早就打定主意要讓妳以後不好過，再不做些什麼就是蠢了。不過妳要做就好好地做，做什麼都成，要我幫忙的時候只管開口。」肖正軒清冷地說，好像林語要做的是什麼好事似的。

「嘿嘿，呆子，我發現你現在越來越會說話了呢！對，我要做就一定會做好！」

肖正軒再度強調。「我不呆，只是不愛說話不愛笑而已。」

林語這下樂了。「其實我早就知道你不僅不呆，還比許多人都明白。其實不管呆不呆都沒關係，只要你是你就行了。」

只要是他就行了嗎？這個女子的思維真的異於常人。

想到這兒，肖正軒的嘴角不由得微微扯動了下。

# 第二十九章

媒人送來了吉日，林桑把帖子拿在手中又難過起來。「語兒，我真的不想妳嫁給肖二哥。妳和他過一輩子，那日子太難挨；妳真和他和離，對妳名聲不好，怎麼辦？」

林語真心問他：「哥哥，現在是非得走這一步了，只是這兩種選擇，你想我選哪一種？」

林桑想了想才說：「如果非得這樣，那我還是不想妳真跟他過一輩子。肖二哥配不上妳，年紀大，樣子也不好看，妳真跟他過一輩子，哥哥心裡梗著。」

哥哥關心憂慮的樣子不是假的，林語從來沒有哥哥，現在是真心把他當親人。於是她說：「既然哥哥這麼說，我會找適當機會跟肖二哥說。本來就是求他幫忙的，以後有機會，好好謝謝他就成了。」

林語的話並沒有讓林桑開心起來，他只覺得自己真沒用，讓妹妹被家人逼到了這個分兒上，她的一生幸福怕是難尋了。

看林桑似乎很洩氣，林語坐在他身邊，認真地說：「哥哥，語兒知道你在擔心什麼。其實你真的不要擔心，就算是成過親了，憑你妹妹我這樣的人品相貌，難道找不到一個好男人？」

已經走到這一步了，不走也沒辦法。林桑雖然沒法看得開，但是看著眼前自信滿滿的妹妹，終於露出了一點笑容。「確實，憑我妹妹這樣的品貌，一定能找到一個好男人。」

其實林桑並沒有開心多少，只是他無法解決事情，那他也不能多說什麼。不管如何，家裡族人都在看著這場親事呢，還是按妹妹說的，要做給別人看，也要做得好。

他要讓親爹看看，就算妹妹嫁的男人呆了點，可他還是有能力讓妹妹風風光光地出嫁！

林桑出門前說：「語兒，我訂的十二抬嫁妝都是實用東西，一會兒就讓店鋪裡的人送來，妳到時候仔細看看有沒有殘破的地方。」

林語笑著說：「哥哥放心去吧！福子哥說那天他會帶朋友來幫我送嫁呢！金大嫂也幫我把嫁衣上的繡花弄上去了，一切都不用你擔心。」

看著林桑出門的背影，林語突然想起了什麼。自己的嫁衣是準備好了，肖呆子的新郎服呢？

肖大娘絕對不會插手她與肖二呆的婚事，看來得給他做一套新郎裝了……

林語正在想這事，門外，林正像個小偷似地按約定敲門。「三姊、三姊，妳開門。」

打開門，只見林清與林正兩人低頭站在門口。林正一見她，立即高興地說：「三姊，妳教的那法子太厲害了！昨天我們打得所有同窗都無還手之力！」

林語把他們讓了進來，說：「還知道用成語呢！我說，要是你把這股聰明勁放在讀書上，也許真能考個舉人呢！」

林正一噘嘴。「三姊，那學堂真的很沒勁，我一到那兒就想睡。清哥，你說是不是？」

來了幾次，林清對林語態度好了許多，特別是用她的法子鬥蟈蟈，贏了兩次後，他更是對她佩服極了。

聽到林正問他，立即得意地說：「是這樣的，大姊，我的蟈蟈兒也很厲害，昨天我贏了他們三十八個大錢，今天我又贏了二十幾個。哼，總有一天我要把他們的銀子全部贏回來！」

林語笑著稱讚。「好，有志氣！不過俗話說師傅領進門，修行在個人。要學得好得用心去鑽研，姊姊相信你們以後肯定能打遍鎮上無敵手。」

林正高興地笑了起來。「三姊，到時我給妳發紅錢。」

林清則瞇起眼睛說：「我要成為鎮上第一富！」

林清的眼神讓人忘記這是個才十歲出頭的孩子。

林語即使知道林清長大以後不會是個好東西，可還是有點罪惡感。

特別是對林正，她覺得更不應該，好在孩子還小，嗯，到時候找個機會把他與林清隔開，要不然對不起唯一對她好的四嬸。

兩兄弟見肖正軒抱著孩子進來了，立即招呼一聲就走了，肖正軒問：「成功了？」

林語笑笑。「我只負責種個種子罷了。至於發不發芽，就看他的運氣了。」

肖正軒冷冷地說：「這樣的人不能掉以輕心。他有一個那麼厲害的娘，不可能變得善良。」

林語無所謂地說：「其實他再如何我也不怕，只是因為心裡不爽，才故意教歪他的。柳氏不是以後要靠著他嗎？至於他將來長成大樹還是歪樹，能不能靠得上，反正不關我的事。」

肖正軒有點看不明白這個林家妹妹，看起來瘦瘦弱弱的樣子，可性子倒是極其利索，而且恩怨分明，怎麼會是一個為退親而自殺的人？

他突然對自己的決定有了一絲懷疑。他以後會捨得放棄這樣一個靈巧的女子？

林語見肖正軒又在發呆了，朝他招招手說：「呆子，你來，我幫你做了一身衣服，來試試。那天我只是大概估摸了一下大小，也不知道合適不？要真不合適，我得盡快改改。」

林語這老夫老妻般的招呼讓肖正軒有了錯覺，他抑制內心的複雜情緒，老老實實接過林語給他的衣服，穿了起來。

沒等肖正軒繫好衣帶，林語就轉身打量，再伸手把沒平整的地方拉好，笑嘻嘻地說：「呆子，還別說，你還是個衣架子呢！這粗布衣服穿在你身上，感覺還不錯！嘿嘿，我手藝還不錯吧？你看，這不長不短剛剛好。」

肖正軒想笑又不敢笑出來。她這親暱的動作，讓他臉微紅起來，從來沒有一個人用這種口吻跟他說話，用這種自然的動作和他接觸。

小然兒看到爹爹煥然一新的樣子，拍起小手。「爹爹，好看！姊姊新衣！」

林語好笑地看著臉紅了的大男人，真想問問他，怎麼動不動就臉紅？怕這個呆子不懂幽默，她只好抱起小然兒親了一下。「小傢伙別吃醋，妳也有。」

說著拿起凳子上的另一套新衣給然兒換上。肖正軒看著林語自然熟練的動作，臉上的笑容變得越來越大……

看肖正軒傻傻看著她發笑，林語也臉紅了。「呆子，你這樣看著我做什麼？就許你幫我，我就不能幫幫你了？看看你們父女倆穿得像叫化子似的，現在別人是知道你沒媳婦沒人管，可等我們成親了，不管真假，別人都會認為我不賢慧呢！」

肖正軒只笑不語，就讓她嘮嘮叨叨地說著。他發覺自己越來越喜歡聽她嘮叨……

林語突然想起一件事。「呆子，我差點忘記了，一會兒你趕緊去買塊紅綢緞回來，我得趕緊幫你做一套新郎裝呢！」

肖正軒從懷裡掏出一包東西，說：「我已經買好了，特意過來拿給妳的。」

林語錯怪了肖正軒，她難為情地佯怒。「這都什麼時候了？我看你就沒有做新郎的自覺。」

「我不是……」

「喲！還未成親呢，就開始在一塊兒卿卿我我了？語妹，看不出來呀，妳還真是如別人說的，很會勾引男人呢！」一個尖細的聲音傳進來。

隨在林蘭身後的林杏也跟著笑。「大姊，以前語妹裝得像個大小姐似的，一天到晚鼻孔朝天，以為真的可以嫁進王家呢。這一被王家退親呀，妳看那下賤的本性就露出來了，只是，勾引個呆子也太丟人了吧？」

林語理也不理這對尖酸的姊妹，只是告訴然兒。「小傢伙，姊姊告訴妳，要是咱們家裡突然跑進幾條瘋狗來了，妳可要記得不要看牠們的眼睛，不要看牠們的臉色，因為瘋狗最喜歡逮著人就咬。最好的辦法就是不理會，妳走妳的，牠叫牠的。」

然兒認真點點頭。「嗯，然兒記住了！不理瘋狗。」近來常跟在林語身邊，小然兒進步得很快。

林蘭被林語一句話氣暈了。「語妹，好歹我們也是堂姊妹，妳說我們是狗，那妳是什麼？」

林語把然兒放在凳子上坐好，扭過臉，冷冷地問：「我們是姊妹？妳確定？」

林蘭與林杏從沒見過林語這樣子，看到她冷清的眸子，不由得後退了一步。「妳想做什麼？」

林語哼了聲。「我才要問妳想做什麼？好端端地跑到我家來冷嘲熱諷，妳們還問我想做什麼？」

看這三堂姊的樣子有點嚇人，林梅在身後拉拉兩位姊姊說：「大姊、二姊，還是說正事吧！」

想起嬤嬤的交代，林蘭頓時得意地說：「嬤嬤讓我們來告訴妳，三天後是林柔出嫁的日子，妳這兒我們不會有任何人來，也不必準備酒席。她還說了，妳嫁給了肖呆子就不是林家的人，以後不用來認親戚了。」

「喔？不用認親了？妳確定？」林語冷笑著問。

林梅看大姊似乎說不過林語，厭惡地看了一眼肖正軒父女才說：「嬷嬷說了，林家可沒有這樣一個呆姑爺，怕你們來認親，被人家笑話。」

肖正軒臉色一變。林語扯了扯他的衣袖，說：「妳們的話傳到了，可以滾了。」

林語以為林家眾人就此歇了心思，於是一心準備起婚事來。

那一天她與林柔同嫁，就算自己不是真的嫁，為了面子，她還是做了些準備。

也不知道林張氏從哪兒聽到消息，說肖家送了大筆的聘禮，林語竟然不交給她，當天晚上她沒睡著，第二天一早就氣勢洶洶地上了門。

林王氏看著勢頭不對，立即招手把兒子叫到屋後，讓他從小路去林家小院。

正準備出門辦些必要嫁妝的林語一聽小堂弟的話，伸手給了他十幾個銅錢。「正弟，你趕緊回去，姊姊我知道了。」

林桑臉都黑了。「嬷嬷怎麼可以這樣？不行，我得去趟族長爺爺家。」

看哥哥氣得連臉都黑了，林語心情卻是極好。「哥哥，她愛來就讓她來，這聘禮是女家用來辦嫁妝的東西，我們這銀子不都買了嫁妝嗎？而且今天正好催妝，一會兒讓樓裡的人直接送走好了，她來能做什麼？」

林桑抽抽嘴。妹妹不按牌理出牌已不是一次兩次，就依她了。

林語知道林張氏不見到自己兄妹，決計是不會走的，於是故意磨蹭到下午才回家。一行人有說有笑地到了家門口時，林張氏呼啦從棚裡的凳子上站了起來，三步併作兩步就出來了。看到林桑和肖正軒也在時，立即笑容滿面地說：「哎喲，桑哥兒、語姊兒，你們這一天是到哪兒去了？嬤嬤在你們家門口等了大半天了呢！」

林桑實在看不得自己嬤嬤的嘴臉，沈著臉，一聲也不吭。林語嬌笑著上了前。「嬤嬤來了？孫女真是罪過了，兩天後不是我與肖二哥的大喜日子嗎？昨天大堂姊來告訴孫女，那天林家還有一個拖油瓶要出嫁，說您老人家抽不出空來親孫女這兒主持親事呢！為人子孫應該理解長輩，所以孫女和哥哥就自己作主，請人今天把嫁妝抬到肖家去了。」

「什麼？妳嫁妝都抬到肖家了？」林張氏跳了起來。

林語笑吟吟地說：「按風俗，今天不是催妝的日子嗎？因為日子緊，哥哥說嫁妝直接送肖家算了，省得兩邊跑。」

林張氏臉一沈。「哪有這樣的道理，孫女的嫁妝不經過長輩點頭就直接送走的？老大媳婦，去叫人把嫁妝給我抬回來！」

# 第三十章

聽林張氏讓人把她的嫁妝抬回來，林語頓時笑嘻嘻地問：「嬤嬤，妳是說讓孫女兒悔婚嗎？要是孫女兒這次再退了親事，可就出大名了。這靠山屯方圓幾十里，哪家不知道林家？我嫁不嫁沒什麼，反正名聲早就不好了，只是以後林家的閨女難找人家的話，嬤嬤可別上火喔！」

一句話把林張氏堵住了，當她反應過來林語在挑撥她與眾媳婦間的關係，正要跳起來時，林家眾媳婦卻急了。

林姜氏聽了林語的話，心中暗罵林張氏這死老太婆，女方送出的嫁妝要真讓人抬回來，林家在這靠山屯就真的沒臉面了！老太婆沒了待嫁的女兒，可她還有啊！

沒等其他人開口，林姜氏立即跳了出來。「娘，這可行不通！妳真讓人把嫁妝抬回來，這語丫頭就真嫁不出去了不說，還影響咱家還未定人家的女兒。再說二哥可跟妳說好了，柔丫頭與語丫頭同一天出門，代表著林家那天雙喜臨門呢。二哥說了，就算是為了柔丫頭的婚事，這語丫頭不管嫁什麼人都得嫁。」

林王氏也勸解著。「娘，真要讓語兒壞了柔丫頭的喜事，二哥二嫂可得有話說了，以後妳和爹的養老銀子再去要，怕是難要得到了。」

林張氏知道自己衝動了，於是裝出笑臉，彷彿是位慈祥的祖母關心孫女似地問：「語丫頭，嬤嬤我這是急糊塗了。既然嫁妝送過去，那就算了，嬤嬤我也就不計較妳年輕不懂事了。不過，那置辦嫁妝多餘的銀子呢？」

林語故作不解地問：「嬤嬤，妳給了孫女銀子辦嫁妝？哥哥，嬤嬤是不是把銀子拿到你手上了？」

林桑嚅嚅嘴想發火，可看妹妹一臉老神在在的樣子，他輕吐了一個字。「沒。」

林語朝林張氏耍賴說：「嬤嬤，妳看哥哥騙人。明明妳給了銀子讓他為我辦嫁妝的，都問到面前了，他還說妳沒給銀子，哥哥是不是想落下我的銀子呀？嬤嬤是長輩，要是沒給銀子替孫女置辦嫁妝，怎麼會來問多餘的銀子呢？哥哥的意思是嬤嬤老糊塗了不成？」

林張氏又羞又怒。「語丫頭，妳不要扯東扯西的！我哪有銀子給妳置辦嫁妝，我是說肖家給妳的聘禮銀子，妳把多餘的拿出來！」

「哇……嬤嬤妳好過分呀，孫女兒怎麼說也是姓林，這都要成親了，妳做長輩的不來給孫女添個妝倒罷了，還要搶肖家的聘禮？再說我哪有多餘的銀子？今天下午全都辦成嫁妝送到肖家去了，妳要是不信，去問森伯家的福子哥好了，下午是他帶著人幫我送的。」林語站在門口，看到不遠處有一大堆鄰居指指點點，於是立即哭訴了起來，引來了一大幫人圍觀。

聽了林語的哭訴，有人在人群後嘖嘖笑。「這林家嬤嬤可真說得出口呀！就這種要錢不要臉的家教，以後林家的女子哪個敢娶？」

「是呀，聽說上次是來賣這孫女的，也不知怎的，沒被她賣成。這不，今天又逼得兩個孩子門都不給進了。」

「林家的族裡長輩呢？家風門庭的可別帶壞了樣喔！」

「這林家還真有意思，讓王家退了嫡孫女的親事，然後把假孫女嫁過去，這世上的事真是怪了！」

「哼，還不是為了林家老二那二妻手上的幾兩銀子唄！這人呀為了銀子，看來連骨肉都可以不要。」

林家眾女子被圍觀的人說得面紅耳赤。

金大嫂早就藏在人群後，她跟身邊的大嬸說：「這林家兩兄妹是真可憐呢！妳道這語姊兒為什麼要嫁肖家呆子？」

八卦沒有人不喜歡聽。果然大嬸雙眼亮晶晶地問：「為什麼？我們也在猜呢，這個語姊兒是不是因為讓王家的退親氣傻了？」

金大嫂冷笑兩聲。「哪有這回事？還不是被這林家嬤嬤給逼的！說什麼要接他們兄妹回林家老屋，其實是接了別人的銀子，把她配給一個傻子呢！」

「啊？原來是這麼回事？那還不如嫁給肖家這個呢！雖然人呆了點，但也不傻呀，人還滿勤快的，日子總過得下去。要真嫁給個傻子，一生可真毀了！這世上還有這樣狠心的父母和長輩……」大嬸喟嘆起來。

旁邊的人聽了更是搖頭，嘲笑的聲音越來越大。林張氏終於被人說得老臉通紅。可是臉面值得什麼？銀子才重要！

她惱羞成怒。「妳不要在這裡故意裝聾作啞，我才不相信妳五十兩銀子的聘禮全部置辦成了嫁妝，我勸妳還是早點拿出來。養了妳這麼多年，敬老費妳總要付的。」

「敬老費？嬤嬤是說要嫁出去的孫女付敬老費？妳老好狠的心呀，妳這是咒我爹早死呢，妳就不怕白髮人送黑髮人？這世上只有親子才給爹娘付敬老費的，子死孫抵，難道嬤嬤就這麼盼我爹早死嗎？」林語大哭著向門外喊。

這下前來看笑話的路人越來越多，聽到林語這哭叫，唏噓之聲更是四起。

林張氏沒等林語說完，知道自己一下子說漏嘴了，可她是個要臉的人，等林語話一落，甩手就揮了上去。「妳這個死丫頭！妳這是誣衊我呢！跟妳要點敬老的銀子，就要了妳的命不成？餵吃餵喝這麼多年，就餵到狗肚子裡去了？」

「嬤嬤！不要打妹妹！」林桑站在稍遠的地方，那裡有一群女性長輩，他一個男姪兒，並不好站得太前面，但看到林張氏凶狠地撲向林語，他一下就要擋在林語前面。

「啊！痛死我了！我的手斷了，我的手斷了！」一聲慘叫從林張氏嘴裡呼出。

有人出手比他更快。肖正軒輕輕一送。「滾！」

林桑錯愕地看著奔過來的肖正軒，沒想到一個呆子的反應竟然比他還快。

林姜氏扶住嘴裡痛得叫喊的婆婆，橫眉怒目大罵起來。「你這死呆子是不是想要我婆婆的命？她這麼一大把年紀，你竟然敢折了她的手？是不是欺負咱們林家沒人了？征兒，快去把族長爺爺叫過來；梅兒，去看看妳爹和三叔、四叔在哪裡，讓他們趕快過來！」

兩姊弟巴不得看林語倒楣，特別是林梅，她早就因為銀子的事恨得牙癢癢的，這一下有了娘親的指揮，立即拔腿就跑了出去。

林語也不理林姜氏的囂張，拉著肖正軒站在自己身後。「大伯娘，妳這嘴可真是白的都能說成黑的了。嬤嬤上門來搶孫女兒的聘禮，出聘禮的人只不過是擋了她一下，妳就說成是要她的命。各位叔叔伯伯嬸子們都在，一會兒族長爺爺來了，請大家作個證，是我們做小輩的無禮，還是當長輩的無儀，勞您等開個金口。」

眾人看著，這林家還真是有意思。

林張氏見身後眾人議論紛紛，顧不得痛，開始罵陣。「關你們屁事！我林家之事，當由我林家自家處置，與你等外人何干？這個死丫頭是我林家的種，是林家人把她養大的，就算我這做嬤嬤的跟她要點敬老費不合禮法，那又如何？」

這林張氏的囂張讓院子裡熱鬧非凡，趁著眾人嘖嘖搖頭嘲笑的同時，林語也笑著打趣。「肖二哥，我這嬤嬤與你娘相比，兩人哪個厲害點？」

肖正軒無奈地拉著她的手握了握。「妳再說，讓她聽到了，更要氣得跳腳了。」

林語不屑地說：「她別說跳腳，就是在這兒跳大神，我也不懼她。這世上只有最不要臉的，沒有更不要臉的人。我看她這臉皮比銅牆還厚。」

這樣淡然的性子讓肖正軒憐惜，他把林語緊緊護在胸前，防著林家長輩過來侵犯。

「娘，妳又來這兒做什麼呢？不是跟妳說了不要再管他們兄妹了嗎？」林語大伯一進門，就看到他娘那狼狽的樣子。說了讓她不要來，這兩兄妹不好糊弄，可她偏要來，這不就出醜了？一想起來，心中就有了不耐煩。

為了銀子，林張氏是什麼都做得出來，看到兩個兒子進了門，捂著痛得一抽一抽的手大哭起來。「老大、老三，快來幫我教訓這兩個不成器的傢伙！特別是這個肖家死呆子，竟然敢對我動手！你們過來好好教訓一下這個沒教養的東西！」

林老三看了林江氏一眼，見林江氏畏畏縮縮地躲在娘的後面，就知道這娘親又是上門來找事了。

林老大、林老三扒開眾人到了林張氏面前，問：「娘，妳有沒有怎麼樣？」

林姜氏見靠山來了，林張氏真弄到了銀子，以後也是他們家的，於是她狠狠指著林語說：「當家的，林語這個死丫頭，竟然讓肖家這呆子捏斷了娘的手。再不教訓她，她要反天了！讓她拿二十兩銀子來，給娘看手去！」

林語聽了林姜氏的話，真想放聲大笑。這林姜氏以為銀子是樹上搖下來的不成？二十兩？她還真敢開口。

林老三比較粗魯，一聽說娘的手斷了，立即吼叫起來。「有沒有叫人去請族長過來？讓他趕緊把這兩個畜生除出族譜！」

林語看著林老三冷笑。「三叔真是好大的口氣，族譜是你出銀子修的？還是祠堂是你用銀子砌的？好呀，今天請族長爺爺和族裡長老們來評評理，這世上還有沒有這種逼已立戶的孫女出敬老費的祖母？如果咱們林家族規有這麼一條，那不要說二十兩銀子，五十兩銀子我也出！」

「當家的，出個敬老費也是憑孩子的良心，娘也是急了罷了。現在不是說這個的時候，娘的手被這肖家呆子折斷了，二十兩銀子的醫藥費是少不了的。」林姜氏只想著銀子，才不管婆婆的手是不是很痛。

林裡生聽林張氏的手被折斷了，這下著急了。不是怕林張氏受了痛，而是娘受了傷，裡外的事就得他來幫忙。自己媳婦那懶樣子，哪件事不要他來忙？

林老大扶著林張氏，緊張地問：「娘、娘，妳的手真的斷了？」

林張氏的手被林裡生一摸，立即痛得殺豬似地尖叫。「哎喲、哎喲，痛死我了，這手肯定斷了！」

林語看看肖正軒無動靜的臉，就知道林張氏是裝出來的。「大伯，嬤嬤的手斷沒斷，你說不成我說也不成，我看還是得找個大夫來診斷一下，要是真斷了，我說了，別提二十兩銀子，就是五十兩我也出。」

憋著心中怒氣，林裡生不屑地問：「妳出得起嗎？」

林語斜眼看了他一眼。「你有這本事拿嗎？要不你現在就把你娘這手折斷去？我馬上給你銀子。」

當著這麼多人的面折斷娘親的手？除非他林裡生不想姓林了！他氣得一噎。「好妳個死丫頭！我——」

肖正軒看著林裡生，冷冷地問：「你要怎麼樣？想動手不成？」

那冰冷凌厲的樣子，讓肖正軒臉上的疤痕更添凶惡，林裡生不由自主地後退了一步。

正在爭執不下時，族長終於進了門。

看到族長，林張氏又是一陣大哭，然後不解氣地狠狠看著林語。「他族長伯，這兩個目中無人的傢伙，這次你要是不把他們開除出族，我就跪死在你家門口！」

族長冷冷看了看林張氏。「弟妹這是什麼意思？妳是想讓堂兄我做個糊塗的族長不成？一來只聽妳一面之詞，就把兩個可憐的孩子開除出族，難道他們不是妳親孫子孫女？」

林裡生知道族長是被娘親那句跪死在他家門口的威脅話激怒了，趕緊陪罪說：「堂伯，你別生氣，娘年紀大了，有點老糊塗了。她今天也是被這兩個小畜生氣暈了才胡言亂語的，你千萬別記在心上。」

族長轉向林裡生問：「你是說，是林語這丫頭指使肖家老二，把你娘的手折斷？」

林裡生其實也沒有親眼看見，可是媳婦和娘都這麼說，再加上林張氏痛得直抽氣，想必這事就算是林張氏挑起的，可小輩折了長輩的手總是不應該。「堂伯，這肖家老二呆呆的，如果說不是那死丫頭指使的，他知道什麼？」

林語冷笑著說：「看在你年長的分上，我該尊稱你一聲大伯，但我看你年紀也不大，怎麼就老眼昏花了？我說了，要是她的手真的斷了，族長爺爺作證，今天的事不管是哪個不對，我給她五十兩銀子。不過，大家都看著，你可不能現在故意把你娘的手給折斷了！」

「妳放屁！我是人，又不是畜生，我會把娘親的手故意折斷？哪個鄉親幫個忙，幫我林家請個大夫過來，我要讓這小賤人心服口服！」林裡生再次被林語的話氣得口不擇言了。

林桑搬來了幾個凳子，族長指揮林裡生扶著林張氏坐下。林張氏的手一被碰，立即嚎叫起來，讓旁人好奇地看著她的手。有人在心中想，也許那手真的有事了？

「江大夫來了！」

# 第三十一章

一聽大夫來了，林張氏又叫起來。

林裡生瞪著林語，惡狠狠地說：「我看妳再狡辯！」

江大夫來這院子不是一回兩回了，兩兄妹他認識更不是一天兩天了。他在路上就聽人說起林家事，一進來看到孩子的親大伯的嘴面，眉心都皺了，他把林張氏的手腕前後都摸了一下，心裡被林張氏的怪叫弄得很是惱火。「妳這叫什麼？這手好好的，沒傷筋沒動骨，您老一把年紀了還在年輕人面前賣乖不成？」

江大夫的話一出口，眾人哄堂大笑。林家的戲可真有意思，老老少少都想來占這兩個可憐兄妹的便宜，甚至在眾人面前撒謊。

原本林張氏是真的痛的，被江大夫這麼一說，氣得立即手一揮。「你說什麼？我的手沒傷著？你這庸醫！明明我的手被捏斷了，你竟敢說沒事，你不是被他們兄妹收買了吧？我要再叫大夫來看！」

江大夫不高興地說：「江某在這鎮上看了三十幾年的病，雖然說不上手到病除的地步，但是一隻手斷或沒斷，老夫還是分得出來的！您老要叫別的大夫來看，老夫不攔著，既然信不過老夫，那老夫就告辭了！」

林裡生看江大夫真的不像撒謊，而且再看娘親的手揮得有力不說，也沒叫痛了，顧不得再問江大夫，他不解地指著林張氏的手問：「娘，妳的手？」

林張氏見兒子不幫忙還懷疑她，立即揮掌。「我的手怎麼了？我的手被肖家呆子捏斷了，有什麼好問的！」

「哈哈哈……這林家老太太可真有意思，斷了的手還能打人！」

看到眾人臉上的鄙視，林裡生惱怒得想把娘親給吃了。

「堂伯，讓你看笑話了。江大夫，對不起，我娘她年紀大，有點糊塗了。」

族長冷冷看了林裡生一眼，冷笑一聲。「你還知道要臉？也不知道你這個家是怎麼當的，一個長輩借勢欺侮小輩。我以後可不想再看到這種事情發生，這可不是什麼給族裡掙臉面的事！」

話說得有點嚴重了，林張氏也不敢開口，林家一眾人灰溜溜地出了門。

林語朗笑一聲。「各位好走不送，各位親鄰慢走！」

眾人走了，院子頓時安靜了下來，林桑一臉悲傷。

對於今天林家的行為，林語並不難過。可是他們傷害了自己的哥哥，她就要讓林家得到報應。

不想多說安慰的話，送走肖家父女後，林語帶著柴刀和小鋤頭上了後山。當她尋到幾株葉似襄荷的植物時，她挖起來，聞到一股樟腦丸的味道後，終於笑了。

丟面？

她倒要看看，林家的面是怎麼丟的，更要看看那個拖油瓶是如何給林檔生掙面的。

八月二十七，靠山屯出了兩件大事。一是肖家那個呆子，竟然不知從哪兒雇來一輛鎮上人都沒見過的八抬大轎，接的是林家曾被王家退親的長女。

第二件是林家的假女兒，拜過月老廟之後，竟然半路腹痛無法行禮，請大夫一診斷，竟動了胎氣，有了兩個多月身子不說，竟然滑胎了！

此事一出，整個靠山屯的人津津樂道，這林家這下可真是出大名了。

此時肖家老屋小院子裡，林桑從十里香叫了十桌酒席，請來了肖正軒住在老屋周圍的十幾家族親，來為他和妹妹的成親增添喜氣，一時間，小院裡熱鬧非凡。

熱鬧的消息傳到肖家院子裡，肖三嫂氣呼呼地說：「娘，妳還坐得住呀？二哥請了十桌大菜免費請族裡人吃呢！孩子們都多天沒吃過葷了，我們也趕緊過去吧！」

肖李氏聞言，大吃一驚。「妳說什麼？老二請了十桌酒席給別人吃？」

肖大嫂這時也趕進來說：「娘，沒錯呢！剛才老屋那邊的牛大嫂在說，老二那兒熱鬧極了呢。」

肖李氏一拍衣服。「快走，把孩子們都帶上，叫上妳們各家的男人和兄弟，再去園子裡叫上妳爹，我們去看看！」

肖正軒今天一身大紅新袍，修過的臉顯得年輕起來，臉上的疤也沒讓人覺得那麼猙獰。他沒想到今天的婚禮竟然有這麼多族人參加，心中有一種說不出的激動。

肖氏一位堂叔站起來，笑著說：「來，今天我們大家為二姪子的好事乾一杯！」

「乾杯！」

「慢著！」一聲大喝從門外傳來，眾人往門外一看，只見肖李氏怒目圓睜看著各桌上的菜食，見已被吃得七七八八，她再次怪叫一聲。「老二，你這個喪良心的、黑心肝的小子！竟然有這麼多的銀子請些不相干的人來大吃大喝，卻不捨得多給你老娘一兩銀子，你真該千刀萬剮！」

這可是她兒子的成親宴，眾族人聽到肖李氏的叫罵，臉色大變。坐在上方的肖氏族公開口說：「肖李氏，妳當娘的是這麼罵親生兒子的？妳還有沒有口德？德才有沒有來？叫他過來見我！」

肖李氏可是肖家出名的潑婦，一開始，她還被族公的喝問嚇到了，可一想到他在自己兒子這兒吃吃喝喝，又來勁了。「堂叔，叫德才做什麼？是不是不用包禮的喜酒喝多了也會醉，想叫他扶你回去？」

族公被肖李氏這一譏諷，立即臉色變成豬肝色。確實今天來吃酒飯的，沒有一個人包了禮金。

肖正軒真有點厭煩娘親這咄咄逼人的樣子，因為是娘親，他打不得罵不得扔不得，讓他無可奈何又心生厭煩。

他在意今天是他與林語的大喜日子，就算不怕肖李氏的咒罵，可是他不想讓她說林語一句，於是他悶悶地說了句。「娘，這不是我花的銀子。」

「呸！你就是要騙娘也不用說這種謊話，不是你花的銀子，難道還會是天上掉下來的不成？這黑心肝的傢伙，媳婦還沒上床呢，就開始不聽娘的話了？」肖李氏聽到兒子光天化日說瞎話，立即開口怒罵。

一旁的族公見指揮不動肖李氏，一個婦人還在兒子的成親宴上指手畫腳的，他氣得手指顫抖著說：「妳這潑婦！兒子成親不主動出來相幫不說，還說這樣黑心肝的話來堵孩子的心，妳還算什麼娘？德才那死小子呢？快快給我找來，我要找族長說去，要讓他休了妳！」

肖李氏一聽，更加有恃無恐。「堂叔，您老年紀大了，眼也花耳也背了，我沒犯七出，哪個能休我？我犯族規了？我罵自己這沒良心的兒子，有吃有喝不叫親爹親娘來，難道錯了？」

眼見肖李氏要跟族公對上了，都是長輩，他哪個也不能攔，於是肖正軒只得哀求地說：「娘，請妳別再說了！」

肖李氏一巴掌打在肖正軒臉上。「我打死你這個死沒良心的！當年怎麼就不給我死在外邊？你死在外邊，我就沒了念想；你既然回來了，敢如此不把娘放在心上，還要你回來做什麼?!」

當第二掌要刮上肖正軒的臉時，林語及時抓住了肖李氏的手。「婆婆，要是妳想出氣，就拿兒媳婦出氣吧！這酒席是兒媳婦的哥哥置辦的，因為妳是他的親家，所以不好意思請妳親自來，要怪就怪兒媳吧！」

族裡眾人聽了林語的解釋，心中暗自搖頭。這肖家何時出了這樣的悍婦？這肖德才還是個男人嗎？

「什麼？妳哥哥置辦的？哼，我才不相信呢！就妳林家那個窮樣子，我不信這麼有銀子呢。外面傳我兒子給了妳五十兩銀子的聘禮，莫不是就用那銀子置辦的吧？既然是用我家的銀子辦，當然還是算我們辦的了！妳有什麼資格來說三道四，給我滾回去！」

肖李氏才不管族人的看法，這一巴掌沒把兒子打倒，還被媳婦說這酒席是娘家哥哥送的，氣就不打一處來，揮手就要打林語。

林語稍一用力，肖李氏的手便動彈不得，她正要開口再罵。

「哎喲，肖家老嫂子，妳這話可就說得不對了。這酒席可不是用妳家的銀子置辦的，這可是我們十里香的陳老闆送給林公子妹妹賀喜的。」肖李氏話音一落，一個一身新綢緞長袍、一張和氣生財的笑臉，十里香的秋掌櫃從偏間裡出來為林語解圍。

秋掌櫃這一番話打得肖李氏沒了面，這下她再有氣也不敢發。她看著秋掌櫃訕笑著說：「原來是秋掌櫃啊？難得你親自到這鄉下破屋子裡來，貴客貴客呀！老二，趕緊去敬秋掌櫃的一杯酒，感謝他替他老闆送來這麼多的席面。秋掌櫃的，謝謝啊謝謝！」

族公一看肖李氏嘴臉，氣得大怒。「不要臉的婦人！商人的地位比莊稼人家低得多，值得妳這麼低聲下氣？丟肖家祖宗的臉！」

「關你屁事！」

肖李氏把族公氣得跳腳，肖老爹正好趕來，一聲大喝。「老太婆，還不快給我滾回去！妳非得要我休了妳才甘休不成？」

為了不讓族裡長輩麻煩，多年沒有直起腰板的肖老爹終於直了一回。自從肖李氏進門，一連給他生了三個兒子開始，他自己又出軌了一次被捉住痛腳，原本懦弱的性格就更由得肖李氏胡來。

要不是這族公在族裡有一定的分量，會讓族裡眾長輩出面說話，肖德才還不敢吼自己老婆。可族公臉色已經憤怒了，再不讓肖李氏閉嘴，一定會出事！

肖李氏嚅著嘴動了動。她不是個蠢人，知道輕重，只得恨恨罵著。「老二，你這個沒良心的東西，以後不要認我這個娘了！就當我沒生過你！」

被遷怒的肖正軒輕輕吁了長長一口氣，難過地叫了聲。「娘……」

肖李氏狠狠瞪了他一眼。「我不是你娘！滾！」說著，帶著眾肖家人轉身走了，留下一臉悲涼的肖正軒。

族人本來就吃得差不多了，被肖李氏這一鬧，立即告辭了。

待秋掌櫃帶著幾個幫工收拾好離開之後，林語上前扶著還站在原地難過的肖正軒，說：「肖二哥，別難過，你娘不認你，我認你！以後我們就是一家人，一塊兒過日子。」

肖正軒苦笑著問：「妳不跟我和離了？」

林語笑著搖搖頭，真誠地說：「我也不知道，不過我暫時還真不想跟你和離。」

肖正軒知道她只是同情他，可是這種溫情是他畢生所求，也許不能一生擁有，可哪怕是能擁有一天也是好的。

他知道自己有點自私，可他捨不得這半點溫情。「林語，看在我幫妳的分上，就和我一塊兒生活半年可以嗎？半年之後，我放妳自由。」

林語不解地問：「為什麼？」

肖正軒沒有回答她為什麼，而是掏出袖子裡早已寫好的和離書遞給她，說：「我知道妳嫁給我是為了解決妳嬸嬸的麻煩，並不是真心想嫁我。這是妳想要的和離書，半年後，由妳決定去留。」

林語接過和離書，心中有點悶悶地問：「肖二哥，你說有我們這樣的新婚夫妻嗎？成親的酒席被娘親帶人來吵鬧，人生樂事都說洞房花燭夜、金榜題名時，而我們在這美好的一夜裡，談的第一件事竟是和離，算不算是創新？肖二哥，和離你會吃虧，以後要成親就會更難了，還是按我們當時約定的，你休了我吧！」

聽了林語的話，肖正軒心中一動，想說些什麼，但是能說什麼呢？好一會兒，他才淡淡地說：「沒事。以後我不會再成親了。林語，妳以後還是叫我呆子吧！」
林語驚訝地看著他。「為什麼？」
「不為什麼，我就是喜歡妳叫我呆子的感覺。」
一句有點曖昧的話，讓林語小臉紅了。
想起這呆子對自己的好，林語看著肖正軒，真心地說：「肖二哥，這次的事我知道拖累你了，可是我也真心希望你今後幸福。你是個不錯的男人，雖然樣子凶了些，可只要瞭解你，就會發現你的好，以後再好好找個女子過日子吧！」
肖正軒的黑眸怔怔看著林語，再三強調。「林語，今天我成親了，以後就不再成親了。」
他的固執，林語瞭解。她長嘆一聲。「這世上還有比我們更好笑的親事嗎？」
肖正軒略有深意地說：「怕不只我們一家的親事這麼好笑呢！」
林語隨即一愣。「呆子，你今天做了什麼？」
肖正軒淡淡地說：「沒做什麼，就是讓林清帶些拌了料的瘦肉包給他姊姊吃。」
「什麼？這下可要出大事了！」林語被肖正軒的一句話炸得張口結舌。

# 第三十二章

林家大院裡，林檔生氣得臉色鐵青，坐在一邊直喘粗氣，話也說不出來。

林柳氏此時恨不得吃了自己的女兒。今天這事，整個靠山屯都知道了，如果不是她給女兒置辦的嫁妝遠遠超過王家的聘禮，那肚子裡的孩子又是王家的種，怕是這會兒人已經被送回來了。

目前她最重要的事還是安撫這個男人。她知道林檔生雖然疼她，可是他在人前也是死要面子的。

於是林柳氏小心翼翼地端了杯茶，放在他身邊的桌上，然後站在林檔生的背後，不斷在他胸前撫著，給他順氣，然後才小聲地說：「相公，你別生氣了，柔兒也不知道今天會出事的。看在她平時聽話的分上，你就原諒她這一次好了。」

林檔生生氣地拂去了林柳氏的手。「原諒她？出這麼大的事，教我以後如何見人？都是妳這個做娘的，事事都寵著她，這下好了，讓全鎮的人都知道，我林檔生的女兒婚前暗結珠胎了！」

林柳氏被林檔生一拂，立即裝出一副委屈的樣子，掉了眼淚。「我知道柔兒這次打了你的臉面，可是她還小，哪裡抵得住這死小子的誘惑呢？要怪也就怪王家那小子，媳婦還沒進門呢，就猴急地弄上了床。我知道柔兒該打，可是相公你也知道，這男女之情不是真的能發乎情止乎禮的，我們倆當年也是深情難制……」

聽林柳氏說起當年的事，林檔生就算再有氣也不能發洩了。當年她並不願意讓他上，可是他自己的媳婦都病得快死了，哪還能讓他弄？更不用說讓他盡興了。

這一次怕是給族人臉上打了一個大巴掌，自己以後是別想在族裡混了……林檔生無奈地嘆息一聲。「真是孽障！」

第二天一大早，林張氏與兩個兒媳婦來找林檔生，說林柔丟了林家的臉，影響了林家未出嫁的女子。

林檔生實在沒辦法對爹娘交代，拿出了幾兩銀子，答應給每個姪女成親多添一兩的嫁妝，又另給了林張氏二兩銀子買些肉吃，這才甘休。

眼睜睜看著十幾兩銀子就這麼沒了，林柳氏恨不得咬死眼前的三個老女人。可是她也知道，自己以寡婦熱孝進來的身分，想要在婆婆面前抬頭是不可能的。她只能把恨寄在了林語身上，認定這事就是與她有關。

要是林語知道，她也不會在乎。

肖家老屋廚房裡，一大早，林語就起床。她哼著小曲，心情愉快地做了稀飯和白饅頭，燒了肖正軒喜歡的豬油辣椒鹹菜，再煎了三個蛋才進屋。

剛剛醒來的小然兒看到她，擦擦眼睛，乖乖叫了聲。「娘……」

林語臉一紅。「叫姊姊。」

小傢伙固執地搖頭，再叫。「娘……」

林語無奈地撇撇嘴。「算了，跟妳那呆子爹一樣固執，娘就娘吧！我這小小年紀的被妳叫娘，真虧了。然兒起來，去看看妳爹回來沒有，蛋熟了。」

小傢伙一聽有蛋吃，立即在炕上跳了起來。「喔，吃蛋了！小虎哥搶不到了！」

林語心疼地在她小臉上親了下。「以後他再也搶不了妳的荷包蛋了。」

肖正軒把剛打到的野雞扔在屋簷下，進了房間，看到的就是這樣一幕娘親女兒的情景，他嘴角高高揚起。「我回來了。」

林語回頭朝他笑笑。「嗯，馬上就有飯吃了，你先去洗漱。」

簡單的早飯，三個人吃得津津有味。小然兒拿起一個白饅頭，一手叉著蛋，小嘴裡塞得鼓鼓的。林語怕她噎著，立即說：「然兒，小口小口吃，吃口乾的再吃口稀的，不要噎著了。」

肖正軒看著女兒吃得歡快的小臉，頓時心中暖融融的。他想，就算成親也還是一個人睡廳裡，感覺還真不錯！

林語看肖正軒大口大口地塞饅頭，她想這肖家對這父女倆真是太刻薄了。她心疼地把蛋挾到他碗裡，說：「別光吃饅頭，一點味道也沒有。還有你愛吃的鹹菜，多吃點。」

肖正軒溫和地說：「我不用吃太好的，蛋給妳吃。」

林語瞪了他一眼。「每人一個，大家都吃，不用你來省。你以為你營養很足啊？你要是不吃，我和小然兒以後就不理你了。」

小然兒立即點頭。「嗯，不理你，我理娘！」

「噗！」林語捏了一把小然兒的臉說：「小叛徒，有得吃就被收買了？妳也把蛋吃光，一會兒我們上舅舅家去。」

這親暱溫馨的畫面看得肖正軒心頭一怔，隨即又深深地嘆息。要是這樣過一輩子也不錯，可是，這可能嗎？

一家人正溫馨地吃著早飯，哪知飛來一隻蒼蠅壞了味道。

「我說這太陽都曬屁股了，怎麼還沒見到你們來敬茶，原來這就自顧自地吃上了呢！說你們沒良心就是沒良心，新媳婦進門，不想著早點來拜見公婆，就只知道吃吃吃！撐死你們幾個去！」肖李氏一進院子，看到三人在搭起的廚房裡吃得香噴噴的，心中的不快脫口而出。

肖正軒站了起來，叫了聲娘，不再理她，依舊坐下吃飯。林語無奈地笑著站起來說：「婆婆來了？妳早飯還沒吃吧？來，我們這兒才剛剛開始吃，要不給妳來上一碗？」

肖李氏一屁股坐在桌子邊，挾過肖正軒碗中的蛋就咬了一口，狠狠瞪著林語說：「真是個沒良心爛腸子的，自己在這兒吃香喝辣的，哪裡還會記得起自己還有個娘？做了早飯也不知道來叫我吃，討妳進門是做什麼的？」

一大清早就被肖李氏罵得狗血淋頭，林語有點懊惱，可想起今天是她進肖家的第一天，就算只在這裡待半年，為著肖呆子，她也不能第一天就跟假婆婆鬥氣，於是腆著臉說：「婆婆，妳嚐嚐兒媳婦做的饅頭味道好不好。」

肖李氏筷子一扔。「你們倒是好命的，桌上擺得滿滿的一桌白麵饅頭，有這樣敗家的嗎？我看妳進門不要三天，這個家就會被妳敗了！」

肖正軒頓時心中火了，筷子也一扔。「要吃就吃，不吃就回去！這是我與媳婦的家，敗不敗都跟妳無關！」

肖李氏根本忘記自己昨天讓兒子不要再認她的事了，此時被親生兒子一搶白，她受不了地大哭起來。「我不要活了！兒媳婦才進門一天，兒子就不要老娘了！這是哪家的規矩呀？婆婆吃著雜糧窩窩頭，兒媳一家吃著白麵細米，這老天怎麼不把他們給劈了去呀！」

以前肖李氏罵他，他當作沒聽到，現在她連林語和然兒也罵，肖正軒一腳把她坐的凳子踢翻在地。「妳要是再來鬧，以後一錢銀子也別想從我手上拿到！」

肖李氏這下可嚇呆了。兒子以前不管她怎麼罵怎麼說，從來都不說第二句話，掙來的銀子都交給她，看來還是這個兒媳婦不好了。

於是她爬了起來，狠狠地說：「你這個沒良心的傢伙，算我白生你了！好，娘說兩句就是鬧，以後我不來鬧你了，每個月初，你把銀子老老實實交過來，糧食你也別想來拿一分！」

肖正軒心痛地看著咬牙切齒的娘親，他摸摸心口才說：「我是妳生的，我感謝妳。好，以後只要我還在這靠山屯裡，每個月我拿五兩銀子給妳，不管妳要任何東西。妳也不要再來我家裡鬧了！」

肖李氏知道每個月五兩銀子已是兒子的極限了，只得罵罵咧咧地走了。

林語看著這撒潑耍賴的肖李氏，不解地問肖正軒。「呆子，你娘怎麼對你這樣？她好像有點恨你似的？」

肖正軒雖然心中苦澀，可是不想破壞溫馨的早飯，於是淡淡地說：「聽聞我娘懷我之時吃盡苦頭，我爹還在外面找女人，差點讓她滑了胎，也讓她身子一直不大好，吃了許多苦。我很小的時候就知道她最不喜歡我，每次挨打受餓的總是我，不過我也看不出她對老三、老四有多喜歡，只是他們兩個不理她罷了。」

俗話說在父母眼中是老大重老么寵，這中間的幾個，在兒女多的父母心中就是討人嫌了。這點在肖李氏的身上完全印證了。

聽了肖正軒的解釋，林語實在沒法理解肖李氏這種娘親。男人要出事，怪得了肚子裡的孩子？要怪就怪肖老爹好了，憑什麼怪無辜的兒子？聽聽都讓人生氣！

林語立即扶起凳子，親親嚇呆了的小然兒，走到肖正軒的身邊拉拉他，以從沒有過的溫柔口氣說：「呆子，吃早飯。吃飽了才有力氣幹活，有了力氣，咱們就不怕沒飯吃。你已經長大了，也不是要娘親疼愛的時候了，她不喜歡就不喜歡吧，我和然兒喜歡你就夠了。」

聽了林語柔似水的安慰，肖正軒的心中頓時讓溫柔填滿。他認真地看著她的眼睛問：「林語，妳就不怕我沒能力養活妳？」

認真的肖正軒在林語看來越來越有男人味，她開玩笑地眨眨眼說：「大哥，那你來傍我吧，我養活你！」

肖正軒並未被林語的話逗笑，而是極其認真地說：「妳放心，我絕對養得活妳。」

林語笑著打趣。「你可別把我養成一隻小豬就是了，那樣子太不漂亮了。」

肖正軒聽了林語的打趣，淡淡笑了。他心中默默地說：妳就是長成一頭大肥豬，在我眼裡也是好看的！就是不知道我有沒有這福氣……

收拾好飯桌後，林語問肖正軒。「呆子，今天我們要不要回肖家大院？」

肖正軒想起肖李氏刻薄的嘴臉，肖大嫂尖酸嘴碎的樣子，三弟媳婦那陰陽怪氣的話語，搖了搖頭說：「以後我們沒事就不要過去了。銀子我會每個月按時送過去，妳們就別過去了。」

林語無所謂地說：「那也行，反正我跟他們也沒話說。既然肖家不給我們糧食，呆子，那以後我們怎麼辦？」

肖正軒反問她。「妳有什麼打算？」

林語眯了眯眼睛，想了一會兒才說：「嗯，我本來是想用你給我那餘下的銀子買幾畝地，種點糧食和蔬菜。農閒裡，你打打獵掙點家用，這樣小日子過得也輕鬆。不過你又不會種田，買了田也沒用，我想以後還是跟著我哥做豆腐生意好了。要不我們還是請人把這屋子另一邊堆起來吧？現在快收秋糧了，我們多準備一點，省得不夠吃。」

肖正軒搖搖頭說：「這屋子不弄了，後天回門後，就請人把妳哥哥那院子整一個，糧食放那兒吧。」

林語不解地問：「放我哥那兒做什麼？」

話音一落，林語突然想起自己求親前的承諾，她臉紅了。

肖正軒不明白林語的臉為什麼突然紅了，只是按著自己的想法，指指這破舊的屋子說：「我沒準備在這裡住多少年，只是暫時找個住處罷了。以後妳也許還得回妳哥那裡住，把那裡弄好，妳就會住得舒服了。」

果然是自己忘記這親事的前提了。

聽了肖正軒的打算，林語覺得不能欠他太多，於是急忙推辭說：「呆子，不用的，我哥那兒我們自己會弄的。」

肖正軒看著一臉急著推辭的林語，有點難過地問：「林語，妳就真的把我們分得那麼清？妳只把我們這親事看成一場交易，並無一點真心？不過就是這樣，我們也是成過親的，我想幫妳做點事不行嗎？」

林語難為情地說：「呆子，不是這樣的。我留下來跟你過半年，我就是真心實意的，從沒有說是假意留下。你幫了我這麼多，我把你當成另外一個哥哥，我真的很感謝你。好吧，你這麼在意，那就按你說的辦，後天回去我們就跟哥哥說，以後白天我們就回那兒，一塊兒與族長秧豆芽賣。」

雖然林語的話讓肖正軒有點難過，但他還是認真地點點頭。「好，那以後我們就晚上回家裡睡，白天就在妳哥那兒。」

當哥哥也許更好，也許這樣，他就不會有牽掛了。

要整修林家小院，肯定會有不少動靜。林語又想起了肖大娘，她不安地問：「呆子，你娘會不會跑到我哥哥家來鬧事？」

聽林語提起娘親，肖正軒皺起眉頭沈思了下。「妳不用怕，如果她來妳哥那兒鬧，我會告訴她，來一次就少交一個月銀子。」

「嘿嘿，你的想法還挺先進的啊！還知道運用經濟制裁手段，你這下打蛇可就真打在七寸上了，你娘怕是真不敢來了！嘿嘿嘿！」

肖正軒被林語的形容逗笑了。「我發現妳也懂兵法呢。」這樣親熱的談話，讓肖正軒的神情越來越放鬆。

林語半真半假、戲謔地笑著說：「呆子，我也許比你懂得還多呢！」

肖正軒以為她又是開玩笑，於是笑著說：「嗯，妳肯定比我懂得多！要是以後真的打仗的話，把妳帶去，讓妳來指揮好了。」

知道肖正軒沒有把自己的話當真，林語也沒有想讓他當真，要不然他問起來，她可沒辦法圓謊。一個謊言要用三個謊言來圓，那樣也太累了。

林語知道他是從戰場上回來的，好奇地問他。「呆子，你打過幾次仗？」

肖正軒想了想說：「不記得了。十二歲到戰場的時候，大家看我年紀太小，什麼也不會，就讓我當將軍的勤務兵；幾個侍衛大哥都對我很好，還教了我不少功夫。三年後我才真正上陣，打了多少次，我也不記得了。」

林語指著他臉上的傷疤問：「那你臉上的傷，是你哪次打仗受的傷？」

肖正軒一愣，低下頭，沈默不語。

林語難為情地說：「對不起，呆子，我不是故意想揭你的傷疤的，只是看到你臉上這麼大的疤痕，我在想，當時你一定很痛。」

聽了林語內疚的話，肖正軒再次抬頭，怔忡地看著她。

又開始語無倫次了！林語對自己這口無遮攔的性子，第一次有了懊惱。

——未完，待續，請看文創風305《巧妻戲呆夫》2

2015年6月出版

# 巧妻戲呆夫

文創風 304～306

特種部隊成員變成農村小姑娘，醫學精英改去種田做豆腐？
她從女強人降為柔弱女，還有一屋子極品親戚，
不能重操舊業，就來「改造人生」、整治這些瞧不起她的人！

清閒淡雅 耐人尋味 ／半生閑

身為特種部隊的醫學博士出任務掛了，穿越還魂就算了，
為何讓她穿到一個為情上吊的小姑娘身上？!
十八般武藝俱全的林語來到小農村，發現自己學過的統統派不上用場，
家裡雖有父親，但繼母看她和大哥像眼中釘、肉中刺，
還有一堆極品親戚虎視眈眈，連祖母都只想著再把她弄出去換點嫁妝；
只要她還未嫁，女子就是給家人拿捏的對象，
不如自己選個合意的對象速速成親，之後協議和離脫身！
看來看去最佳人選就是肖家那個破相又不受寵的老二肖正軒，
怎知費了番心思終於成親，新婚之夜該來談和離了，
這位仁兄卻說：「看在我幫妳的分上，就和我一起生活半年可以嗎？」
這下還得弄假成真過半年，他到底打什麼主意？
而他們窩在靠山屯這樣的鄉下，他竟然還有師父和師兄弟們找上門，
莫非他還有什麼神祕的過去，這段假夫妻的協議會不會再生變化？

# 為流浪貓狗加油 和貓寶貝 狗寶貝

## 廝守終生(一定要終生喔！)的幸福機會

對人來說，貓寶貝狗寶貝只是生活的一部分，
但妳（你）對牠們來說，卻是生活的全部，領養前請一定要考慮清楚——

### ▲ 活潑乖巧小貓兒BB

性　　別：女孩
品　　種：米克斯
年　　紀：約3個多月
個　　性：活潑親人不怕生
健康狀況：已除蚤驅蟲，左眼稍微感染治療中，
　　　　　未結紮也還未打預防針
目前住所：彰化市

本期資料來源：http://www.meetpets.org.tw/content/59680

## 『BB』的故事：

BB是我有一天在路邊撿到的小貓，剛出生沒多久的牠嬌小得脆弱，叫聲微弱稚嫩，卻一點也不怕我，反而很親人。可愛的模樣實在讓我不忍心放牠繼續留在危險的路邊，便決定先帶BB回家。

BB相當活潑好動，甚至醫生一摸就知道牠是個愛玩的小孩，而只要被摸，牠就會呼嚕呼嚕地叫。BB也是個大膽的小孩，天不怕地不怕，當然也不害怕被人修理。看著這隻小貓一副初生之犢不畏虎的模樣，既好笑又有些頭疼之餘，不免也好奇地觀察起來——發現BB目前怕的大概只有陌生的腳步聲了。

不過BB其實也是隻很乖很乖的小小孩，如果限制了牠的活動範圍，牠是不吵也不鬧，只會乖乖聽從你的指示。而這麼能動且靜的貓兒，一旦熟了還會用那濕潤小巧的鼻子頂人的手，軟軟地跟你討摸摸喔！

由於家中早有養鳥，本來想說能安然相處的話應該沒問題，但畢竟是貓咪，特別是處於對什麼都好奇的幼小年紀，如果家裡沒人在時，為防萬一就得把牠關起來……在評估一段時間後，發現我家真的不適合長期飼養BB，只能尋求他人認養。有意認養BB者，歡迎來信usu061810@gmail.com。希望可愛的BB找到一個好人家，健康快樂地長大。

**認養資格：**

1. 認養者須年滿20歲，有獨立經濟能力，並獲得家人與同住室友的同意。
2. 學生情侶或單獨在外租屋的學生，須提出絕不棄養的保證。
3. 生病要能帶牠去看醫生，不關籠飼養，讓牠生活自由自在。
4. 同意送養人日後之追蹤探訪。
5. 領養者需有自信對牠不離不棄，愛護牠一輩子。

**來信請說明：**

a. 個人基本資料：姓名、性別、年齡、家庭狀況、職業與經濟來源等。
b. 想認養「BB」的理由。
c. 過去養寵物的經驗，及簡介一下您的飼養環境。
d. 若未來有當兵、結婚、懷孕、畢業、出國或搬家等計劃，將如何安置「BB」？

文創風
304

# 巧妻戲呆夫 1

國家圖書館出版品預行編目資料

巧妻戲呆夫 / 半生閑著. --
初版. -- 臺北市 : 狗屋, 2015.06
冊 ; 公分. --（文創風）
ISBN 978-986-328-465-9（第1冊 : 平裝）. --

857.7　　104007547

| | |
|---|---|
| 著作者 | 半生閑 |
| 編輯 | 張蕙芸 |
| 校對 | 黃薇霓　馮佳美 |
| 發行所 | 狗屋出版社有限公司 |
| 地址 | 台北市104中山區龍江路71巷15號1樓 |
| 電話 | 02-2776-5889～0 |
| 發行字號 | 局版台業字845號 |
| 法律顧問 | 蕭雄淋律師 |
| 總經銷 | 知遠文化事業有限公司 |
| 電話 | 02-2664-8800 |
| 初版 | 2015年6月 |
| 國際書碼 | ISBN-13　978-986-328-465-9 |
| 原著書名 | 《村姑戏“呆”夫》，由北京晉江原創網絡科技有限公司授權出版 |

定價250元
狗屋劃撥帳號：19001626
網址：love.doghouse.com.tw　E-mail：love@doghouse.com.tw